Arlequin sauvage
Timon le misanthrope
Les Caprices du cœur
et de l'esprit

Louis-François
de La Drevetière Delisle

Arlequin sauvage

Timon le misanthrope

Les Caprices du cœur
et de l'esprit

texte établi, présenté
et annoté par Ola Forsans
Paris, Société des Textes Français Modernes 2000

Conformément aux statuts de la Société des Textes Français Modernes, ce volume a été soumis à l'approbation du Comité de lecture, qui a chargé M. Roger Guichemerre d'en surveiller la correction.

ISSN 0768-0821
ISBN 2-86503-259-0

INTRODUCTION

Un auteur discret

L'œuvre de Louis-François de La Drevetière Delisle (1682-1756) n'est plus guère lue aujourd'hui, et encore moins étudiée. Hormis les quelques spécialistes du XVIIIe siècle et de Marivaux qui ont pu s'y intéresser, au premier rang desquels il convient de placer Gustave Attinger et Xavier de Courville, ce sont des jeunes acteurs, des apprentis-comédiens auxquels certains professeurs bien inspirés auront donné telle ou telle scène à travailler, qui sont susceptibles de savoir que Delisle donna au Théâtre-Italien un texte intitulé *Arlequin sauvage*, riche collection de scènes pleines de vie et propices au *jeu*. De nos jours, la modeste fortune littéraire de Delisle tient toute dans cette comédie, jouée pour la première fois en 1721 ; cette pièce bénéficie ainsi de quelques éditions modernes : elle figure dans un volume de la Pléiade consacré au théâtre du XVIIIe siècle, et, accompagnée d'une autre pièce du même auteur (*Le Faucon et les oies de Boccace*) elle a eu droit plus récemment à une nouvelle édition. Rien qui soit néanmoins de nature à tirer l'œuvre de Delisle du relatif oubli où elle vivote...

La Drevetière Delisle a traversé son siècle sur la pointe des pieds : même lors de ses premiers succès, considérables, notre auteur semble s'être signalé par sa discrétion. A cet égard, il est comparable à son confrère Marivaux[1]. En consultant un petit volume de 1783, intitulé *Chef-d'œuvres* (sic) *de La Drevetière De L'Isle*[2], on peut lire une notice biographique, non signée, qui présente quelque intérêt. Nous la reproduisons ici *in extenso*, non sans préciser que, postérieure de 27 ans à la mort de Delisle, et dénuée de toute indication de sources[3], sa fia-

---

1. Xavier de Courville, *Un apôtre de l'art du théâtre au XVIIIe siècle : Luigi Riccoboni dit Lélio. L'expérience française (1716-1731)*, Paris, Droz, 1945, p. 229 : « On voudrait percer le secret de cette vie, plus obscure encore que celle de Marivaux, et savoir du moins de lui comme de l'auteur de la *Surprise* quels furent ses rapports avec les comédiens, avec les comédiennes. Son zèle moralisateur devait le rendre sympathique à Lélio, à Flaminia. »

2. En voici les références complètes : *Chef-d'œuvres* (sic) *de La Drevetière De L'Isle*, Paris, Bureau de la Petite Bibliothèque des Théâtres (vol. 53), 1783.

Le recueil en question contient trois textes de Delisle, *Arlequin Sauvage*, *Timon le misanthrope* et *Le Faucon et les oies de Boccace*. L'édition, par ailleurs irréprochable, de ces œuvres choisies de Delisle au sein d'une ambitieuse entreprise de compilation de textes de théâtre (le nom complet de la collection est : *Petite Bibliothèque des Théâtres contenant un Recueil des meilleures Pièces du Théâtre Français, Tragique, Comique, Lyrique et Bouffon, depuis l'origine des Spectacles en France, jusqu'à nos jours*) marque bien l'importance de notre auteur en son siècle.

3. En dépit de nos recherches, nous n'avons pas réussi à trouver de notice biographique antérieure qui aurait pu servir de modèle à celle que nous reproduisons ici. Il est très douteux néanmoins que cette notice ait été rédigée *ex nihilo*. Les articles qui sont consacrés à notre auteur dans tous les dictionnaires de théâtre de l'époque sont lapidaires. Dans les Annales d'Antoine d'Origny, on relève cette brève notice nécrologique : « M. Louis-François Delisle, né en Dauphiné, mourut à Paris dans le cours de cette année (1756). Il mena une vie fort retirée, et fut bien moins connu que ses Ouvrages. Il consacra sa plume à la Scène Italienne, et des onze Pièces qu'il y fit paraître, les plus estimées sont *Arlequin sauvage*, *le Faucon* et *Timon le misanthrope*. » Aucun des articles que nous avons pu consulter n'en dit davantage.

bilité peut être mise en doute. Du reste, l'on s'apercevra à la lecture que l'auteur de cette notice manipule en définitive un nombre d'informations assez limité, et qu'il s'agit ici essentiellement de louer les qualités de Delisle, en lui décernant en quelque sorte un *satisfecit* posthume : l'auteur sous-entend plaisamment que né quelques années plus tard, Delisle aurait sans doute été mieux accueilli par une audience que le « goût de la Philosophie » aurait rendue plus réceptive !

« VIE DE LA DREVETIÈRE DE L'ISLE

Louis-François DE LA DREVETIÈRE DE L'ISLE, né à Suze-la-Rousse, en Dauphiné, était issu d'une famille noble du Périgord. Son père, qui vivait d'un revenu modique, fit commencer dans sa Province l'éducation qu'il était à portée de lui procurer. Les Maîtres qu'il avait choisis, aperçurent bientôt dans le jeune élève confié à leurs soins, tant de rares dispositions, que craignant de ne pouvoir porter à leur maturité tous les fruits qu'elles promettaient, ils engagèrent le père à le confier à des mains plus habiles, et à l'envoyer à Paris. Le conseil fut suivi, et le jeune DE L'ISLE partit pour Paris, et vint y achever ses études. Une conception prompte, une mémoire excellente, une facilité extraordinaire, animée d'une ardeur constante pour le travail, furent suivies des plus heureux succès, et assurèrent au jeune DE L'ISLE les premières places, tout le temps qu'il parut sur ce nouveau Théâtre. Il se distingua en Rhétorique, et surtout en Philosophie, d'où il sut écarter les mots baroques et les arguments bizarres, pour s'attacher aux raisonnements solides. Ses classes finies, il fit son Droit, dans le dessein de suivre le Barreau ; mais son goût pour le plaisir, et l'amour des Belles-Lettres et d'une vie tranquille, le détournèrent de cette carrière, où en se faisant une réputation, il est si rare de ne point se procurer de la fortune. Son père, qui jusqu'alors s'était gêné pour fournir à ses dépenses, ne pouvant plus le soutenir à Paris, le jeune DE L'ISLE se vit réduit à vivre des talents qu'il avait cultivés de préférence. Son goût décidé pour le Théâtre, qu'il avait fréquenté avec assiduité, et dont il avait étudié l'art dans les grands modèles, le porta à entrer dans la carrière dramatique. Il travailla pour le Théâtre Italien, auquel il s'est consacré entièrement. Les circonstances peuvent avoir déterminé son choix. Et en effet, les Comédiens

Italiens, appelés en France en 1716, commençaient à lasser le Public par des Pièces purement Italiennes. La plupart des Spectateurs, que le jeu des Acteurs et la nouveauté avaient attirés, et qui n'entendaient point l'Italien, cessèrent peu à peu de venir à ce Spectacle, qui n'était plus fréquenté que par des Etrangers, et par quelques Amateurs de la Langue. Ce petit nombre de Spectateurs ne fournissant pas à la dépense et aux frais nécessaires, les Comédiens songèrent à se retirer dans leur Patrie. Cette résolution n'était que l'effet du peu de succès de leur Spectacle : ils cherchèrent, avant de l'exécuter, tous les moyens possibles de rappeler le Public. Quelques amis leur proposèrent de jouer des Pièces Françaises. Mais ce moyen n'était pas aisé à employer, par des gens qui non seulement ignoraient la délicatesse de cette Langue, mais qui la prononçaient et la parlaient mal. Cependant, résolus de faire tous leurs efforts pour se soutenir, les sieurs Riccoboni et Dominique travaillèrent conjointement à quelques Pièces, mêlées de scènes Françaises, qui furent bien reçues. Cet heureux succès encouragea les Comédiens Italiens à étudier de plus en plus la Langue Française.

Le 25 avril 1718, ils représentèrent le Naufrage au Port à l'Anglois, *avec des divertissements en musique et un vaudeville. Les applaudissements dont le Public honora cette Comédie, engagèrent encore plus fortement les Comédiens à donner des Pièces Françaises qui réussirent beaucoup. Le sieur Mouret, qui avait composé la musique du* Port à l'Anglois, *fut chargé de toute celle que l'on donnerait dans la suite sur ce Théâtre, et ce gracieux Musicien s'en acquitta supérieurement.*

La carrière une fois ouverte, pour les Pièces Françaises, plusieurs Auteurs se présentèrent. DE L'ISLE fut du nombre, et il y parut d'une manière distinguée. En 1721, il donna, pour son coup d'essai, Arlequin Sauvage, *Comédie excellente, qui eut un succès brillant, et qu'on revoit avec un plaisir toujours nouveau. Un Dialogue de Lucien, Auteur Grec, lui fournit l'idée de* Timon le Misanthrope, *Comédie jouée en 1722. Cette Pièce, qui offre un nouveau genre inconnu aux anciens et aux modernes, eut un très grand succès, et acquit à son Auteur une réputation brillante. L'année suivante, il donna* Arlequin au banquet des Sept Sages *; Pièce qu'on recevrait peut-être mieux aujourd'hui, qu'elle ne le fut alors, parce que le goût de la Philosophie n'était pas dominant. Il mit au jour, en 1725, sa Comédie du* Faucon et les Oies de Boccace, *et successivement sept autres Comédies, dont une en société avec Madame Riccoboni Flaminia, et une Tragi-Comédie. La plupart réussirent, et toutes furent jouées au Théâtre Italien.*

Indépendamment de ces Pièces de Théâtre, dont quatre sont imprimées, et les autres restées manuscrites, nous devons encore à DE L'ISLE des Poésies fugitives, recueillies en un seul volume, et un Essai sur l'Amour-propre, imprimé en 1738, à Paris, chez Prault père, Poème en quatre chants, où l'on démontre que l'amour-propre est, en nous, le mobile des vertus et des vices, selon qu'il est bien ou mal entendu, et que les vrais intérêts de la vie et tout notre bonheur consistent à savoir le rectifier. Le quatrième Chant est le plus intéressant, le plus fortement pensé et le plus poétique : c'est un excellent traité abrégé des devoirs des Rois ; car il n'est pas moins vrai d'eux que du reste des hommes, que leur plus grand intérêt est d'être heureux, et qu'ils ne savent pas s'aimer eux-mêmes, s'ils n'aiment pas leurs Sujets.

La Comédie des Caprices du cœur et de l'esprit, *jouée en 1739, paraît être le dernier Ouvrage que DE L'ISLE ait donné au Public ; et les Annales de la Littérature, qu'on a parcourues avec beaucoup d'attention, depuis cette époque jusqu'à celle de sa mort, arrivée en novembre 1756, ne font plus mention de notre Auteur.*

DE L'ISLE a mené une vie obscure ; et avec les plus grands talents pour le genre Dramatique, il a été peu connu des gens du monde qu'il fuyait. D'ailleurs, son caractère fier, taciturne et rêveur, était peu propre à lui faire des amis ou des protecteurs. Il ne pouvait plier que sous les Grands, encore disait-il qu'il y avait trop à souffrir dans leurs antichambres. Vraiment Philosophe, il avait toujours préféré les Belles-Lettres à la fortune, et le peu qu'il en eut, était encore employé à soulager tous les malheureux qui réclamaient sa bienfaisance ; aussi mourut-il plus comblé de gloire que de richesses ; ce qui a donné lieu à l'épitaphe suivante

> *Sous ses crayons, la Morale embellie,*
> *Savait instruire en amusant ;*
> *Et DE L'ISLE employa sa vie*
> *A mériter la gloire, en servant l'indigent. »*

Cette notice biographique, pour hasardeuse qu'elle peut être, a le mérite de situer Delisle dans son siècle et de « planter le décor » pour ce qui regarde le Théâtre-Italien. Lorsque la Nouvelle Troupe Italienne s'installe à Paris en 1716, le souvenir de la précédente troupe, celle de Gherardi, congédiée en 1697 par ordre royal, est encore vif ; il convient d'ajouter que le souvenir des acteurs italiens n'avait guère besoin d'être ravivé, puisque la fantaisie italienne, sitôt après avoir déserté l'Hôtel de Bourgogne, devait continuer à se manifester sur les tréteaux de la Foire, au prix de difficultés sans cesse contournées. Mais si la Foire favorisa la création de textes d'une réelle valeur littéraire et la représentation de beaux spectacles, récoltant par ailleurs de probants succès, elle n'offrait pas pour autant l'opportunité de réunir efficacement les énergies et les talents, en un mot il manquait ici l'essentiel en matière de *théâtre italien*, à savoir la *troupe*. C'est à Luigi Riccoboni qu'échut le soin de mettre sur pied et de mener une nouvelle troupe. Incompris en Italie, Luigi Riccoboni pensait pouvoir travailler à sa « réforme » théâtrale en venant à Paris. Il dut vite se raviser : le public français était impatient de revoir les *types* italiens, incarnés par les meilleurs acteurs transalpins... La troupe se composait de : Luigi Riccoboni, dit *Lélio*, né à Modène, premier amoureux ; Giuseppe Balletti, dit Mario, né à Munich, futur mari de *Silvia*, second amoureux ; Giovanni Bissoni, dit *Scapin*, né à Bologne, premier zani ; Thomasso Vicentini (ou Thomassin), dit *Arlequin*, né à Venise, second zani ; Pietro Alborghetti, dit *Pantalon*, né à Venise, père ; Francesco Materazzi, dit le *Docteur*, né à Milan, père ; Giacomo Rauzini, dit *Scaramouche*, né à Naples, zani ; Helena Balletti, dite *Flaminia*, femme de *Lélio*, sœur de *Mario*, née à Ferrare, première amoureuse ; Zanetta Benozzi, dite *Silvia*, née à Toulouse, seconde amoureuse ; Margarita Rusca, dite *Violette*, femme de Thomassin, née à Venise (ou Bologne ?), servante ; Ursula Astori, la *Cantatrice*, née à Venise.

Pour son retour à Paris, la Troupe joua quelques semaines au Palais-Royal, avant de s'installer dans le vétuste Hôtel de Bourgogne qui, une fois les scellés apposés en 1697 par le Lieutenant de Police sur les loges et les portes du théâtre, allait demeurer vacant jusqu'en 1716, servant à l'occasion de lieu de rassemblement pour des tirages de loterie[4]. Le

---

4. Martine de Rougemont, *La Vie théâtrale en France au XVIIIᵉ siècle*, Champion-Slatkine, Paris-Genève, 1988, p. 247 : « En

magistère de Lélio, qui devait durer jusqu'en 1729, année de sa retraite, commença brillamment la première année : les Italiens jouaient surtout d'après canevas, en dépit des velléités d'innovation de Luigi Riccoboni. Mais l'usage de la langue italienne devait bientôt poser problème (le même phénomène s'était produit avec la troupe de Gherardi). Et, ainsi que l'écrit Gustave Attinger, quand « l'habitude d'avoir dans sa loge un professeur d'italien eut perdu, pour les spectatrices, l'attrait de la mode pour ne devenir qu'une nécessité, elles menacèrent de déserter l'Hôtel de Bourgogne, et avec elles la cohorte des admirateurs et des courtisans qu'elles entraînaient dans leur sillage. »[5] En outre, les Italiens étaient concurrencés par les Forains qui, de l'avis de certains contemporains, les battaient à leur propre jeu, sur le plan du *spectacle*, non de l'*interprétation*. Passées les joies des retrouvailles, dès 1717, les recettes sont régulièrement déficitaires. Fin stratège, Luigi Riccoboni recrute alors un des brillants animateurs et interprètes du Théâtre de la Foire, à savoir Dominique, fils du fameux Dominique Biancolelli, qui jouera Pierrot et Trivelin. L'année suivante, nouveau compromis : la Nouvelle Troupe intègre à son répertoire certaines des comédies du recueil de Gherardi. Le massif recueil de Gherardi sera d'ailleurs assez souvent sollicité par la suite, avec des succès inégaux, certaines reprises passant inaperçues, d'autres offrant une seconde vie à des spectacles que Gherardi avait créés le premier. La Nouvelle Troupe Italienne mêle ainsi, au sein de sa programmation, des spectacles *all'improviso*, d'autres où

1716, le Régent souhaite recréer la Comédie-Italienne en faisant appel à une compagnie constituée et cohérente ; le prince de Parme lui envoie celle de Luigi Riccoboni. On lui donne pour théâtre le vieil Hôtel de Bourgogne, le plus ancien bâtiment à vocation théâtrale de France, déjà bien décentré par rapport aux quartiers élégants de Paris (...) ».

5. Gustave Attinger, *L'Esprit de la Commedia dell'arte dans le théâtre français*, Genève, Slatkine, 1969, p. 327.

souffle l'esprit forain, et d'autres encore issus de la fusion
italo-française opérée par Gherardi à la fin du XVII⁰ siècle...
Ce brassage de traditions et de pratiques théâtrales au sein
d'un même ensemble est sans nul doute unique en son
genre. Mais il fallait à présent que des auteurs fournissent
des textes neufs à cette troupe, qui ne pouvait se contenter
de fabriquer des spectacles *muséographiques*. Le magistrat
Thomas-Simon Gueullette, amateur éclairé et fidèle soutien
du théâtre italien, le peintre Charles-Antoine Coypel et
quelques autres composèrent des canevas *français*. Mais
c'est Autreau, ainsi qu'il est rappelé dans la notice biographique reproduite ci-dessus, qui avec *Le Naufrage au port-
à-l'Anglais* (1718) fournit véritablement à la troupe la première comédie *écrite*. Marivaux et Delisle suivront en 1720
et 1721 respectivement, et à partir de ces dates, il ne se pas-
sera pas de saison sans que des pièces françaises écrites
à l'intention des italiens soient jouées, créées ou reprises,
à l'Hôtel de Bourgogne, en sus des spectacles proprement
italiens.

Inventaire de l'œuvre de Delisle

Delisle n'a pas été un auteur extrêmement prolifique.
Avant de passer en revue son œuvre dramatique, évoquons
ses autres écrits. En 1738 et 1739, paraissent à Paris de
minces petits ouvrages, dont le charme tient davantage à
leurs intitulés qu'à leur contenu : *Essai sur l'amour-propre,
poème où l'on démontre que l'amour-propre est, en nous, le
mobile des Vertus, ou des Vices, selon qu'il est bien ou mal
entendu ; et que les vrais intérêts de notre vie, et tout notre
bonheur consistent à savoir le rectifier* (1738) ; *Poésies
diverses, savoir : Epître aux beaux esprits, la Gazette poétique, le Voyage de l'amour-propre dans l'Isle de la fortune,
Epître à Eucharis, et autres* (1739) ; *Qu'a-t-il ? qu'a-t-
elle ?, ou la République des oiseaux, Alexandre ressuscité,
et autres fables et contes allégoriques* (1739). Que dire de
toutes ces œuvrettes ? Delisle s'y révèle médiocre poète, et
médiocre fabuliste, essayant d'imiter Boileau et La Fon-

taine. Manifestement, la forme théâtrale lui convient mieux, et s'il fallait retenir quelque chose de son *Essai sur l'amour-propre*, ce devrait être sa préface, où l'on peut lire au dernier paragraphe, à titre d'exemple, cette singulière sentence : « Les Lois ont d'abord été écrites en vers, et les Poètes ont été les premiers Théologiens, et les premiers Législateurs du monde. »[6] Ses activités d'auteur dramatique prennent fin en 1739, mais l'année suivante il fait paraître un ouvrage aux prétentions scientifiques, *La Découverte des longitudes, avec la méthode facile aux navigateurs pour en faire usage actuellement*. En voici la préface, curieux morceau d'éloquence un peu verbeuse :

> *Il faut être bien hardi, pour oser entreprendre la Découverte des Longitudes, après l'exemple du fameux Comte de Pagan, et celui de tant de savants Astronomes qui ont échoué dans cette recherche : mais puisque l'inutilité de leurs travaux, à cet égard, n'a rien diminué de l'estime que l'on devait faire de leur génie ; et que leur objet, dans une étude qui avait le bien public pour but, a suppléé au désagrément qu'ils ont eu de n'y avoir pas réussi ; j'ose me flatter, que si le succès de l'Ouvrage que je présente au Public, ne répond pas à mes espérances, l'on approuvera du moins le motif qui me l'a fait entreprendre. Je le soumets, avec confiance, aux lumières et à l'équité des jugements de Messieurs des Acadé-*

---

6. On relève dans un texte de Fontenelle intitulé « Sur la poésie, en général », rédigé en 1740 et publié l'année suivante de semblables notations. Voir Bernard Le Bovier de Fontenelle, *Rêveries diverses : opuscules littéraires et philosophiques*, Paris, Desjonquères, 1994, p. 53 : « Je n'imagine guère pour origine de la poésie, que les lois ou le chant, deux choses cependant d'une nature extrèmement différente. On ne savait point encore écrire, et on voulut que certaines lois en petit nombre, et fort essentielles à la société, fussent gravées dans la mémoire des hommes, et d'une manière uniforme et invariable : pour cela, on s'avisa de ne les exprimer que par des mots assujettis à de certains retours réglés, à de certains nombres de syllabes, etc. ; ce qui effectivement donnait plus de prise à la mémoire, et empêchait en même temps que différentes personnes ne rendissent le même texte différemment. »

mies Royales de Paris et de Londres : comme l'objet que je m'y suis proposé, intéresse toutes les Nations, et surtout les Puissances Maritimes, j'attends de leur zèle pour le bien public, qu'ils ne refuseront pas d'y donner leur attention ; et qu'ils me feront la grâce, de me communiquer par écrit les objections qu'ils pourront y faire, pour me mettre en état d'y répondre, ou de rectifier ma Découverte. Je m'estimerais trop heureux, si j'avais pu mériter leur approbation, après toutes les peines et les veilles que ce travail m'a coûté.

L'œuvre théâtrale de Delisle : chronologie et réception des spectacles

Delisle a écrit onze pièces pour les Italiens, et participé à la création d'une comédie en collaboration avec Flaminia (c'est-à-dire Madame Riccoboni). Nous sollicitons ici principalement le témoignage de Thomas-Simon Gueullette (1683-1766)[7], avocat au Parlement de Paris, puis substitut du procureur du roi, collaborateur et ami du Théâtre Italien, spectateur assidu et intransigeant. Autres documents de première main, les notices du marquis d'Argenson (1694-1757) et les comptes-rendus du *Mercure de France* complètent opportunément les laconiques appréciations de Gueullette. Et il ne faut pas négliger le travail de compilation d'Antoine d'Origny (1734-1798)[8], conseiller à la Cour des monnaies, qui fit paraître en 1788 trois volumes d'*Annales du Théâtre-Italien des origines à ce jour*, une œuvre qui a eu le mérite de proposer, sous la forme du catalogue, une vue synthétique de la riche histoire de la comédie italienne en France.

---

7. Thomas-Simon Gueullette, *Notes et souvenirs sur le Théâtre-Italien au XVIIIe siècle*, Paris, Droz, 1938. (Nous nous référerons ici à sa *Table historique par ordre chronologique des pièces de théâtre jouées par les comédiens italiens arrivés à Paris en l'année 1716*.)

8. Antoine D'Origny, *Annales du Théâtre Italien depuis son origine jusqu'à ce jour*, Paris, Veuve Duchesne, 1788, 3 vol. (Genève, Slatkine Reprints, 1970). Toutes les informations qui nous intéressent ici figurent dans le premier volume.

Enfin, pour tout ce qui regarde la comptabilité des affluences et des représentations données, nous faisons appel au travail de Clarence Brenner[9], qui a minutieusement consigné le répertoire de la Nouvelle Troupe Italienne en se fondant sur les registres de l'Opera-Comique, parfois lacunaires.

Arlequin Sauvage est créée le 17 juin 1721, devant 214 spectateurs d'après les registres du Théâtre-Italien, ce qui n'est pas exceptionnel. Les entrées et recettes du spectacle (représenté six fois) au cours du premier mois ne pouvaient laisser présager la longue carrière de cette comédie. Près de 1800 spectateurs pour le premier mois de représentation, et un millier de nouveaux spectateurs pour le mois de juillet alors que la comédie a été représentée sept fois : il convient néanmoins de préciser que ces débuts sont statistiquement honorables, étant entendu que les parisiens de l'époque rechignaient parfois à aller au théâtre au moment de l'été. La belle carrière du spectacle s'est ainsi faite sur la durée, avec ici et là quelques « pics » d'affluence, notamment la représentation du 3 décembre 1724, qui attira près de 900 spectateurs : il est vrai que les comédiens italiens, partis à Fontainebleau, s'étaient absentés depuis la fin du mois d'août jusqu'au premier du mois de décembre. En 1730, à Versailles la troupe représente la comédie devant la Cour (figurait également au programme ce jour-là l'*Arlequin poli par l'amour* de Marivaux[10]). En 1731, soit dix ans après la création de la comédie, sont encore recensées neuf représentations connues[11] de la pièce de Delisle, parmi lesquelles on relèvera celle du 26 septembre, qui attire près de 700

---

9. Clarence D. Brenner, *The Théâtre Italien, its repertory, 1716-1793*, Berkeley, 1961.

10. Le 30 janvier 1734, les deux pièces furent de nouveau jouées à la Cour.

11. Il y en eut peut-être quelques autres ; en effet, les registres de la période couvrant la deuxième moitié de janvier jusqu'au début d'avril sont manquants...

spectateurs ; l'explication de cette forte affluence est simple : *Arlequin sauvage* a été ce jour-là programmé avec le spectacle à succès du moment, à savoir *Le Je ne sais quoi* (créé le 10 septembre 1731) de Louis de Boissy. Astucieuse politique de programmation qui permet d'assurer de belles audiences à un spectacle que les comédiens italiens, manifestement, aimaient jouer ! Par ailleurs, la persévérance et l'obstination des Italiens à représenter la comédie de Delisle au point d'en faire un des piliers de leur nouveau répertoire s'est assurément trouvée confortée d'emblée par un accueil critique unanimement favorable ; et le texte et le spectacle ont durablement bénéficié de ce soutien... Si Gueullette se contente de dire que la pièce est « très bonne », le marquis d'Argenson, quant à lui, ne ménage pas son enthousiasme : « Blâmera qui voudra cette pièce d'être trop philosophique ; c'est, comme on dit, se plaindre de ce que la mariée est trop belle. On corrige ici nos mœurs en général, tandis que les comédies ordinaires ne reprennent que quelque vice en particulier. Vive la loi naturelle ! Quand on confronte le simple avec le composé, l'on voit que la politesse n'a fait qu'étouffer la rectitude de la nature ; ôtez la violence de celle-ci, tout ce qui reste est beau et droit, et parle mieux que les lois. Cette pièce-ci est une des meilleures que je connaisse au théâtre ; car avec cela (elle) est très comique et très bien jouée ordinairement par ces acteurs polissons que nous avons tiré d'Italie, et qui se chargent de ces pièces philosophiques »[12]. La critique du *Mercure de France* indique que la comédie « a eu beaucoup de succès », et insiste sur l'excellence de l'Arlequin : « Le sieur Thomassin, qui ne dégénère point des Acteurs de la première réputation qui ont porté le masque d'Arlequin avant lui sur le même Théâtre, a joué dans cette Pièce avec ces grâces naïves, et cet élégant badinage qui lui ont acquis la réputation du plus excellent

---

12. *Studies on Voltaire and the eighteenth century*, t. 43, Argenson. Notices sur les œuvres de théâtre (publiées par H. Lagrave), edited by Theodore Besterman, 1966, p. 657.

Pantomime et du plus joli Comédien que nous eussions
encore vu de cette espèce. Réputation qu'il a beaucoup augmentée dans cette occasion, car on peut dire que son rôle
contient presque toute la Pièce, qu'il joue précisément dans
le vrai caractère qu'il soutient, et sans dire un seul mot
d'Italien. » Le rédacteur de la note critique du *Mercure* propose aussi une pertinente synthèse de la comédie de
Delisle : « La censure est générale sans blesser aucune des
idées que l'on doit respecter dans le monde. Elle influe sur
nos mœurs, car le Sauvage condamne à la fois chez nous et
le fond et la forme, par des raisonnements d'autant plus
forts, qu'ils sont ingénus, et que la simple Nature les lui
dicte. »[13] Antoine d'Origny, quant à lui, émet un jugement
de *lecteur* : « *Arlequin Sauvage* présente (...) le contraste de
nos mœurs et de celles de l'homme en état de nature. La
disposition de cette Pièce, qui est le coup d'essai de *de
Lisle*, est assez régulière. On y remarque une conduite sage,
des caractères soutenus, principalement celui d'*Arlequin*,
quelquefois spirituel, et toujours simple et naïf ». Cette
comédie a été souvent rééditée au cours du XVIIIᵉ siècle.[14]
Elle a en outre été traduite en allemand.

A propos de *Timon le misanthrope*[15], créée le 2 janvier
1722, Gueullette note qu'elle « eut un grand succès et fut
jouée plus de quarante fois de suite ». D'Origny, qui n'a pas
assisté à la création de cette comédie, surenchérit, en pla-
giant pour partie le compte-rendu du *Mercure* dont nous
citerons un extrait ci-après : « Le Public ne pouvait recevoir
de plus jolies étrennes que la première représentation de
Timon le misanthrope, Comédie de *de Lisle*, aussi sagement

---

13. *Mercure de France*, Slatkine Reprints, Genève, 1968, t. 1
(juin-décembre 1721), pp. 60-61.

14. Nous renvoyons le lecteur à la Bibliographie pour la liste des
œuvres éditées de Delisle.

15. Notons que l'orthographe de Timon varie selon les textes : le
nom s'écrit aussi « Thimon » dans plusieurs des éditions consultées.

intriguée que purement écrite. Les dialogues de *Lucien* ont
fourni à l'Auteur l'idée de *Timon* ; mais les rôles de *Mercure* et d'*Eucharis* sont de son invention. Il y a d'ailleurs
une infinité de détails qui lui appartiennent, tels que les plus
beaux endroits de la Scène où les amis du *Misanthrope* le
félicitent de son bonheur, l'apostrophe de *Timon* à *Jupiter*,
la descente de *Plutus* sur la montagne, et la métamorphose. »
Le marquis d'Argenson, moins élogieux, indique que la
pièce « eut un succès prodigieux dans le temps, et depuis »,
et commet un anachronisme intéressant, sinon pertinent, en
rattachant le texte de Delisle au genre du « *comique lar-
moyant* ».[16]. La fortune scénique de ce texte en son temps est
proprement extraordinaire. Jouée devant près de 400 spectateurs à sa création, la comédie en attire plus du double lors
de la deuxième représentation, le 4 janvier 1722. Durant tout
le mois de janvier, ce très lucratif spectacle, représenté
15 fois, attire plus de 10000 spectateurs... Le 27 du même
mois, la pièce est représentée à la Cour, « avec un fort grand
succès », nous renseigne le *Mercure de France*. Le mois suivant, ils sont environ 6000 à assister aux onze nouvelles
représentations du spectacle. A l'instar de l'*Arlequin sauvage*, *Timon le misanthrope* s'inscrit au répertoire des Italiens et continue d'être joué régulièrement, des années après
sa création, devant un public nombreux. Cette comédie a été
de nombreuses fois rééditée au XVIIIe siècle, elle a été traduite en anglais (en 1733) et en hollandais.

Premier faux pas dans la carrière dramatique de Delisle,
Arlequin au banquet des sept Sages (créée le 15 janvier
1723) « fut très mal reçue », nous renseigne Gueullette, et
sa parodie presque immédiate, *Le Banquet ridicule*, « fut
trouvée très mauvaise »... Le *Mercure de France* passe en
quelque sorte cet échec sous silence en n'en consignant que
la date de création... D'Origny est beaucoup plus disert, sur
la foi d'on ne sait quels documents, mais l'analyse des

---

16. *Studies on Voltaire and the eighteenth century, op. cit.*, p. 717.

recettes et des entrées du spectacle corrobore le contenu de sa notice : « On annonçait depuis longtemps la Comédie d'*Arlequin au banquet des sept Sages*, par *de Lisle* (...) ; mais il s'en faut bien qu'on l'ait jugée digne de l'Auteur de *Timon le misanthrope*. Plus de mauvais goût que d'invention, et moins de raison que de bizarrerie et de singularité, des détails fastidieux, et une morale plus faite pour entrer dans un traité philosophique que dans un ouvrage dramatique, lui ont occasionné une chute dont elle n'a pu se relever, quelques changements qu'on y ait faits. Le 3 février, on dut être surpris de voir le *Banquet ridicule*, Parodie du *Banquet des sept Sages*, par *de Lisle* lui-même. Une telle conduite annonce autant de courage que d'adresse ». La comédie a été représentée six fois pendant le mois de janvier ; la belle affluence du jour de la création (765 spectateurs) semble attester que la nouvelle comédie de notre auteur était attendue... En dépit de l'échec critique et public, les Italiens continuent de jouer cette comédie[17], mais les audiences sont de plus en plus médiocres (un peu plus de 200 spectateurs pour chacune des deux dernières représentations du mois de janvier). La maigre audience du premier février (131 spectateurs) confirme l'échec de la pièce. Jouée le surlendemain avec sa propre parodie, la comédie réussit alors à attirer 305 spectateurs ; le 5 février ils sont un peu moins de 200. Ce sont là les deux seule fois où la comédie de Delisle et sa parodie furent représentées ensemble. Programmé ensuite à quatre reprises avec d'autres comédies, *Le Banquet ridicule* termine sa carrière en beauté les 16 et 18 février où il accompagne la représentation de *Timon le misanthrope* (pour une audience cumulée de 750 specta-

---

17. Sur ce point, il convient de noter que les Comédiens Italiens se résignaient rarement à ne pas donner une nouvelle chance à une comédie dont la création avait été malheureuse, en quoi ils se distinguaient sensiblement des Comédiens Français, beaucoup plus prompts à abandonner la représentation d'une pièce en cas d'échec à la création.

teurs). Quant à *Arlequin au banquet des sept Sages*, elle voit
la fin de son éphémère carrière sur la scène de l'Hôtel de
Bourgogne où elle est suivie, le 13 février, par moins de
cent personnes. Aucun des deux textes n'a été imprimé, et
seul nous reste un exemplaire manuscrit de la brève
parodie.[18]

La comédie « pastorale » intitulée *Le Faucon et les oies de
Boccace*, créée le 6 février 1725, est « fort bonne » selon
Gueullette. Le *Mercure de France* marque sensiblement, en
la circonstance, son soutien à l'œuvre de Delisle[19] : « L'Auteur de cette Comédie, dont les coups d'essais ont été si
heureux dans son *Arlequin sauvage*, et dans son *Timon le
misanthrope*, n'aurait pas moins de succès dans cette dernière Pièce, si l'on se contentait d'un esprit Philosophique,
tel qu'il règne dans tout son ouvrage. L'économie en est très
sage, les Scènes y naissent les unes des autres ; enfin on a
trouvé que c'est un habit parfaitement bien taillé, auquel il
ne manque que certains ornements, qui souvent, tout étran-
gers qu'ils sont à un ouvrage, ne laissent pas d'en faire le
plus brillant succès ; on rend justice surtout à l'Art, avec
lequel les deux contes de Bocace sont liés pour ne faire
qu'une même action. »[20] Le marquis d'Argenson s'en tient à
l'essentiel : « Cette pièce est joliment écrite ; *Silvia* et *l'Arlequin Thomassin* y jouaient très naïvement et gracieuse-
ment. Elle a beaucoup réussi dans sa nouveauté, et on la
rejoue souvent. »[21] En effet, Delisle renoue ici avec le succès : 900 spectateurs lors de la création, et un total d'envi-

---

18. On peut le consulter à la BnF, ms., fr. 9311, coll. Soleinne.

19. Il convient de noter que le *Mercure de France*, en règle
générale, fait significativement montre d'autant de considération et
d'intérêt pour les créations de la Comédie Italienne que pour celles
de la Comédie Française.

20. *Mercure de France, op. cit.*, t. 8 (janvier-juin 1725), p. 100.

21. *Studies on Voltaire and the eighteenth century, op. cit.*,
pp. 676-677.

ron 6000 pour les douze représentations du mois de février. Cette très jolie comédie fut représentée à Versailles le 8 mars 1725, soit un mois après sa création[22]. Elle a été très régulièrement reprise par les Italiens, et souvent en complément de programme. Cette comédie a été imprimée.

La comédie suivante, *Le Berger d'Amphrise*, créée le 20 février 1727, « fut fort mal reçue. Il y avait une décoration magnifique » (Gueullette). Le marquis d'Argenson confirme ce dernier point : « Cette pièce eut peu de succès quoiqu'avec une belle décoration neuve. La scène se passe à *Amphrise* dont les bergers étaient galants et magnifiques, aussi les divertissements de cette pièce ont-ils été les plus beaux qu'ait donné à Paris la *troupe italienne*, mais les plus infructueux pour leur profit. »[23] Le *Mercure de France* continue de soutenir Delisle : « L'honneur que la plupart de ses pièces lui ont fait, doit le consoler de celles qui n'ont pas tout-à-fait répondu à l'attente que le nom d'un si bon Auteur en avait donnée au Public. Comme il ne s'est point proposé d'autre but que celui de corriger les mœurs en riant, pour remplir un projet si raisonnable, il a voulu en dernier lieu tourner en ridicule, ceux qui prétendent se faire un nom par une manière d'écrire et de parler trop singulière[24] ; il n'a cru pouvoir mieux y réussir, qu'en mettant au Théâtre Apollon même, sous le nom du *Berger d'Amphrise*, donnant les véritables règles de l'art de bien dire. Les Métamorphoses d'Ovide lui ont fourni le sujet. Il est vrai qu'il ne s'est pas attaché scrupuleusement à suivre la Fable ; Midas ne fut point Juge entre Apollon et Marsias, comme il l'est dans la Comédie du Berger d'Amphrise. De deux Fables différentes

---

22. Elle fut aussi représentée devant la Cour, à Versailles, le 20 décembre 1728 et le premier décembre 1731.

23. *Studies on Voltaire and the eighteenth century, op. cit.*, pp. 642-643.

24. D'aucuns, supposant une rivalité entre auteurs qu'aucun document ne permet de valider, ont voulu voir dans cette comédie une attaque contre Marivaux.

l'auteur n'en a fait qu'une. »[25] Il est hélas impossible de se faire une idée sur la carrière manifestement éphémère de cette pièce, étant donné que les registres du Théâtre Italien couvrant la période du 18 mars 1725 au 5 avril 1728 sont manquants. Par ailleurs, de façon attendue, la comédie n'apparaît pas dans les registres ultérieurement... Cette comédie n'a pas été imprimée.[26]

Comédie au titre prometteur, *Arlequin astrologue*, créée le 13 mai 1727, « n'a pas réussi » (Gueullette). Le *Mercure de France* rapporte que l'auteur a gardé l'anonymat lors de la création du spectacle. La chose était alors courante, mais dans ce cas précis il est permis de hasarder l'hypothèse que Delisle, échaudé par l'insuccès de deux de ses dernières comédies, ait voulu proposer aux spectateurs de l'Hôtel de Bourgogne un texte qui serait jugé sans *a priori* défavorable... Le texte de cette pièce qui n'a pas été imprimée en son temps, s'est malheureusement perdu, et la seule trace que nous en conservions est un précieux résumé détaillé qui figure dans le *Mercure*.[27] Ici aussi, l'absence de registres ne nous permet pas de mesurer ou de nuancer l'ampleur de l'échec de cette pièce.

Gueullette s'abstient de tout commentaire et se contente de marquer la date de création de la comédie intitulée *Abdili Roi de Grenade* (20 décembre 1729). Le *Mercure de France* atteste que la pièce n'a été représentée qu'une seule fois, sans plus de précisions[28], devant 638 spectateurs d'après les registres du Théâtre-Italien, c'est-à-dire une audience parfaitement honorable pour une première à l'Hôtel de Bourgogne. Cette pièce n'a pas été imprimée.[29]

---

25. *Mercure de France, op. cit.*, t. 12 (janvier-juin 1727), p. 141.

26. Elle figure également dans le manuscrit mentionné ci-dessus.

27. *Mercure de France, op. cit.*, t. 12 (janvier-juin 1727), pp. 368-370.

28. *ibid.*, t. 17 (juillet-décembre 1729), p. 431.

29. Seul en subsiste le scénario, consultable dans le manuscrit déjà cité. D'après ce qu'on en sait, Flaminia serait l'auteur du cane-

Danaüs, tragi-comédie, est créée le 21 janvier 1732. Le *Mercure de France* en signale l'originalité, qui ne manque pas d'étonner, encore aujourd'hui : « Cette Tragédie n'est qu'en trois Actes ; on n'y a ajouté des Intermèdes que par rapport au Théâtre Italien. Il sont ingénieux et l'idée en est nouvelle, ils composent une petite Comédie qui naît du plus grand tragique. »[30] Antoine d'Origny écrit que Danaüs « n'inspira qu'un médiocre intérêt », ce que confirme l'examen des registres du Théâtre Italien, mais qu'au prix de « quelques corrections, on aurait pu assurer à cet Ouvrage un sort digne d'envie ». 1800 spectateurs en tout assistèrent aux quatre représentations du mois de février 1732 (ils étaient 800 lors de la création, ce qui tendrait à indiquer que Delisle jouissait alors d'un prestige intact aux yeux du public, mais dix jours plus tard, le 31 janvier, ils ne sont plus que 200...). La tragi-comédie disparaît ensuite des registres. Cette pièce a été imprimée.

« Pièce très mauvaise », note Gueullette au sujet de la comédie créée le 14 janvier 1734, *Arlequin grand Mogol*, dont le *Mercure de France* se contente de consigner la date de première représentation sans plus de détails ; « rien n'y a intéressé que les Scènes d'*Arlequin* et de *Zaïde* », d'après d'Origny. L'absence de registres couvrant la période du 22 mars 1733 au 18 avril 1735 nous interdit de nous prononcer sur la fortune scénique de la comédie. Cette pièce n'a pas été imprimée.[31]

« Cette pièce est mauvaise », note à nouveau Gueullette, évoquant *Le Valet auteur*, créée le 2 août 1738. Jugement que tempère quelque peu le *Mercure de France* du mois d'août qui nous apprend que la pièce « a été reçue avec beaucoup d'applaudissement »... La gazette fournit aussi une singulière note critique entièrement consacrée au titre

---

vas, et Delisle aurait fourni les dialogues ; on notera que le scénario conservé est très vraisemblablement de la main de Delisle.

30. *Mercure de France, op. cit.*, t. 22 (janvier-juin 1732), p. 153.

31. Elle figure dans le recueil de manuscrits à la B.N..

de la comédie : « Au reste tout le monde convient que la Pièce en question, ne répond au titre qu'autant qu'on veut bien s'y prêter, et que le Valet Auteur, n'est tout au plus qu'un Valet intriguant, tel qu'on en voit dans la plupart des comédies, et surtout dans *Les Fourberies de Scapin* ; mais les Auteurs sont obligés de se conformer au goût d'aujourd'hui ; un titre joliment imaginé et bien sonnant à l'oreille, attire un plus grand nombre de Spectateurs, et les Auteurs y trouvent leur compte, du moins du côté de l'intérêt ; nous en avons plus d'un exemple, et c'est un des moindres défauts de notre Théâtre »[32]. Ces savantes considérations sur le bien-fondé du titre de la comédie firent peut-être à l'époque l'objet d'un frivole débat ! En effet, le marquis d'Argenson débute sa notice[33] par des remarques analogues (« le titre est extrêmement forcé »), pour ensuite s'indigner qu'on prétende dans cette comédie « pouvoir se passer du consentement d'un père pour un mariage »... Il note également que la pièce « a eu quelque succès », sans que nous puissions le vérifier par l'examen des registres du Théâtre-Italien (la période du 7 juin 1737 au premier janvier 1740 nous est inconnue). Cette comédie a été imprimée.

Le dernier ouvrage dramatique de Delisle, *Les Caprices du cœur et de l'esprit*, fut créé le 25 juin 1739, « avec un divertissement de Polonais et de paysans de Mortland, sabotiers et sabotières » (Gueullette). Le marquis d'Argenson écrit que la pièce « a eu quelque succès. Elle est de sentiment plutôt que d'intrigue ; les caractères n'ont rien de neuf. Les quatre principaux acteurs ne s'en sont pas mal tirés. »[34] Le *Mercure de France* du mois de septembre 1739 confirme que la pièce « a été reçue favorablement. »[35]

---

32. *Mercure de France, op. cit.*, t. 35 (juillet-décembre 1738), pp. 95-97.

33. *Studies on Voltaire and the eighteenth century, op. cit.*, p. 719.

34. *ibid.*, pp. 662-663.

35. *Mercure de France, op. cit.*, t. 37 (juillet-décembre 1739), pp. 202-204.

Hélas, faute de registres, il nous est impossible de vérifier que Delisle se retira du théâtre sur un dernier succès. Néanmoins, il convient de remarquer que la comédie est absente des registres à partir de janvier 1740 ; c'est donc que la pièce n'a pas réussi au point de s'inscrire durablement dans le répertoire des Italiens. Le texte n'en a pas été imprimé.[36]

L'énumération de ces œuvres dramatiques appelle quelques autres commentaires, surtout si on se livre à un examen attentif des listes chronologiques des spectacles joués par les Italiens. Comme nous l'avons déjà dit, Delisle n'a pas été un auteur très prolifique (la seule production dramatique de Marivaux pour les Italiens, dans un laps de temps similaire, dépasse aisément celle de Delisle) ; quatre saisons se passent entre *Arlequin grand Mogol* et *Le Valet auteur*... Pour autant, Delisle ne quittait pas l'affiche, puisque ses premiers succès étaient très régulièrement repris. Notre auteur présente ainsi la particularité d'avoir essentiellement construit sa carrière dramatique autour des deux textes qui l'avait lancée sous les meilleurs auspices, à savoir *Arlequin sauvage* et surtout *Timon le misanthrope*, comédies sans cesse reprises[37] (« remises au théâtre » disait-

_____

36. Le manuscrit en a été gardé, et, exception notable, Delisle l'a manifestement mis au propre, sans doute en vue d'une hypothétique édition.

37. Henri Lagrave, *Le Théâtre et le public à Paris de 1715 à 1750*, Paris, Klincksieck, 1972, p. 603. L'auteur produit un tableau des entrées des principales comédies jouées par les Italiens. Les résultats sont éloquents : pour *Timon le misanthrope* Henri Lagrave comptabilise 69000 spectateurs pour 177 représentations connues (étant entendu que les registres lacunaires ne permettent pas d'établir une comptabilité exhaustive et exacte du nombre de spectateurs et du nombre de représentations pour chaque pièce donnée), pour *Arlequin sauvage* c'est 43000 spectateurs pour 171 représentations connues, et pour *Le Faucon* c'est 33000 spectateurs pour 119 représentations connues. *Timon* et *Arlequin sauvage* devancent dans ce « classement » toutes les pièces de Marivaux ; ce sont les plus grands succès publics du Théâtre-Italien au XVIIIe siècle.

on à l'époque), et toujours avec un égal succès, alors même que ses nouvelles comédies chutaient au bout de quelques représentations.[38] Delisle avait près de quarante ans[39] au moment de la création de sa première comédie, *Arlequin sauvage* n'était donc pas le coup d'essai d'un jeune auteur ambitieux, mais bien plutôt l'œuvre d'un auteur mûr, manifestement très au fait de son art. Comment expliquer son progressif déclin ? Autant qu'on en puisse juger, il a construit une œuvre cohérente, fondée sur des postulats esthétiques qui n'ont guère varié entre *Arlequin sauvage* et *Les Caprices du cœur et de l'esprit*. Faut-il en conclure que Delisle avait épuisé son talent en l'espace de quelques trois années ? Le crédit de Delisle auprès du public des Italiens est demeuré intact, en dépit des échecs répétés de ses nouvelles comédies ; il y a là matière à réflexion, à l'échelle de l'histoire du théâtre et des spectacles, sur la façon dont s'opère, mystérieusement, le « tri » entre les œuvres, selon leurs qualités intrinsèques, selon le goût du public, selon les caprices de la mode, et selon d'autres facteurs plus ou moins aléatoires. Il va s'agir à présent de présenter les textes, en tentant d'en dégager des thématiques, des figures et des formes qui permettront peut-être de reconsidérer une œuvre méconnue.

Arlequin sauvage

Ce texte donne la vedette à Arlequin, et il a manifestement été composé pour mettre en valeur le génie comique

---

38. Un exemple entre plusieurs pour illustrer ce décalage : en 1729, en fin d'année on donne *Abdili, Roi de Grenade*, sans suite. Dans les *Annales* d'Antoine d'Origny on peut lire que le 27 avril de la même année, « la rentrée du Théâtre s'est faite (...) par *Timon le misanthrope* ».

39. Marivaux avait lui aussi presque quarante ans lorsqu'il commença à être joué sur la scène de l'Hôtel de Bourgogne. Quant à Autreau, il faisait figure de vétéran auprès de ses deux confrères : il n'avait pas moins de soixante ans.

de Thomassin. Ce faisant, Delisle perpétue les habitudes prises par les auteurs de la précédente Troupe italienne, qui avaient transformé l'Arlequin *zanni* en un homme-orchestre régnant en chef sur le cours des spectacles, les menant littéralement à la baguette dès que nécessaire, pour relancer ou achever les intrigues. Ici, Delisle conserve à son Arlequin un rôle de première importance, mais il lui donne une dimension supplémentaire : le bouffon ne se donne plus seulement en représentation pour faire admirer sa prestance scénique, sa science du jeu et sa faconde singulière (toutes choses qui lui permettaient incidemment naguère de donner dans la satire, légère ou appuyée), mais pour les mettre en situation au sein d'une comédie véritablement construite. Ce changement de registre n'est pas fortuit, et il est permis de penser que Delisle, avec *Arlequin Sauvage*, a ouvert la voie à un nouveau genre de comédie, à l'échelle de l'histoire du théâtre italien en France, en donnant non pas un *modèle*, mais un *exemple* de dramaturgie neuve et cohérente.[40] Ne fût-ce que pour le jalon essentiel qu'elle a été

---

40. Nous n'ignorons pas que la première comédie écrite pour la Nouvelle Troupe Italienne est le *Naufrage au port-à-l'Anglais* (représentée pour la première fois le 25 avril 1718) de Jacques Autreau. Mais cette comédie, au demeurant charmante, hésite à s'affranchir du récent passé gherardien (en témoignent les nombreuses scènes écrites pour être jouées en *italien*, ainsi que le plaisant prologue où Silvia confie à Flaminia que la perspective de devoir jouer en français la « fait trembler »). Les deux comédies suivantes d'Autreau, à savoir *l'Amante romanesque* (27 décembre 1718) et *les Amants ignorants* (14 avril 1720), de même que l'*Arlequin poli par l'amour* (17 octobre 1720) de Marivaux précèdent aussi chronologiquement l'*Arlequin Sauvage* de Delisle : Autreau affine ses procédés et livre là deux merveilleuses comédies d'intrigue, Marivaux quant à lui se préoccupe de composer une courte pièce en un acte qui a valeur de « prélude », selon l'heureuse formule de Frédéric Deloffre, à l'œuvre qui va suivre. Sans discuter ici des mérites et des qualités de ces beaux textes ni établir aucune hiérarchie spécieuse, nous tenons que la première comédie de Delisle marque une véritable rupture avec le massif répertoire qui la précède.

dans l'élaboration d'un nouveau répertoire, cette comédie aurait mérité une reconnaissance plus solide et plus durable...

Il est vrai que cette comédie était en parfaite adéquation avec son temps. Ainsi que l'écrit Xavier de Courville, « De Lisle eut la plaisante idée de confier à Arlequin le rôle que Montesquieu confie à Rica, Voltaire à Micromégas. Arlequin appartenait-il à l'espèce humaine ? Débarquant de Bergame ou tombant de la lune, il était, pour le moraliste De Lisle, un observateur aussi neuf qu'un Persan, qu'un diable ou qu'un planétaire. Et la naïveté qu'il cachait sous son masque le prédestinait à lever celui des autres hommes. »[41]

L'intrigue d'*Arlequin Sauvage* est simple... Lélio, un Capitaine de vaisseau, a voulu conduire en Europe un Sauvage, Arlequin, pour confronter sa raison naturelle aux mœurs et aux usages d'une nation civilisée. A la suite du naufrage du navire, les deux personnages se retrouvent à Marseille : c'est là que débute l'action de la pièce.[42] Une

---

41. Xavier de Courville, *Un Apôtre de l'art du théâtre au XVIIIe siècle : Luigi Riccoboni dit Lélio. L'expérience française (1716-1731)*, Paris, Droz, 1945, p. 215. Ajoutons, pour compléter la généalogie du texte de Delisle, que *Les Lettres persanes* parurent l'année précédant la création d'*Arlequin sauvage*. Et, vingt années auparavant, un familier des italiens, Dufresny, faisait paraître les *Amusements sérieux et comiques* (1699) où il consignait les observations d'un Siamois se promenant à Paris : « Imaginons-nous qu'un Siamois entre dans Paris. Quel amusement ne serait-ce point pour lui d'examiner avec des yeux de voyageur toutes les particularités de cette grande ville ! Il me prend envie de faire voyager ce Siamois avec moi ; ses idées bizarres et figurées me fourniront sans doute de la nouveauté, et peut-être de l'agrément. »

42. On relèvera en début de comédie un clin d'œil discret à Molière, peut-être : en effet, c'est à *Scapin*, dont ce sera par ailleurs l'unique apparition, que Lélio, qui veut quitter la cité phocéenne au plus vite, s'adresse en premier (I, 1) pour lui demander où en sont les préparatifs de départ. Rappelons que c'est dans une autre grande cité méditerranéenne, Naples, qu'est située l'action des *Fourberies de Scapin*.

double intrigue amoureuse se met rapidement en place, conjointement à l'exposition des personnages, dans l'économie de la comédie : Flaminia, fille de Pantalon, aime Lélio et est aimée de lui en retour ; mais la nouvelle du naufrage de Lélio, à qui Pantalon avait promis sa fille, modifie les projets du père. C'est ainsi qu'il voudra faire épouser à sa fille un certain Mario, qui se trouve être un ami de Lélio. Arlequin tombe lui aussi amoureux, de Violette, la suivante de Flaminia. Le dénouement attendu voit la réunion heureuse de Lélio et Flaminia, sur le jugement d'Arlequin, qui obtient Violette pour femme...

Ainsi présentée, l'intrigue ne se distingue guère d'un banal scenario ou canevas à l'italienne. Pour mieux apprécier l'originalité du texte de Delisle, il faut d'abord examiner la subtile caractérisation des principaux personnages. Arlequin est un sauvage qui fait l'apprentissage de la civilisation, à la faveur de rencontres et de dialogues où sa *naïveté* (au sens étymologique du mot) est mise à l'épreuve. Les traits caractéristiques d'Arlequin sont habilement réintroduits tout au long de la comédie. Son franc-parler se manifeste dès sa première apparition en scène, lorsqu'il déclare péremptoirement (ce sont là ses premiers mots !) : « Les sottes gens que ceux de ce pays... » (I, 3). Son insolence et son goût pour la raillerie éclatent lorsqu'il tombe nez-à-nez sur Pantalon, dont la « ridicule figure » et la « barbe longue, longue » sont prétexte à une irrépressible hilarité (I, 5). Sa tendresse badine et sa maladresse rejaillissent lorsqu'il *flirte* avec Violette (I, 5). Son atavique penchant pour la rapine et ses traditionnels démêlés avec la justice nous sont aussi drôlement rappelés (I, 6 et II, 2), même s'ils sont ici bien vite désamorcés, puisque notre sauvage est dans l'ignorance des lois et usages en vigueur dans la civilisation : c'est donc en toute innocence qu'il commet un vol et se défend d'avoir rien fait de mal ! Dans le même esprit, il convient de relever la scène où Lélio apprend à Arlequin ce qu'est l'argent : pour se faire comprendre du Sauvage, Lélio compare l'argent à une « caution »... Et Arlequin de demander aussitôt à Lélio des « cautions » pour accorder crédit à ce qu'il lui dit (II, 4). A l'instar de ses nombreux prédécesseurs qui soulageaient volontiers leurs maîtres de quelques écus, mais pour un motif tout différent, Arlequin se montre ainsi *intéressé*, comme à son insu et presque malgré lui ! La façon dont Delisle agence et recycle ces traits typiques témoigne à elle seule d'une fine connaissance du répertoire italien. Mais Delisle ne s'arrête pas là, et sans trahir le *zanni* (puisque précisément, sous le magistère de Gherardi, le personnage d'Arlequin avait développé une prodigieuse aptitude à se métamorphoser), il le transforme en un authentique Bon Sauvage. Ce faisant, il entoure le personnage d'un foisonnant et substantiel paratexte. La figure du Bon Sauvage a suscité une très riche littérature à l'époque des Lumières, que ce soit dans le registre de la critique sociale ou dans la florissante catégorie des utopies. Rappelons que les *Dialogues curieux entre l'auteur et un sauvage qui a voyagé* du baron de La Hontan datent de 1703, et exerceront une durable influence sur le XVIIIᵉ siècle. Delisle s'est manifestement souvenu de cet ouvrage[43] au moment d'écrire son *Arlequin sauvage*. Du point de vue de l'histoire même du personnage d'Arlequin, cette métamorphose en sauvage fait sens : ne peut-on pas en effet, sans trop forcer l'interprétation, avancer l'hypothèse qu'Arlequin est une créature théâtrale en laquelle l'*inné* et l'*acquis* se contrebalancent organiquement (l'inné se résumant en la circonstance à tous les traits typiques, fixes et figés du personnage, et l'acquis à toutes ses métamorphoses nouvelles) ? En tout état de cause, Delisle a touché ici un point sensible.

---

43. Nous renvoyons sur ce sujet le lecteur à l'ouvrage de Gustave Attinger, *L'Esprit de la commedia dell'arte dans le théâtre français*, *op. cit.*, pp. 405 sq. Attinger y met en rapport avec pertinence les textes de Delisle et de La Hontan. Ces pages sont comprises dans un chapitre intitulé « Thèmes sociaux (Delisle, Marivaux) » qui reste à ce jour le plus précieux outil de travail pour quiconque prétend étudier l'œuvre de Delisle, avec les pages que Xavier de Courville consacre à notre auteur dans son ouvrage sur Luigi Riccoboni.

La typologie des autres personnages centraux est moins problématique, puisqu'ils sont essentiellement là pour mettre Arlequin en valeur (notons que ce dernier est de toutes les scènes de la comédie, à l'exception des deux premières). Lélio, qu'interprétait Luigi Riccoboni, double son rôle traditionnel d'amoureux d'une dimension d'honnête homme et d'esprit curieux. Son ami et rival Mario est un galant. Pantalon s'est quelque peu assagi, et il se rend à la raison en accordant sa fille à Lélio, sans qu'il soit besoin de manigancer une intrigue derrière son dos. Flaminia, l'amoureuse, est une femme d'esprit, et, mue par la curiosité, elle adopte dans cette comédie une attitude similaire à celle de son amant Lélio, en poussant Violette dans les bras d'Arlequin. Il convient de signaler en outre qu'elle s'oppose ouvertement aux *desiderata* de son père, sur le chapitre de son mariage (il s'agit là d'un thème récurrent dans l'œuvre de Delisle).

Outre l'emploi judicieux des personnages italiens, il faut signaler les nombreux *lazzi* que sollicite Delisle pour donner du mouvement à sa comédie. En fait de *lazzi*, il vaudrait mieux parler de variations autour de *lazzi*. Ainsi de ce début de scène où Arlequin ne dit mot, sans jeter un regard sur son maître, et en « faisant mine au parterre », pour montrer ostensiblement qu'il est fâché (II, 4) : ne s'agit-il pas d'une ébauche de pantomime ? Et que dire de la scène où Arlequin se met entre Lélio et Mario, rivaux prêts à en découdre pour décider qui des deux aura la main de Flaminia ? (II, 5) Les gesticulations et les répliques d'Arlequin auront raison des arguments des deux duellistes, qui pour l'occasion retrouvent le ton ampoulé et ridicule des amoureux « traditionnels »... Tout au long du dernier acte, Arlequin nous apparaît déguisé en petit-maître, renouant ainsi avec les coutumes gherardiennes (les spectateurs de l'époque virent souvent le personnage se travestir et changer d'habit et de rôle plusieurs fois dans une même comédie). Enfin, nous ne manquerons pas de relever une très habile et très astucieuse variation autour du *lazzi* du miroir (III, 4) : Violette ayant laissé tomber par mégarde un miroir, Arlequin le ramasse, et il est tout surpris de s'y voir, ce qui donne lieu à une série de « postures bizarres » et de « grimaces » arlequinesques ! Tous ces fragments comiques sont intégrés à l'intrigue, ils font corps avec elle : leur fonction n'est pas seulement ornementale, comme c'était bien souvent le cas dans le répertoire précédent. Delisle se démarque aussi jusqu'à un certain degré de la fantaisie italienne lorsqu'il a recours à l'allégorie : la dernière scène de la comédie s'ouvre sur une controverse entre l'Amour et l'Hymen, qui ont décidé de vider leur querelle en s'intéressant opportunément au cas de Flaminia. L'intrusion de ce motif allégorique au sein d'une comédie italienne est pertinente à plus d'un titre : en premier lieu, elle s'accorde harmonieusement avec la tonalité philosophique du projet, et d'autre part elle permet à l'auteur de rompre discrètement avec les facilités du répertoire gherardien. Là où les auteurs de la troupe de Gherardi faisaient appel à la magie pour précipiter un dénouement, Delisle fait intervenir l'allégorie...

Abondance des procédés comiques, théâtralité revendiquée, réappropriation astucieuse des types traditionnels : Delisle convoque bel et bien tous les artifices du théâtre italien, mais il réussit à les fondre dans une comédie de moraliste sans verser dans la caricature outrancière, ni dans la satire à gros traits. En effet, sitôt la comédie lancée, avec un méthodique souci de didactisme, l'auteur dresse en filigrane l'inventaire des mœurs et usages d'une civilisation policée. Par l'entremise d'un Arlequin sauvage dépourvu de tout préjugé et doté de sa seule raison naturelle, cet examen va mettre en relief les paradoxes, les aberrations, et la fausseté des repères qu'une nation civilisée se donne pour exister et prospérer. Sur le chapitre des mœurs, l'Arlequin sauvage ne s'embarrasse d'aucune précaution pour stigmatiser l'indigence des compliments (I, 3) : « Ah, ah, ah ! la drôle de chose qu'un compliment ! » s'écrie-t-il même avant d'entendre son maître lui en donner un exemple, tout en circonlocutions et en fioritures. Le discours galant et les galanteries lui paraissent tout aussi singuliers : en témoignent les multiples maladresses plaisantes qu'il commet en présence de Violette (I, 5 et III, 4). Qu'il s'agisse de faire des civilités ou des galanteries, Arlequin s'étonne qu'on ne se contente pas de parler vrai[44]. De même, lorsqu'il se trouve habillé en petit-maître emperruqué, il se refuse à croire que ce simple changement d'apparence modifie le regard qu'autrui porte sur lui : « mais qu'est-ce que tout cela a de commun avec moi, puisque ces beautés ne sont pas les miennes ? » (III, 1) ; « il n'y a pas un sauvage, pour bête qu'il fût, qui ne crevât de rire s'il savait qu'il y a d'honnêtes gens dans le monde qui jugent du mérite des hommes par les habits » (III, 4). Sommé par Flaminia d'arbitrer le conflit entre son cœur (elle aime Lélio) et sa raison (elle hésite à désobéir à son père qui veut l'unir à Mario), le sauvage pose à l'amante cette question qui synthétise tous les enjeux du contrat matrimonial tel qu'il était considéré en ce temps : « Te maries-tu pour ton père, ou pour toi ? » (III, 6)

Les mœurs civilisées ne sont pas le seul objet d'étonnement de notre Arlequin sauvage, loin s'en faut. Lélio éprouve quelques difficultés à lui faire entendre le concept de propriété (II, 4), et tout ce qui en découle (argent, commerce, différence entre pauvreté et richesse). L'innocence et la raison naturelle de l'indigène ont vite fait de démasquer certains paradoxes. Ainsi, à Lélio qui lui apprend que « les pauvres ne travaillent que pour avoir le nécessaire ; mais (que) les riches travaillent pour le superflu qui n'a point de bornes chez eux, à cause de l'ambition, du luxe, et de la vanité qui les dévorent », Arlequin réplique en toute logique que les riches sont donc « plus pauvres que les pauvres mêmes, puisqu'ils manquent de plus de choses ». Arlequin touche au pathétique lorsqu'il prend conscience de son état ; après s'être emporté contre Lélio (« j'étais à moi-même

---

44. A la scène 4 de l'acte II, Arlequin sermonne son maître Lélio en ces termes : « (...) la bonté que vous faites semblant d'avoir n'est qu'un piège que vous tendez à la bonne foi de ceux que vous voulez attraper : *je vois clairement que tout est faux chez vous.* » (C'est moi qui souligne.)

mon roi, mon maître et mon valet ; et tu m'as cruellement tiré de cet heureux état pour m'apprendre que je ne suis qu'un misérable et un esclave »), il pleure. Ces larmes versées ne sont pas suscitées par un épisodique revers de fortune ou par une amourette qui tourne court : Delisle met ici en scène un Arlequin qui tombe le masque et qui *souffre* de sa condition humaine, la chose est suffisamment singulière pour mériter d'être soulignée.

Si Lélio a livré à Arlequin les rudiments des lois et leur utilité d'un point de vue général et théorique (I, 3), et si, à la faveur du vol innocemment commis par le sauvage, le marchand lésé lui a appris qu'elles étaient administrées par des juges (I, 6), c'est en compagnie d'un passant qui vient de perdre un procès intenté dix ans auparavant à un homme qui lui devait cinq cents francs, qu'Arlequin affine sa connaissance de la machine judiciaire (III, 2). Procès, chicane, formalité, avocat et procureur : Arlequin demande à son interlocuteur de l'instruire sur la signification de chacun de ces termes, non sans aussitôt y trouver matière à contradiction. Les questions que se pose alors notre indigène dénotent un solide bon sens : « Et pourquoi donner trente jugements pour une seule affaire ? » ; « Mais puisque les juges sont des gens établis pour rendre justice, pourquoi n'empêchent-ils pas la chicane ? » ; « Quoi ! parce que je ne sais pas l'art d'embrouiller mon affaire, je ne puis pas la plaider ? »

La richesse thématique du texte de Delisle est grande : on peut y déceler, avant la lettre, le concept rousseauiste[45] de « société naturelle » ; la mise en parallèle du code naturel de l'Arlequin sauvage, et de la « société » (ou « civilisation ») dans laquelle il se trouve projeté, donne lieu à de fécondes interrogations et remises en question. L'effet de contraste ainsi produit fait vaciller les certitudes. Et c'est l'Arlequin sauvage qui devient ponctuellement moraliste sans le savoir, dans un premier temps sévère et intransigeant :

---

45. Rousseau évoquera d'ailleurs la comédie de Delisle dans la *Lettre à d'Alembert* (1758).

« Vous êtes fous ; car vous cherchez avec beaucoup de soins
une infinités de choses inutiles. Vous êtes pauvres, parce
que vous bornez vos biens dans de l'argent, ou d'autres diableries, au lieu de jouir simplement de la nature comme
nous, qui ne voulons rien avoir, afin de jouir plus librement
de tout. Vous êtes esclaves de toutes vos possessions que
vous préférez à votre liberté et à vos frères, que vous feriez
pendre, s'ils vous avaient pris la plus petite partie de ce qui
vous est inutile. Enfin vous êtes des ignorants, parce que
vous faites consister votre sagesse à savoir les lois tandis
que vous ne connaissez pas la raison qui vous apprendrait à
vous passer de lois comme nous. » (II, 4) Le « moraliste »
sauvage n'est guère plus conciliant en fin de comédie, lorsqu'il rend son verdict sur la « civilisation », inversant plaisamment les rôles en la circonstance : « Je connais que tout
ce que vos lois peuvent faire de mieux chez vous, c'est de
vous rendre aussi raisonnables que nous sommes, et que
vous n'êtes hommes qu'autant que vous nous ressemblez.
(C'est moi qui souligne) » Les maladresses et la naïveté du
Sauvage mêlées aux postures et aux coutumes civilisées
produisent un saisissant effet de « jeu de miroir ». Avec
L'Île des esclaves (1725), en confrontant les maîtres et leurs
serviteurs et en faisant jouer aux uns le rôle des autres,
Marivaux ne s'appuie-t-il pas sur un dispositif dramatique
comparable, même si les procédés et le développement des
intrigues dans les deux textes diffèrent nettement ?

Timon le misanthrope

Timon le misanthrope et *Arlequin sauvage* forment une
manière de diptyque dans l'œuvre de Delisle, et il est heureux que ces deux textes puissent être à nouveau édités dans
un même ensemble. Nous tenons cette singulière comédie
pour un des joyaux méconnus du XVIIIᵉ siècle. Arlequin
n'est plus ici objet d'étude ou de comparaison, mais sujet
pensant, et c'est son éveil à la conscience que Delisle s'at-
tache à mettre en scène, dans une Athènes stylisée. Le sujet
de cette comédie est emprunté au célèbre dialogue, *Timon*

ou le misanthrope, de Lucien de Samosate (env. 125-185). Lequel Lucien[46] s'était lui-même probablement inspiré de la pièce d'Aristophane intitulée *Timon*, aujourd'hui perdue.[47] C'est donc à un genre inédit que Delisle s'essaie : comédie italienne *à l'antique*, ou bien comédie antique *à l'italienne* ? Surtout, il propose ici une variation autour de la figure du misanthrope. Ce faisant, il s'inscrit manifestement dans une certaine tradition, initiée en France par Molière, dont *Le Misanthrope*, représenté pour la première fois le 4 juin 1666 et publié au début de 1667, pousse à un très haut degré l'analyse et l'étude de la figure et du caractère en question. Il est bon de rappeler que c'est cette comédie, considérée à présent comme le chef-d'œuvre de Molière, qui attira le moins de monde, du vivant de l'auteur, d'entre toutes celles qu'il proposa au public.[48]

Plus près de Delisle, figure dans le répertoire de Gherardi une comédie de Brugière de Barante, intitulée *Arlequin misanthrope* (1696). Il n'est pas indifférent de noter que ce texte a été repris par la troupe de Luigi Riccoboni, le 13 juin

---

46. Les *Dialogues* de Lucien ont connu une grande vogue aux XVIIe et XVIIIe siècles.

47. L'histoire de Timon fournit la matière du drame *Timon of Athens* que William Shakespeare écrivit sans doute en 1608.

48. Luigi Riccoboni, *De la Réformation du Théâtre*, 1743 (réimpression de l'édit. de Paris 1743 : Slatkine Reprints, Genève, 1971), pp. 275-277 : « Suivant mon système j'approuve la Pièce du *Misanthrope* (de Molière) : j'y trouve deux vices fortement attaqués, la Coquetterie, et la Misanthropie, dont le premier est commun et fournit bien des exemples dans Paris, et l'autre est singulier et très rare : il me paraît que tous les deux sont fort instructifs et fort propres à corriger de la manière que Molière les a traités. (...) » Ce développement figure dans la partie de l'ouvrage intitulée « Comédies à conserver » où Riccoboni procède à un inventaire des comédies qui, à son sens, pouvaient être jouées sans qu'il fût besoin de les retoucher. Dans l'élaboration de ce répertoire « idéal » selon ses vues, il ignore et néglige les comédies de Marivaux et de Delisle.

1726, pour une représentation sans lendemain.[49] S'agissait-il pour les Italiens de piquer la curiosité du public et de profiter du grand succès de *Timon le misanthrope*, en proposant aux spectateurs un spectacle au titre voisin ? Il est vrai que l'Arlequin de Brugière de Barante n'était que superficiellement misanthrope ; en témoigne le joli prologue de la comédie, qui nous montre Arlequin et Colombine en train de deviser, le premier soutenant qu'il lui est impossible d'endosser un pareil rôle, et ignorant les arguments sensés que son interlocutrice oppose à sa réticence obstinée. A contrecœur, Arlequin devra se résoudre à faire le misanthrope : la comédie tient toute dans une série de consultations que donne le misanthrope dont le projet « philosophique » est de construire une cité idéale et de la peupler d'habitants choisis ; mais le naturel d'Arlequin l'emporte sur sa passagère misanthropie, qu'il abandonne pour l'amour de Colombine. Delisle s'est peut-être souvenu ou inspiré de ce dénouement pour son *Timon*, mais il prend bien soin de l'introduire au terme d'une intrigue autrement plus maîtrisée et soutenue, et non exempte de didactisme, à l'instar de son précédent essai dramatique, *Arlequin sauvage*...

Le Prologue de *Timon le misanthrope* nous renseigne sur le passé de Timon. Retiré sur le mont Hymette, à proximité d'Athènes, et réduit à un état d'extrême dénuement, Timon s'emporte contre l'ingratitude et la fausseté des hommes, prenant les Dieux à témoin pour leur demander de punir ceux qui ont concouru à sa ruine, et l'humanité toute entière. Autrefois riche, et entouré de prétendus amis, Timon a été abandonné de tous lorsqu'il a eu dilapidé ses grandes richesses. Sur l'ordre de Jupiter, Mercure et Plutus viennent lui rendre ses trésors, que Timon refuse de reprendre avec véhémence. Néanmoins, il demande à Mer-

---

49. La comédie sera reprise quelques années plus tard, après que Luigi Riccoboni eut pris sa retraite, le 16 juillet de l'année 1730, puis le 10 juin et le 14 octobre de l'année 1731, sans plus de succès...

cure une singulière faveur, celle de donner la voix humaine
à son âne, fidèle et unique compagnon de sa retraite. Le
Dieu opère une métamorphose complète ; c'est ainsi que
l'âne se transforme en Arlequin. Lequel convainc Timon de
retourner à Athènes, pourvu de ses nouvelles richesses.
C'est ici que prend fin le Prologue, et que débute véritablement l'intrigue, avec Athènes pour décor. L'objectif de
Mercure est de corriger Timon de sa misanthropie. Pour ce
faire, il compte sur Arlequin et Eucharis, une Athénienne
qui désire sincèrement l'amour de Timon ; Mercure se
transforme en une courtisane, et prend le nom d'Aspasie.
C'est sous cette nouvelle apparence que Mercure prépare
Eucharis au rôle qu'elle doit jouer auprès de Timon pour
nouer une manière de complicité « misanthropique ». Iphicrates et Cariclès, deux hypocrites « amis » de Timon
accourent auprès de leur ancien bienfaiteur, au bruit de sa
fortune retrouvée ; mais Timon les rejette sans ménagement,
et Arlequin les chasse en les menaçant de son bâton. Arlequin, désireux de jouir pleinement de son nouvel état,
demande à son maître de partager avec lui ses richesses ;
Timon refuse d'accéder à la demande d'Arlequin en prétex-
tant que la possession de ces richesses gâterait son esprit et
son bon naturel. Irrité, Arlequin rencontre alors Aspasie, qui
l'engage, au prix de savants stratagèmes de séduction, à
voler son maître. Devenu riche par ce moyen, Arlequin veut
faire des acquisitions et compte sur le jugement de Socrate,
qu'on lui a dit être le plus sage des hommes, pour le guider
dans ses choix. Mais rien de ce que Socrate lui présente,
parmi les choses les plus prisées des hommes, ne trouve
grâce aux yeux d'Arlequin. Quant à Timon, redevenu
pauvre, il décide de s'éloigner définitivement des hommes.
Arlequin ne tarde pas à partager les malheurs de son maître
misanthrope, car Mercure lui ôte à son tour les trésors qu'il
avait volés. Arlequin accable alors Timon de reproches qui
lui font prendre conscience du ridicule de sa posture misanthropique ; et Eucharis tombe le masque en lui confessant
un amour sincère et en lui donnant la preuve de la vérité de
ses sentiments. Honteux, Timon refuse dans un premier

temps la main d'Eucharis ; Mercure paraît alors sous sa véritable forme pour l'enjoindre à ne pas se montrer démesurément orgueilleux et à se plier à la volonté des Dieux. Timon obéit, et donne sa main à Eucharis.

Le résumé de l'intrigue permet de souligner d'entrée de jeu la richesse du texte. De fait, Delisle manipule ici une matière plus hétéroclite, plus disparate, que dans *Arlequin sauvage*. Tous les spectateurs de l'Hôtel de Bourgogne partagèrent-ils le sentiment, ou l'intuition du rédacteur anonyme de la note critique consacrée à la représentation de *Timon*, dans le *Mercure de France* de février 1722 ? En voici la conclusion : « Cette Pièce nous fait voir un nouveau genre de Comédie qui a été inconnu aux anciens et aux modernes, et qui ne ressemble à rien de ce qu'on a vu jusqu'à présent. Tout est simple, naïf, et la Métamorphose est employée avec tant d'art, qu'elle fait sortir la vérité toute nue du sein de la nature, et le comique de la nature et de la vérité. »[50] Xavier de Courville fut pour sa part beaucoup moins élogieux au sujet de *Timon* : « Dans son ensemble cette seconde comédie de De Lisle offre une ligne assez confuse. Les interventions de Mercure ne suffisent à dégager clairement ni la volonté des dieux ni le dessein de l'auteur. Pas davantage les ballets allégoriques qui marquaient la fin de chaque acte : ballet des Passions, ballet des Flatteurs, ballet des Vérités. La manœuvre d'Eucharis, opposant misanthropie à misanthropie, comme la Comtesse de la *Surprise* oppose le dédain au dédain, n'est ici qu'un épisode. Et le vol de Timon par Arlequin n'arme pas plus solidement l'action. Plus encore qu'*Arlequin sauvage*, *Timon le misanthrope* apparaît comme une suite un peu artificielle de dialogues. Et ces dialogues, si ingénieux qu'ils soient, peuvent dérouter le spectateur ou le lecteur, en confiant tour à tour le jeu d'une dialectique semblable à des personnages différents : Timon et Arlequin, - Arlequin et Mercure, - Arlequin et Socrate. »[51]

---

50. *Mercure de France, op. cit.*, t. 2 (janvier-juin 1722), p. 59.
51. Xavier de Courville, *op. cit.*, p. 225.

Cette critique est discutable, d'autant que les arguments ici proposés par Courville peuvent aussi bien se retourner en la faveur de la comédie de Delisle. Le foisonnement des figures et la structure « confuse » rangent *Timon* en dehors des canons dramaturgiques classiques, et c'est précisément ce qui en fait la singularité. Du reste, Courville n'a pas tort lorsqu'il souligne que le « dessein de l'auteur » n'apparaît pas clairement : mais y a-t-il bien lieu de le déplorer ? Sous le prétexte que Delisle se pique de morale et de didactisme, il lui faudrait nécessairement proposer un texte univoque, aux intentions explicites ? Voire... Il est vrai que Delisle lui-même est sans doute pour partie responsable du « malentendu » qui entoure *Timon le misanthrope*. Jusqu'à présent, nul ne s'est réellement soucié d'étudier le bref texte qu'il a rédigé en guise de préface à *Timon*. Delisle s'y défend d'avoir manqué à la morale, en essayant de démontrer que le vol commis par Arlequin dans sa pièce n'en est pas un, à tout le moins, que ce vol d'Arlequin préserve « l'innocence de son cœur » ! (Sur ce point, au demeurant, la plaidoirie de l'auteur ne fait que reprendre les arguments qu'Arlequin oppose aux reproches et au ressentiment de Lélio en fin de comédie, pour justifier son acte de traîtrise.) Delisle poursuit son commentaire de texte de façon très explicative, voire directive, pour ironiser enfin sur « ceux qui voient les objets doubles, et dont la raison louche découvre deux esprits dans (ses) Acteurs »... Sans trop entrer dans le détail de cette curieuse et problématique préface qui s'embarrasse d'infinies précautions pour démonter l'intrigue et en extraire un aspect précis, il est manifeste qu'il y a une manière de hiatus entre son propos, limitatif, et le contenu de la comédie elle-même. S'agissait-il pour Delisle de composer un texte de circonstance qui ferait taire les critiques de certains Censeurs ? En l'absence de documents critiques supplémentaires, il nous faut suspendre toute velléité de spéculation, sans pour autant accepter de suivre Delisle dans son raisonnement figé, interdisant toute équivoque, bien loin de rendre compte de la densité et de la diversité de sa comédie.

La seule caractérisation des principaux personnages suffit par ailleurs à démentir le discours que Delisle tient dans sa préface. Commençons par Timon, « cœur qui se déclare hautement l'ennemi du genre humain » (I, 3). Luigi Riccoboni interprétait ce rôle de misanthrope en parfaite adéquation avec son savoir-faire de comédien et ses préoccupations d'homme de théâtre.[52] Le prologue nous le montre vivant en ermite, « habillé de peaux de bêtes sauvages ». La description qui nous est faite de Timon fait songer au personnage loqueteux de Sigismond, héros de *La Vie est un songe* ; la pièce de Calderon, ainsi que d'autres textes baroques du Siècle d'Or, étaient régulièrement joués par la Troupe de Riccoboni, dans des adaptations italiennes (c'est Luigi Riccoboni qui tenait le rôle de Sigismond). Les premières paroles de Timon traduisent un fort tempérament et un certain goût pour la grandiloquence ; seul en scène, avec son âne, il apostrophe violemment Jupiter, à l'instar d'un Job prenant l'Eternel à partie. Ce premier monologue donne le ton ; et Delisle, tout au long de la comédie, va décliner et moduler la misanthropie de Timon selon les mises en situation. Complice, admiratif, et professoral quand il découvre son âne transformé en Arlequin : « ...mon âne, à ce que je vois, est aussi Misanthrope que moi » ; « j'aime mieux mon âne que Solon, il parle plus juste » ; « tu ne sais pas encore que l'homme est rempli de vanité » (prol., 3). Intransigeant et sarcastique quand il retrouve les courtisans athéniens qui ont provoqué sa perte : « tout ce que je puis faire pour vous, c'est de vous offrir un figuier où plusieurs se sont déjà pendus » (I, 4). Méfiant et ironique quand son chemin croise pour la première fois celui d'Eucharis : « ma foi, Mademoiselle, si mon mépris pour les hommes, et surtout pour les

52. Rappelons, pour l'anecdote, que les admirateurs de Luigi Riccoboni appréciaient la justesse et la subtilité de son jeu. En outre, le maître-comédien était affecté de ce que nous appellerions aujourd'hui un tic ou bien une forme de strabisme bénin, en sorte que son regard exprimait un intense sentiment d'inquiétude.

femmes, et pour les femmes de votre espèce, peut vous divertir, (...) profitez-en bien, c'est tout ce que vous pouvez gagner avec moi ; quel plaisir de démasquer un cœur qui sous des dehors fardés nous cache l'infidélité même ! » (I, 5). Faible et conscient de sa propre faiblesse quand il revoit Eucharis (II, 1). D'où une très plaisante et singulière scène de déclaration. En effet, l'esprit « misanthropique » de Timon, touché par l'amour, produit un discours ambivalent : dans un premier temps il se livre à cœur ouvert, pour aussitôt tenter de se corriger (« je sens qu'une vaine illusion me séduit : car enfin qu'est-ce que j'aime en vous ? »). Le sentiment amoureux devient ici, dans une certaine mesure, et non sans paradoxe, un objet d'étude, un nouvel élément d'analyse *misanthropique* pour Timon.

Lorsqu'il découvre le vol et la trahison d'Arlequin, Timon réagit avec un détachement hautain ou affecté, et son soliloque est alors traversé de quelques beaux élans de sagesse *contemplative* : « je ne verrai plus le théâtre du monde, je ne serai plus dégoûté des scènes ridicules qu'on y joue, ni des sanglantes tragédies qu'on y voit, et je ne m'occuperai que du spectacle de l'univers » (III, 1). Confronté à Arlequin, puis à Eucharis, dans les dernières scènes de la comédie qui préparent le dénouement, Timon se radoucit progressivement. Et il est plaisant de noter que lorsqu'il prétend n'être plus misanthrope, il le formule dans son habituel mode de discours auto-réflexif, avec une lucidité de moraliste : « ma misanthropie m'abandonne, je vois qu'elle n'était chez moi qu'une passion violente, et qu'un mode dangereux de mon amour-propre » (III, 3). Tel est le Timon de Delisle : intransigeant et tendre, ironique et faible. Ces paradoxes nourrissent la complexité du personnage. Les multiples « postures » de misanthrope que Timon adopte tout au long de la comédie, sa rédemption par l'amour et l'humilité, personnifiés l'un et l'autre par Eucharis et Arlequin : rien de tout cela ne le rend ridicule ; seule sa grandiloquence un peu mélodramatique (qui se manifeste principalement lorsque le personnage soliloque) peut parfois prêter à sourire. Au terme de l'intrigue, il est certes possible de dégager une manière de postulat humaniste ou idéaliste et de réduire la misanthropie affichée de Timon à une tournure d'esprit, une « passion violente ». Pour ceux qui, comme l'écrit Delisle dans sa préface, voient les « objets doubles », ils n'auront peut-être pas tort d'estimer que l'heureux dénouement, théâtral et fortement allégorisé, n'efface rien des amères et violentes récriminations contre le genre humain que Timon fait retentir sur la scène, avant de se plier à la volonté des Dieux.

Le rôle que Delisle compose pour Arlequin dans *Timon le misanthrope* est une heureuse réussite à plus d'un titre. Tout d'abord, il convient de souligner une évidence : c'est que le Bergamasque est le seul personnage proprement *italien* dans la nomenclature de la comédie. D'une certaine façon, Arlequin fait ici intrusion dans une comédie d'Aristophane[53] (l'apparition du personnage de Socrate, et son long entretien avec Arlequin, valident cette filiation comique inattendue et plaisamment anachronique). De plus, Arlequin s'introduit dans un univers « beau comme l'antique » à la faveur d'une métamorphose qui inverse en quelque sorte le processus attendu : dans les *Métamorphoses* ou *l'Âne d'or* d'Apulée[54], c'était un homme qui se voyait transformé en âne ! Mais l'originalité, s'agissant du traitement du personnage par Delisle, ne réside pas seulement dans cette habile réappropriation de motifs antiques. L'ambition de Delisle est de

---

53. Dans un autre registre, celui de la comédie héroïque d'inspiration espagnole, Marivaux allait en 1724 fournir à la troupe de Riccoboni *Le Prince travesti*, où Arlequin est le seul représentant véritablement *italien*, avec Lélio (à la réserve que le personnage de l'amoureux traditionnel n'est pas Lélio en personne mais le « Prince de Léon », puisque ce dernier dissimule sa véritable identité, pour les besoins de l'intrigue, en paraissant en scène sous un nom d'emprunt certes familier aux spectateurs de l'Hôtel de Bourgogne).

54. Ajoutons que Lucien de Samosate, encore lui, traita la même matière dans un récit intitulé *Lucius ou l'âne*.

mettre en scène l'éveil d'Arlequin à la conscience humaine, et son initiation « socratique » aux choses de l'esprit, son apprentissage du raisonnement. Xavier de Courville met opportunément en perspective l'Arlequin de *Timon* avec celui de la première comédie de Delisle, quand il écrit : « ce n'est plus ici un sauvage qui est chargé de faire la morale aux civilisés ; c'est un âne qui enseigne aux humains la sagesse ».[55] De fait, s'il existe un lien manifeste entre les deux Arlequins, tous deux philosophes à leur corps défendant, celui que Delisle met en scène dans *Timon* se démarque sans doute plus sensiblement encore du type traditionnel que l'Arlequin sauvage. Mais les traits de caractère familiers ne disparaissent pas pour autant. Moqueur et irrévérencieux dès sa première apparition sous forme humaine, lorsqu'il rit de la « sottise » de son maître (prol., 3), puis, dans le même ordre d'esprit, lorsqu'il arbitre, hilare, la joûte verbale opposant Timon à Eucharis (I, 5), enfin, face à Socrate, qu'il congédie sans ménagement : « Va-t'en encore étudier pour ne rien apprendre » (II, 5). Tendre et galant à sa façon lorsque Aspasie-Mercure entreprend de le séduire (I, 7). Prompt à donner des coups de bâtons, si la situation l'exige, comme lorsque deux importuns hypocrites pressent Timon de fausses louanges (I, 4). Sur ce trait, ô combien typique, du personnage, il y a lieu de s'arrêter et de bien lire ce que *dit* Arlequin, avant de laisser libre cours à sa fureur :

> TIMON à Caricles. - *N'est-ce pas toi, qui dans ma prospérité me louais des vertus que je n'avais pas, et qui dans mon malheur m'attribuais des vices dont je n'ai jamais été capable ?* (...)
>
> ARLEQUIN. - *Tiens,* je n'aime pas les menteries, et je veux qu'on ne chante de moi que des vérités (C'est moi qui souligne) *; fais donc une Ode pour chanter la victoire d'un honnête homme qui a assommé un faquin.*
>
> CARICLES. - *Est-ce que cela vous est arrivé ?*

---

55. Xavier de Courville, *op. cit.*, p. 221.

ARLEQUIN. - Non, mais la chose va arriver dans un moment, car je veux t'assommer pour prix de ton impertinence. (Il le bat, Caricles se sauve en criant au secours.)

Ce n'est pas tant de voir Arlequin « honnête homme » infliger une correction à Caricles qui étonne et amuse ici, mais bien plutôt de l'entendre invoquer son attachement à la vérité, lui qui, dans ses précédents avatars, pratiquait le mensonge avec un art consommé ! Delisle remodèle le personnage en sorte que ses actes les plus spontanés naguère se trouvent ici, à la faveur d'astucieuses mises en situations, *motivés*. Dans le domaine des passions ou sentiments, l'auteur ne procède pas autrement en ce qui concerne la convoitise que les richesses de Timon suscitent chez Arlequin. S'il s'empare criminellement des trésors de son maître, c'est beaucoup moins par atavisme et goût de la pécune, que pour satisfaire la curiosité que son nouvel état humain a fait naître en lui : Arlequin déclare lui-même vouloir « jouir de tout ce que la fortune peut (lui) procurer » (II, 4). Delisle développe et enrichit la caractérisation de son Arlequin en mettant en relief tantôt sa sensualité et sa naïveté originelles, « animales » pourrions-nous presque dire, et tantôt sa raison et sa conscience balbutiantes. La dernière scène du premier acte permet d'apprécier tout particulièrement cette paradoxale synthèse. Nous y voyons d'abord Arlequin résister, non sans mal, aux arguments de Mercure *alias* Aspasie, qui l'engage à voler son maître. C'est ici qu'il prononce cette phrase extraordinaire : « je sens quelque chose là dedans qui me dit que cela n'est pas bien ». Et c'est le même personnage qui, quelques instants plus tard, une fois séduit par l'allégorique « Ballet des Passions »[56] convoqué

---

56. En agrémentant sa comédie de divertissements dansés et chantés, Delisle ne fait que reprendre une manière de « figure imposée » au sein d'un spectacle italien. Dans le corps des canevas, ou entre les actes d'une comédie, les acteurs italiens mettaient ainsi en valeur leur virtuosité. C'est en assignant un cœfficient « allégorique » à ces morceaux de bravoure, d'habitude purement ornementaux, que Delisle innove.

par Mercure, déclare : « Je ne vois rien de condamnable /
Sous les lois de la Volupté »...

Si Arlequin est ici un personnage *double*, à la fois philosophe et animal, le Dieu Mercure ne l'est pas moins, qui
paraît sur scène sous deux formes différentes ! Divin et
humain, masculin et féminin, le personnage de Mercure-
Aspasie est un pion essentiel dans la conduite de l'intrigue.
C'est ce personnage qui, en parfaite concordance avec son
statut « divin », fait progresser l'action. Pour ce faire, métamorphosé en courtisane athénienne, il use de sa force de
persuasion, auprès d'Eucharis d'abord, qu'il conseille sur la
façon d'aborder et de séduire Timon, auprès d'Arlequin
ensuite, qu'il séduit pour l'amener à trahir et voler son
maître. Enfin, c'est lui qui, ayant recouvré sa forme divine
en fin de comédie, vient à bout des ultimes réticences de
Timon, permettant ainsi à l'intrigue de s'achever. D'une
certaine façon, nous tenons là un exemple singulier, sinon
inédit, de *deus ex machina* faisant corps avec l'intrigue, la
relançant au moyen de divers stratagèmes proprement théâtraux (travestissement, rhétorique, ballets allégoriques). Le
rôle du messager des dieux tient tout entier dans son action
sur le cours de l'intrigue, ce qui rend problématique et
même impossible tout essai de caractérisation, à moins de
séparer artificiellement les traits qui appartiennent en propre
à Mercure, et ceux qui définissent la dissimulatrice et
retorse Aspasie.

Eucharis est donc le seul personnage authentiquement
féminin de la comédie. Ce joli rôle aurait assurément gagné
à être plus étoffé.[57] Néanmoins, en l'état, il présente quelques

---

57. Xavier de Courville écrit, non sans raison, que Delisle n'a
pas « comme l'auteur des *Fausses Confidences* laissé dans son
œuvre des héroïnes assez charmantes pour susciter, après un temps
de sommeil, la curiosité des comédiennes », op. cit., p. 230.
Le spécialiste de Luigi Riccoboni nous livre aussi un étonnant
développement sur la « complicité » qui a pu lier Delisle à
Madame Riccoboni, rappelant que tous deux avaient écrit

particularités dignes d'intérêt. En premier lieu, il convient de relever qu'Eucharis est, sur l'échiquier de la comédie, une manière de double féminin de Timon. A la sincère misanthropie et à l'amour naissant de Timon font écho l'amour dissimulé et la feinte misanthropie d'Eucharis : cet effet de « symétrie », souligné par le double jeu de l'une et par la surprise amoureuse de l'autre, n'est pas le moindre attrait de la comédie. L'amusant est de voir Eucharis employer avec une réelle *maestria* le stratagème de séduction que lui a inspiré Mercure-Aspasie, à savoir opposer à la misanthropie de Timon une misanthropie tout aussi inflexible : c'est ainsi que le sévère lexique et les répliques

---

ensemble une comédie, *Abdili, Roi de Grenade*, représentée pour la première fois le 20 décembre 1729. « Son zèle moralisateur devait le rendre sympathique à Lélio, à Flaminia. Dans ses *Poésies diverses* dort une *Épître à Eucharis*, certainement adressée à l'actrice qui interpréta ce personnage dans *Timon le misanthrope*. Le poète feint d'avoir reçu la visite de l'Amour accompagné de sa mère :

> Elle avait comme vous l'air tendre et gracieux,
>> Mais pourtant fin et sérieux ;
> Non telle que les Grecs l'adoraient dans Cythère,
> Mais telle que l'on dit qu'elle est parmi les dieux.
> A leur suite je vis les Ris avec les Jeux ;
> L'Amour les dirigeait, et d'un regard austère
> Leur défendait surtout d'être licencieux.

C'est à l'appel de ce Cupidon assagi que l'auteur de *Timon* a pris sa lyre :

> Quoique pour lui vous soyez née,
> Je sais qu'à son nom seul vous êtes étonnée.

Mais il ne s'agit que de la plus pure des flammes : l'Amour apaise les scrupules du poète, qui se soumet :

> Je ne veux plus chanter que l'aimable Eucharis. » *op. cit.*,

pp. 229-230. Cette rêveuse spéculation, fondée sur quelques vers de poésie, ne pourra très probablement jamais être vérifiée ni corroborée par aucun document. Du reste, Delisle a aussi très bien pu, dans cette énigmatique épître, faire l'éloge du seul *personnage* d'Eucharis, en tant qu'idéal féminin fictif ou théâtral, sans songer à l'*interprète* !

« misanthropiques » d'Eucharis deviennent, aux yeux du lecteur et du spectateur, autant de marques d'amour, autant de signes d'une coquetterie déguisée, en direction d'un Timon lui-même aveuglé par son propre trouble. Hormis ces deux confrontations (I, 5 et II, 1) où Eucharis et Timon rivalisent de misanthropie puis « échangent » plaisamment leurs rôles, le personnage féminin se signale ailleurs par son ton spirituel et sincère, sa bonté et sa sagesse (notamment en fin de comédie, lorsqu'elle se déclare à un Timon de nouveau ruiné et misérable), toutes choses qui rappellent les qualités et les vertus du personnage de Flaminia tel qu'il s'est peu à peu constitué dans le nouveau répertoire italien.

La présentation des principaux personnages de la comédie a incidemment permis de relever les particularités dramaturgiques du texte de Delisle : double jeu des protagonistes, irruption de motifs allégoriques, stylisation de l'univers antique... Tous ces procédés théâtraux composent un ensemble qui, formellement, se différencie sensiblement du précédent ouvrage dramatique de Delisle ; le véritable lien réside dans la tonalité philosophique des deux projets, et dans le recours afférent au comique né du décalage entre le propos et les situations de jeu. Sur ce dernier point même, il y a néanmoins lieu d'établir une distinction entre les deux comédies. Là où, dans *Arlequin sauvage*, Delisle convoquait la fantaisie italienne dans ce qu'elle a de plus spectaculaire, à savoir l'art gestuel et les *lazzi*, pour souligner l'ignorance et l'innocence de son Arlequin, dans *Timon* en revanche, l'auteur s'appuie plus volontiers sur un comique de type verbal, même lorsque l'ancien zanni fait son apparition. Mise à part la courte scène de bastonnade, il n'y a dans *Timon* guère qu'une scène qui renoue avec un pur comique visuel, c'est celle qui montre Arlequin aux prises avec ces trois maîtres venus offrir leurs services pour lui apprendre à chanter, danser et se battre (II, 6)[58]. De façon attendue, Arle-

---

58. Il y a là une référence manifeste au premier acte du *Bourgeois gentilhomme* de Molière.

quin désire apprendre simultanément les trois arts, ce qu'il fait jusqu'à en perdre le souffle ! Priorité est donc donnée au comique verbal et au comique de situation, qui se confondent bien souvent lorsque Arlequin paraît sur la scène.

A cet égard, la fameuse rencontre entre l'ancien zanni et Socrate (II, 5) est une brillante synthèse de la fantaisie verbale italienne et d'une forme de dialogue ironique modelé sur l'exemple de Lucien. La faconde et le franc-parler d'Arlequin le disputent à la prudence et à la sagesse du bienveillant Socrate, l'un et l'autre se questionnant à tour de rôle, à la faveur d'une conversation (oserons-nous dire « dialectique » ?) qui embrasse méthodiquement une multiplicité de sujets propres à donner à cette scène, la plus longue de la comédie, et aussi la plus « autonome » par rapport à l'intrigue, une discrète valeur de manifeste comique *et* moraliste. Delisle procède à une subtile inversion des rôles, en sorte que notre Arlequin assagi peut par exemple déclarer avec aplomb « qu'une science qui nous mortifie ne vaut pas l'ignorance qui nous rend contents » et s'entendre répondre : « Je voudrais en savoir assez pour mériter votre estime » ! Mais ces deux « grands esprits » réunis n'échangent pas seulement des maximes et des politesses, sur un mode ironique, ils prétendent aussi parler de théâtre. Après avoir rejeté toutes les formes de gloire que Socrate lui a présentées, et en avoir stigmatisé la vanité, Arlequin prête une oreille plus attentive au dernier conseil du philosophe : faire des comédies. Socrate explique de bonne grâce à Arlequin de quoi il s'agit et comment il faut s'y prendre : « Ce sont des ouvrages d'esprit, où l'on joue publiquement les hommes, et dans lesquels on les fait rire de leurs propres ridicules. (...) Il faut dire spirituellement des choses raisonnables et des vérités utiles pour la correction des mœurs ; faire rire les honnêtes gens par un comique sensé qui reçoive toutes ses grâces de la nature et de la vérité ; éviter surtout les pointes triviales, la fade plaisanterie, les jeux de mots et toutes les licences qui blessent les mœurs et révoltent l'honnête homme (...) ». Tel quel, ce discours pourrait figurer dans l'ambitieux ouvrage de Luigi Riccoboni inti- tulé *De la réformation du théâtre* que le chef de troupe fit paraître longtemps après qu'il eut pris sa retraite, y consi- gnant par écrit ses solides et paradoxales convictions d'homme de théâtre soucieux de morale. Le changement d'orientation esthétique que Riccoboni appelait de ses vœux en arrivant à Paris est donc ici très nettement marqué, à l'in- térieur même d'une comédie, pour être -il est vrai- presque aussitôt tourné en dérision, puisque le sage d'Athènes, après avoir donné à Arlequin le modèle de la Comédie « sensée », s'empresse de lui prévoir les pires difficultés pour conquérir l'estime du public. Il n'empêche, cette ébauche de discours critique, transformant Socrate en porte-parole du Nouveau Théâtre Italien, marque une rupture manifeste avec le précé- dent répertoire gherardien, versé dans la surenchère au spectacle, et même avec le théâtre *all'improvviso* considéré dans son entier.

Cette réappropriation et redéfinition de la fantaisie ita- lienne opère un rapprochement avec l'esprit français. Pour édifiants qu'ils peuvent paraître, les « ballets allégoriques » qui interviennent en fin de chaque acte en lieu et place de la « magie » gherardienne accentuent et affinent la dimension moraliste de la comédie, sans en altérer la complexité. Ces parties chorégraphiées dans lesquelles sont mis en scène successivement des « Passions » (I, 7), des « Flatteurs » (II, 7), et des « Vérités » (III, 4) présentent la particularité d'in- clure toutes Arlequin, lequel mêle à chaque fois un couplet versifié aux « allégoriques » paroles de ses partenaires de scène. L'emploi de ces divers motifs allégoriques rassem- blés autour de la figure emblématique du théâtre italien consacre et illustre de manière spectaculaire l'art et la manière d'un Delisle. Par le truchement de la fable (qui autorise précisément une lecture de type allégorique), Delisle fait le lien entre les Anciens et les Modernes, et il propose, sur le plan de la forme à tout le moins, un faisceau de traits esthétiques particuliers (mélange des genres, goût pour le dialogue philosophique) qui font de *Timon le misan- thrope* une comédie digne de l'esprit des Lumières.

Les Caprices du cœur et de l'esprit

L'ultime comédie de Delisle, créée en 1739, « eut beaucoup de succès », si l'on se réfère à la notice qui lui est consacrée dans le Catalogue des Pièces qui figure dans l'édition de la *Petite bibliothèque des théâtres* mentionnée ci-dessus. Elle fut pourtant assez peu représentée sans doute[59], et, surtout, ne fut pas imprimée. Cette comédie sentimentale fait suite à une longue série d'échecs, aussi bien publics que critiques. Lorsque les italiens jouent *Les Caprices du cœur et de l'esprit*, le dernier ouvrage dramatique de Delisle à avoir été très favorablement accueilli et durablement représenté est *Le Faucon et les Oies de Boccace*, créé en 1725 ! Depuis lors, toutes les nouvelles comédies que notre auteur proposa sur la scène de l'Hôtel de Bourgogne suscitèrent au mieux la perplexité, au pire l'indifférence, cependant que les régulières reprises de *Timon le misanthrope* continuaient d'être applaudies. Au juste, après que Lélio-Luigi Riccoboni eut pris sa retraite en avril 1729, le répertoire des Italiens suit une orientation contre laquelle l'ambitieux chef de troupe se sera efforcé de lutter, non sans faire des concessions ni sans y laisser beaucoup d'énergie : ce sont les parodies qui font recette, tandis que les nouvelles comédies françaises peinent à s'imposer. De fait, au cours de la décennie qui suit le départ de Luigi Riccoboni, Delisle, à l'instar de Marivaux d'ailleurs, ne cherche manifestement pas à se plier à cette orientation vers la Foire : il donne aux Italiens une « tragi-comédie » intitulée *Danaüs* (1732), texte hybride mêlant arlequinades et récitatifs tragiques ; *Arlequin grand Mogol* (1734), une comédie quelque peu surannée, qui rappelle étrangement le ton du répertoire gherardien ; *Le Valet auteur* (1738), une singulière et statique comédie versifiée, peu propice à une mise en scène spectaculaire. Cette dernière comédie ne comporte

---

59. Voir ci-dessus « L'œuvre théâtrale de Delisle : chronologie et réception des spectacles ».

aucun personnage italien ; c'est aussi le cas des *Caprices du cœur et de l'esprit*. Cette « anomalie » s'explique assez aisément si l'on compare la composition de la troupe de 1716 (c'est-à-dire les comédiens qui créèrent les premiers succès de Delisle) avec la composition de la troupe de 1739. Le renouvellement d'effectifs est quasi-total, et en 1739 le marquis d'Argenson peut écrire : « Il n'est plus question de troupe italienne ni du jeu de cette nation : ce n'est plus qu'une seconde troupe française à Paris. »[60] En effet, la plupart des nouveaux comédiens ayant progressivement intégré la troupe sont des Italiens nés ou élevés en France. La question est de savoir si, en l'absence d'une véritable troupe italienne et en dépit de la francisation de ses personnages, Delisle a tout de même écrit une comédie italienne. Le titre de la comédie pourra livrer un premier indice. Si le « caprice » n'appartient pas en propre au génie italien, le mot qui désigne cette disposition d'esprit particulière nous vient, lui, de la langue italienne (« capriccio »). Attesté dès le milieu du XVIe siècle, boudé par le siècle suivant, le mot et le concept de « caprice », sans se départir de leur légère préciosité, sont valorisés à partir du XVIIIe. A l'échelle du seul répertoire italien, cet italianisme a exercé une évidente séduction auprès des auteurs (en témoigne son emploi récurrent, chez Autreau et Marivaux notamment).

Examinons maintenant l'intrigue des *Caprices du cœur et de l'esprit*. Dorimon, patriarche sage et bienveillant, veut marier sa fille Angélique, et sa nièce Isabelle, et il leur choisit deux époux qu'elles ne connaissent pas. Il destine Dorante à sa fille et Valère à sa nièce, croyant que les caractères des uns et des autres s'accordent heureusement. Mais comme il ne désire pas contraindre Angélique ni Isabelle à s'engager avec des époux qui ne leur plairaient pas, il demande à sa suivante Lisette d'observer si ses deux protégées ont de la sympathie pour Dorante et Valère. Dès la pre-

---

60. *Studies on Voltaire and the eighteenth century, op. cit.*, pp. 662-663.

mière rencontre, Angélique marque davantage d'intérêt aux propos que tient Valère et Isabelle à ceux de Dorante. A cette double intrigue sentimentale viennent s'ajouter les badinages de Lisette et Frontin, le valet de Dorante. Angélique se convainc très vite qu'elle ne veut pas de Dorante, et demande à Lisette d'en instruire son père. Rencontrant Valère, dont elle veut sonder les sentiments sur le compte de sa cousine, Angélique est surprise de l'entendre lui déclarer sa flamme ; troublée, elle confie à Valère qu'elle n'aime pas Dorante. Lequel Dorante, qui ne l'aime pas non plus et qui a bien senti qu'il n'était pas aimé, veut partir et demande à Frontin d'aller seller les chevaux. Frontin, qui voudrait revoir Lisette, s'exécute à contrecœur. Dorante rencontre alors Isabelle, qui lui confie qu'elle n'aime pas Valère ; et elle prie Dorante de bien vouloir l'apprendre à son ami. Lorsque les deux amis se rencontrent, Valère confirme à Dorante l'intuition qu'il avait de n'être pas aimé d'Angélique, à la grande satisfaction de Dorante qui confie à son ami qu'il n'aime pas non plus Angélique ; Dorante s'acquitte aussi de la commission dont l'avait chargé Isabelle : tout heureux d'apprendre qu'il n'est pas aimé d'Isabelle, Valère apprend alors à son ami qu'il aime Angélique et en est aimé. Dorante va alors trouver Isabelle pour lui rendre compte de sa commission ; il lui apprend en outre que Valère aime Angélique et en est aimé, ce que la jeune Isabelle refuse de croire. Progressivement, les deux personnages, Dorante le premier, en viennent à s'apercevoir qu'ils s'aiment ; mais Isabelle veut voir sa cousine et savoir d'elle-même ses sentiments pour s'assurer qu'elle n'usurpe pas un époux qui ne lui était pas destiné. Frontin surprend son maître en plein soliloque amoureux et le met plaisamment à l'épreuve en lui rappelant qu'il avait pris la résolution de quitter les lieux au plus vite. Dorante apprend alors à son valet que lui et Valère aiment et sont aimés en retour, sans préciser de qui. Apercevant Dorimon, Frontin va à sa rencontre pour le surprendre agréablement en lui rapportant ce que son maître vient de lui dire. Sur ce arrive Lisette, qui contredit aussitôt les propos de Frontin. La rencontre entre les deux cousines met fin aux inquiétudes de l'une et de l'autre. Il ne s'agit plus pour finir que d'expliquer à Dorimon que sa fille et sa nièce aiment en effet, et sont aimées, mais que les couples ne sont pas ceux qu'il avait prévus ; Dorimon consent à cet « échange », et se charge d'y faire consentir les parents de Dorante et Valère. Une fête ordonnée par Frontin termine la comédie.

La double intrigue amoureuse et le double mariage du dénouement des *Caprices* ne sont pas sans rappeler *La Double inconstance* (1723) de Marivaux, même si le dispositif et la construction dramatiques des deux textes sont très dissemblables. Dans le texte de Delisle, l'enchaînement des situations est ainsi agencé qu'il assure à chacun des personnages un rôle substantiel et une caractérisation nuancée. Sur ce dernier point, il convient de remarquer que les personnages de la comédie, s'étudiant et s'observant les uns les autres, effectuent eux-mêmes une manière d'étude de caractères polyphonique.

Dorante est un personnage familier dans l'univers de Delisle et dans le répertoire italien en général. Homme d'esprit (« homme sensé » dit Lisette) et misanthrope mondain (« philosophe chagrin » et « caustique » dit Angélique), il rappelle en maintes occasions le souvenir des Lélio qu'interpréta Luigi Riccoboni, par exemple lorsqu'il brosse un sévère tableau de la société parisienne (I, 5) dans lequel il moque les frivolités citadines, la légèreté des femmes et l'inconséquence des hommes. Mais, bien davantage que ces lieux communs du « misanthropisme », c'est son insensibilité amoureuse subitement évanouie qui rapproche Dorante de nombreux Lélio, galants qui se méfient des femmes ou amoureux déçus de nouveau saisis par l'amour en dépit de leur raison (on trouve un semblable Lélio dans la jolie comédie de Delisle, *Le Faucon et les Oies de Boccace*, créée en 1725). Nous apprenons de Frontin que son maître « est galant, parce qu'il ne dit jamais que des choses gracieuses aux dames, mais il ne va pas plus loin » (I, 8). Dorante démentira ces propos lors de son deuxième face-à-face avec Isabelle (III, 2), en cédant pour la première fois

aux mouvements de son cœur. Il a pour décrire son état, sa
« surprise », des répliques ou incises aux accents très mari-
valdiens qu'il introduit dans le cours même du dialogue
(« Qu'est-ce donc qui se passe dans mon cœur ? » ; « C'en
est trop ; je ne puis résister à tant de charmes et d'ingénuité ») avant de s'abandonner à un monologue auto-
réflexif (III, 3) qui traduit à merveille son incrédulité
(« Quel changement prodigieux s'est donc fait chez moi ?
Est-il possible que l'homme puisse passer si rapidement à
des sentiments si opposés ? (...) Je ne me comprends pas
moi-même... »), tout en renouant plaisamment avec le
lyrisme des *innamorati* (« O ciel ! Qu'elle est aimable ! (...)
Amour, que tu sais bien les chemins de nos cœurs, lorsque
tu veux les frapper »)...

Valère, ami de Dorante, est son exact contraire, sur le
plan du caractère. Jeune galant frivole (« étourdi » et
« libertin » dit Isabelle), séducteur éloquent (« vif et
brillant » dit Lisette), il se définit explicitement lui-même,
sur un mode badin, et en réaction aux propos sévères de son
ami Dorante, au travers d'une sommaire profession de foi :
« Je crois que toutes les irrégularités que je vois sont nécessaires. Le sot fait valoir l'homme d'esprit ; la coquette, la
femme raisonnable. Morbleu si tout était uniforme, et réglé
par la même sagesse, j'aimerais autant vivre dans un désert
que dans Paris » (I, 5). Ce « coquet de profession » selon
l'heureuse formule de Frontin qui décrit comiquement à
Lisette ses différentes postures de galant en société (I, 8),
est le premier personnage de la comédie à éprouver une
secousse amoureuse. Valère analyse lui-même son trouble et
ses sentiments avec une lucide pertinence qui ne masque
pas son étonnement : « Parbleu, il faut avouer que mon
cœur est aussi libertin que mon esprit. (...) Ce qu'il y a de
plus singulier dans tout ceci, c'est qu'Angélique, que l'on
destine à mon ami, m'a séduit par le premier coup d'œil (...)
et je ne me suis jamais trouvé si disposé à devenir amoureux » (II, 2). S'ensuit une « déclaration dans toutes les
formes » selon les termes d'Angélique, où Valère sollicite
sa rhétorique de séducteur, tour à tour emphatique et mesu-

rée, qui traduit paradoxalement son humilité et la sincérité de son amour : « je n'ai pu me défendre du pouvoir de vos charmes, ils ont triomphé de mon cœur, et je n'en suis plus le maître. (...) je vous aime avec transport (...) et sans espérance (...) et je sens que je ne me possède plus (...) souffrez que je vous dévoue tous les instants de ma vie, et que je tâche de mériter un tendre retour de vous, pour l'amour le plus sincère qui fut jamais. (...) Au nom de l'amour le plus tendre, permettez-moi d'espérer » (II, 2). Mis bout à bout, ces fragments de dialogue forment un discours amoureux dont la subtilité contredit et redéfinit la caractérisation initiale du personnage ; le volage Valère, qui reconnaît lui-même auprès d'Angélique n'avoir eu jusqu'alors « aucun engagement sérieux », se transforme par et dans le discours...

Angélique est une demoiselle qui se pique de philosophie (« fille d'esprit et de goût » dit son père) et qui professe sa crainte du mariage, et, conséquemment, sa méfiance vis-à-vis des hommes. En témoigne le discours désenchanté qu'elle tient à sa cousine Isabelle, en début de comédie, sur la fausseté et la dissimulation des amants : « Rien n'est plus difficile que de connaître les hommes. Ils se déguisent lorsqu'ils sont amants, et l'amour métamorphose souvent leurs plus grands défauts en des qualités aimables. Mais, à peine sont-ils époux qu'ils quittent le masque : les grâces qu'ils affectaient s'éclipsent. Ils se dédommagent enfin en se montrant tels qu'ils sont de toutes les peines qu'ils ont prises à paraître ce qu'ils n'étaient pas » (I, 3)[61]. La déclaration de

---

61. Dans *Le Jeu de l'amour et du hasard* (1730) l'héroïne favorite de Marivaux, Silvia, affecte la même aversion pour le mariage qu'Angélique, et tient des propos similaires : « les hommes ne se contrefont-ils pas, surtout quand ils ont de l'esprit ? n'en ai-je pas vu, moi, qui paraissaient, avec leurs amis, les meilleures gens du monde ? C'est la douceur, la raison, l'enjouement même, il n'y a pas jusqu'à leur physionomie qui ne soit garante de toutes les bonnes qualités qu'on leur trouve » (I, 1).

Valère la laisse d'abord interdite, « toute déconcertée », sur la défensive, pour enfin jeter le trouble dans son esprit. Il est plaisant de noter l'emploi récurrent qu'Angélique fait du mot « raison » et de ses dérivés dans cette scène, dans un premier temps pour rappeler son interlocuteur à la raison (elle emploie d'ailleurs précisément cette expression), ensuite pour sonder ses propres sentiments comme dans cet aparté : « mon cœur s'émeut, et je crois que je serais assez peu raisonnable pour l'aimer autant que je crains Dorante » (II, 2). Le bref aparté suivant trahit l'étendue de son trouble puisqu'elle prononce une réplique-clé, marivaldienne, en laquelle se cristallisent l'intensité et la confusion du sentiment amoureux naissant : « Je ne sais plus où j'en suis ». Et le dernier aparté d'Angélique consacre l'emprise du sentiment amoureux sur son cœur : « Mon cœur se trouble, et je sens qu'il s'attendrit, *malgré moi* (C'est moi qui souligne.). » L'amour qui tient Angélique sous son joug se complique d'une incertitude que l'amante déchiffre et analyse avec des accents non dénués de pathétique : « Une crainte, qui n'est que trop bien fondée, m'agite à présent, fatal apprentissage d'une passion qui commence à peine, et qui troublera, peut-être, le repos de ma vie ! Valère me plaît, mais il peut plaire de même à Isabelle, et cela me cause une inquiétude affreuse » (III, 9). Femme sage et spirituelle, dont la raison a été vaincue par l'amour, Angélique est l'exact équivalent féminin de Dorante, mais plus que sa tournure d'esprit et que ses caractéristiques, c'est la manière dont elle est touchée par l'amour qui l'apparente à son ombrageux double masculin.

Isabelle nous est présentée comme inexpérimentée, naïve et légère (« jeune et brillante » et aimant « les plaisirs de son âge » dit son oncle) et sa toute première réplique semble confirmer cette ébauche de portrait : « Ah, mon cher oncle, je crains les affaires si sérieuses » (I, 2). Néanmoins, elle montre très vite que son caractère primesautier ne l'empêche pas de développer l'intuition propre à son sexe ; c'est ainsi qu'en réaction à la mise en garde de sa cousine sur le chapitre de la fausseté des hommes, Isabelle formule une charmante et convaincante plaidoirie en faveur de la coquetterie : « Je suis sans expérience ; mais je crois que les femmes ne doivent rien aux hommes du côté de la dissimulation. S'ils nous trompent, en nous cachant ce qu'ils sont, nous les abusons souvent, m'a-t-on dit, en leur paraissant être ce que nous ne sommes point ; tout cela ne revient-il au même ? Pour moi, je prétends si bien m'observer avec Valère, qu'il sera bien fin s'il me connaît » (I, 3). Significativement, elle est le dernier élément du quatuor amoureux à oser faire l'aveu de ses sentiments, et encore n'est-ce qu'à demi-mot et du bout des lèvres ! Pressée par Dorante, elle consent à lui dire : « Si la chose tournait comme vous le dites, et que mon oncle, et surtout ma cousine, approuvassent votre amour, je vous avoue ingénument que je ne sentirais point pour vous la même répugnance que j'ai sentie pour Valère », pour aussitôt ajouter qu'elle rougit « d'en avoir tant dit » (III, 2)[62]. A l'instar de sa cousine Angélique, et en sa présence (III, 10), Isabelle prononce elle aussi la réplique « Je ne sais où j'en suis », dans des circonstances assez comiques puisque cette marivaldienne réplique est précédée d'un embarrassant lapsus (questionnée par Angélique sur Valère, Isabelle répond en parlant de Dorante !). Au total, la finesse du trait de Delisle et le soin porté à la caractérisation contrastée du personnage d'Isabelle ont incontestablement offert à l'actrice Silvia-Zanetta Benozzi un rôle propre à mettre en valeur la variété et l'expressivité de son jeu.

Frontin et Lisette ne se contentent pas de jouer les utilités. Leur duo marque une manière de contrepoint drôlatique aux échanges de leurs maîtres et maîtresses. Leur première ren-

---

62. Gustave Attinger, au demeurant assez sévère au sujet de cette comédie, a souligné la finesse et le piquant du trouble d'Isabelle : « Isabelle est charmante : son estime pour Dorante est si grande qu'elle ne peut supporter de le voir méprisé par sa rivale ; elle se croit si peu digne du philosophe que lorsqu'il se déclare elle s'affole et perd la tête ». G. Attinger, *op. cit.*, p. 419 (note 2).

contre donne lieu à une scène de badinage (I, 8) qui plut beaucoup aux spectateurs de l'époque et qui renoue heureusement avec le ton italien. Propos galants teintés d'ironie, railleries sur les maîtres : Frontin et Lisette rappelaient ici le souvenir de la meilleure part du répertoire de Gherardi, à savoir les brillantes joutes verbales opposant Arlequin à Colombine.

Dorimon, figure paternelle, est l'instigateur de la comédie, sans en être véritablement un protagoniste. En choisissant Dorante pour gendre, et en destinant Valère à sa nièce, il écrit en quelque sorte un scénario que l'intrigue, sitôt lancée, va corriger... Son discours est celui d'un honnête homme, éclairé, et tolérant sur le chapitre du mariage : « L'hymen a des chaînes bien pesantes lorsqu'il unit des caractères opposés » (I, 1). Pour apprécier la faible emprise du personnage sur le déroulement de l'intrigue, il est plaisant et pertinent de mettre en parallèle les deux « extrémités » de la comédie. Dans la première scène, Dorimon paraît sûr de son fait, il prétend avoir « étudié » le caractère de l'esprit de sa fille et de sa nièce, et leur avoir trouvé des « doubles » masculins (« Tu vas voir si j'ai eu le coup d'œil juste » lance-t-il même à sa suivante Lisette) ; dans l'ultime scène (III, 12) qui réunit tous les personnages, le même Dorimon s'avère être le dernier à comprendre ce qui s'est produit (« Je ne vois encore qu'une énigme impénétrable pour moi ») et la double révélation de l'amour de Dorante pour sa nièce, de Valère pour sa fille, le laisse stupéfait au point qu'il en vient à prononcer *la* réplique marivaldienne par excellence : « Je ne sais plus où j'en suis. » Il n'est pas interdit de voir ici dans l'emploi incongru de cette réplique « codée », outre une manifeste touche comique, une discrète pointe ironique qui permet à l'auteur de subvertir la réplique en la vidant de sa signification amoureuse... En définitive, si l'on ne se focalise pas sur ses seules caractéristiques, ce personnage de Dorimon renoue paradoxalement avec les caricaturales figures paternelles du théâtre italien : d'abord parce qu'il prétend arranger un double mariage, ensuite - et surtout - parce que l'intrigue se noue à son insu et se dénoue sans qu'il y prenne une part active.

Delisle a manifestement veillé à équilibrer la répartition des scènes et des répliques, en sorte qu'il est impossible de désigner ici un « personnage principal ». Corrélativement, l'homogénéité et la cohérence de la comédie assurent aux personnages mis en scène des rôles qui exploitent astucieusement l'emploi et les caractéristiques qui leur sont propres, non sans que l'auteur marque discrètement une manière de distance par rapport au répertoire italien. Nulle trace de *lazzi* ici. Le souvenir de la comédie italienne se traduit *dans le dialogue* ; certaines répliques de Dorante, Valère, Angélique ou Isabelle font écho aux déplorations sentimentales et aux propos galants des *innamorati*, l'esprit frondeur et facétieux de Frontin en fait un avatar francisé d'Arlequin, et Lisette, à l'instar d'une Violette ou d'une Colombine, est bien davantage une confidente qu'une suivante.

N'étaient le naturel et la simplicité des dialogues, la régularité de la comédie confinerait presque à l'abstraction. L'intrigue progresse en effet selon un ordre quasi-schématique, multipliant les effets de symétrie, les retours sur soi, les points de vue recoupés. Angélique et Dorante sentent l'un pour l'autre de « éloignement », et il en va de même pour Isabelle et Valère ; cette réciproque insensibilité favorise et suscite le développement de l'intrigue sous la forme d'un chassé-croisé sentimental. Sans orner sa comédie des savantes « arabesques » marivaldiennes, Delisle reprend à son compte certains aspects de la thématique marivaldienne, qu'il n'exploite d'ailleurs pas réellement sur le plan formel et sur le plan dramatique. La « surprise de l'amour » vient saisir à point nommé les personnages et suspend le discours amoureux. Là où Marivaux faisait du discours amoureux la matière même de ses comédies[63], Delisle en fait un ingré-

63. A titre de comparaison, et afin de bien marquer ce qui différencie les deux auteurs, nous citerons ici une partie d'un brillant commentaire que Frédéric Deloffre consacre à *La Double inconstance*, le texte de Marivaux dont *Les Caprices du cœur et de l'esprit* se rapprochent le plus : « Analyste de l'amour, (Marivaux) le

dient, en respectant les figures imposées du discours amoureux avec *distanciation*. La comédie toute entière est assu-
jettie à une sorte de commentaire distancié, enrichi par les
différents apartés ou monologues, et par les confidences des
uns et des autres. Delisle n'était sans doute pas dupe, mais
au contraire bien avisé du caractère prévisible, répétitif et
régulier de sa comédie. C'est ainsi qu'il prête à Dorante,
dans la foulée de sa déclaration à Isabelle, des propos qui
ressemblent à un plaisant commentaire distancié sur la
comédie elle-même : « Je venais ici pour y donner la main à
Mademoiselle Angélique, et Valère y venait pour s'unir à
vous ; vous n'aimez point Valère, et Angélique n'a que de
l'éloignement pour moi, Valère en est aimé. Ainsi il ne tient
plus qu'à vous que nous soyons tous heureux, il ne vous
faut pour cela que m'aimer » (III, 2). Et à cette réplique
même fait écho celle-ci, de Dorimon, lors du dénouement,
qui déclare, s'adressant à Dorante et Valère : « Puisque l'estime que j'ai pour vous m'avait engagé à vous choisir pour
entrer dans ma famille, il ne m'importe pas qui de vous
deux soit mon gendre ou mon neveu, pourvu que vous
soyez tous contents. Je consens donc à cet échange, et je me
charge d'y faire consentir vos parents » (III, 12).

---

montre ordinairement naissant, parfois en sommeil et renaissant,
parfois déclinant et mourant. Ici, l'étude est complète : l'amour
n'est pas seulement suivi de sa naissance, dans la surprise et le
trouble, à l'enchantement d'un bref épanouissement, puis au déclin
dont le menacent la négligence et l'habitude ; mais ce processus est
doublé en contrepoint par la naissance et l'épanouissement d'un
nouvel amour. Plus qu'en aucune autre pièce, la peinture des sentiments est dynamique, car le phénomène à saisir se modifie sans
cesse, et les paroles prononcées sujettes à interprétation, dans la
mesure où la réalité psychologique devance l'idée que s'en font les
personnages. La construction dramatique, pour sa part, combine
avec une surprenante maîtrise la progression implacable de l'action
avec l'imprévu d'un dénouement présenté d'abord comme doublement
impossible. » Marivaux, *Théâtre complet* (Edition Frédéric
Deloffre et Françoise Rubellin), Classiques Garnier, t. 1, p. 240 (*La
Double inconstance*, Notice).

C'est l'unité de ton qui fait ici le lien entre la naïveté italienne sous-jacente et le discours auto-réflexif et distancié des personnages : Delisle développe dans *Les Caprices du cœur et de l'esprit* un « art de la conversation » qui contribue fortement à donner un air « français » à cette comédie italienne. En l'absence d'Arlequin qui, même assagi sous la plume de Delisle, s'en donnait naguère à cœur joie dans le registre de la fantaisie verbale tout en assénant quelques vérités premières, le style de l'auteur opère une sensible métamorphose : la familière éloquence est toujours là, qui alliait volontiers précision et préciosité, mais le moraliste se fait plus discret. S'il ne possède pas la « science du cœur » comme Marivaux, ni ne peut prétendre à l'exégèse du discours amoureux à laquelle son confrère s'est livré, Delisle a su introduire au sein d'une comédie italienne un plaisant et brillant exercice de « casuistique » amoureuse. Au total, la francisation des personnages et du ton général de la comédie ne doit pas nous induire en erreur : *Les Caprices du cœur et de l'esprit* sont bel et bien une comédie italienne, mais une comédie italienne dont l'esprit français aurait poli et effacé les « signes extérieurs » pour n'en plus garder que l'énergie et la substance, de la même façon que la langue française a fait sien l'italianisme « caprice ».

En guise de conclusion

Les trois textes présentés donnent un aperçu de la diversité « moliéresque » de l'œuvre de Delisle. Dramaturge philosophe, il parvient à mettre des idées en scène, en convoquant les artifices théâtraux adéquats et en exploitant habilement les ressources de la comédie italienne. A cet égard, le traitement du personnage d'Arlequin par Delisle dans ses deux premières pièces est exemplaire : l'auteur dote le Bergamasque d'un esprit neuf et philosophique, sans en trahir les caractéristiques *typiques*. C'est ainsi qu'Arlequin peut laisser libre cours à son ironie mordante tout en faisant montre d'une insatiable curiosité pour le genre humain. C'est ainsi qu'il peut donner la réplique à Socrate,

et pleurer de n'être que ce qu'il est. La métamorphose opérée par Delisle fait d'Arlequin, à l'échelle du théâtre italien
à tout le moins, une authentique figure théâtrale des
Lumières.[64] En 1776, dans le *Supplément de l'Encyclopédie*,
Marmontel, rédacteur d'un précieux article sur Arlequin,
soulignera l'importance de Delisle :

> *(Arlequin) est en même temps le personnage le plus
> bizarre et le plus plaisant de ce théâtre. Un nègre Berga-
> masque est une chose absurde ; il est même assez vraisem-
> blable qu'un esclave Africain fut le premier modèle de ce
> personnage. Son caractère est un mélange d'ignorance, de
> naïveté, d'esprit, de bêtise et de grâce ; c'est une espèce
> d'homme ébauché, un grand enfant qui a des lueurs de rai-
> son et d'intelligence, et dont toutes les méprises ou les mal-
> adresses ont quelque chose de piquant. Le vrai modèle de
> son jeu est la souplesse, l'agilité, la gentillesse d'un jeune
> chat, avec une écorce de grossièreté qui rend son action plus
> plaisante ; son rôle est celui d'un valet patient, fidèle, cré-
> dule, gourmand, toujours amoureux, toujours dans l'embar-
> ras, ou pour son maître, ou pour lui-même ; qui s'afflige, qui
> se console avec la facilité d'un enfant, et dont la douleur est
> aussi amusante que la joie.*
> *Ce rôle exige beaucoup de naturel et d'esprit, beaucoup de
> grâce et de souplesse.*
> *Le seul des poètes Français qui l'ait employé heureuse-
> ment, c'est De l'Isle dans* Arlequin sauvage, *et dans* Timon le
> misanthrope *; mais en général la liberté du jeu de cet acteur
> naïf et l'originalité de son langage s'accommodent mieux
> d'un simple canevas, qu'il remplit à sa guise, que du rôle le
> mieux écrit.*[65]

En sus des mérites propres de l'auteur, il ne faudrait surtout pas négliger ici l'importance des acteurs de la troupe de

---

64. Courville va même jusqu'à voir en Arlequin un révolution-
naire en herbe ! « De Lisle a beau protester de son innocence, il
court déjà dans son dialogue, à l'égard de toutes les institutions, un
parti pris de dénigrement qui est, avant l'heure, un germe de révo-
lution ». Xavier de Courville, *op. cit.*, p. 227.

65. *(Nouveau Dictionnaire pour servir de) Supplément aux Dictionnaires des Sciences, des Arts et des Métiers*, Par une Société de
Gens de Lettres, Paris-Amsterdam, 1776, t. 1, art. 559.

Luigi Riccoboni : la fortune des spectacles est liée au talent des interprètes. En l'occurrence, Thomassin fait partie des Arlequins mémorables, et il lui revient assurément une part prépondérante dans les premiers succès récoltés par Delisle. De plus, notre auteur put trouver en la personne de Luigi Riccoboni, ce tragédien contrarié, un homme de théâtre aux convictions proches sans doute, et désireux de donner forme à un « comique sensé ». De fait, Delisle a fourni aux Italiens des textes propres à enrichir un répertoire nouveau, sans pour autant renoncer à ses prérogatives d'auteur. Son goût prononcé pour le didactisme, la morale, est contrebalancé par une judicieuse réappropriation de l'esprit et des traits esthétiques de l'univers italien : ce sont peut-être les « Ballets allégoriques » dans *Timon le misanthrope* qui symbolisent le mieux le mariage *a priori* contre-nature des grâces philosophiques et de la fantaisie italienne.

Arlequin sauvage, *Timon le misanthrope* et *Les Caprices du cœur et de l'esprit* sont des comédies marquées, sur le plan du discours amoureux, par une semblable « nostalgie du naturel », pour reprendre l'heureuse formule de Philip Stewart.[66] L'œuvre de Marivaux exprime elle aussi cette

---

66. Cette formule figure dans l'intitulé d'un sous-chapitre, compris dans la section « Le Jeu de l'amour ». Sans développer davantage, nous en citerons le début, qui éclairera peut-être d'une lumière nouvelle le fond -et la forme- du discours amoureux élaboré par Delisle : « Les différents moralistes et romanciers (...) constatent un système de convenances qu'ils sont souvent loin d'approuver. Si certains se complaisent dans une mondanité qu'ils trouvent somme toute agréable et socialement inoffensive, d'autres la dénoncent comme corrompue, déchue et nocive. Les derniers se réfèrent naturellement au passé : si ce n'est pas tout à fait un âge d'or qu'ils évoquent c'est au moins la nostalgie de plaisirs plus restreints, de sentiments plus sincères, d'une vie moins frénétique. » Philip Stewart, *Le Masque et la parole. Le Langage de l'amour au XVIIIᵉ siècle*, Paris, Librairie José Corti, 1973, p. 116. L'anachronique éloge des amours pastorales ou ovidiennes tel qu'il transparaît dans certaines des pièces de Delisle, ainsi que le recours à la naïveté italienne procèderaient-il de cette « nostalgie » ?

nostalgie-là et véhicule une sensibilité spirituelle en bien
des points comparable à celle de Delisle, même si assurément les deux auteurs se singularisent l'un de l'autre par
l'emploi de procédés et le recours à des motifs qui leur sont
propres. Ainsi que l'écrit Xavier de Courville, Delisle et
Marivaux « sont aussi purs d'intention. Tous deux observa-
teurs, animés d'un même goût du vrai, prêts à sourire des
vices de la société, parfois à s'en indigner, ni l'un ni l'autre
ne songe à faire des tréteaux de l'Hôtel de Bourgogne cette
tribune que Voltaire substitue trop souvent à la scène française. *La philosophie apparaît chez De Lisle, comme la psy-
chologie chez Marivaux, non comme un but, mais un
moyen, une source nouvelle de l'invention.* (C'est moi qui
souligne) ».[67] Aujourd'hui que Marivaux a obtenu une juste
reconnaissance universitaire et publique, c'est à l'aune de
son œuvre que l'on juge celle des autres auteurs qui fourni-
rent des textes à la Comédie Italienne. Mais peut-on
« reprocher » à Delisle de n'avoir pas été Marivaux ?
Reproche absurde et peu *scientifique*. L'ombre portée de
Marivaux ne doit pas faire oublier un Delisle, dont la vie et
l'œuvre se sont perdues dans l'immense bruissement de la
vie littéraire du XVIIIe siècle. Que Luigi Riccoboni n'ait pas
pu mener à bien tous ses projets de « réformation théâtrale »
n'a pas empêché la Troupe Italienne de se constituer un
beau répertoire ; du reste les innovations de Marivaux, et à
un degré moindre celles de Delisle, ont certainement pesé
bien davantage sur l'histoire du théâtre français que ne l'auraient fait les idées de Riccoboni, s'il avait réussi à les faire
appliquer. En marge de l'histoire d'une troupe, c'est l'évo-
lution d'un répertoire, d'un discours, d'une pratique théâtrale qui se dessine : peut-on d'ailleurs véritablement inflé-
chir le cours de l'histoire du théâtre autrement que par les
œuvres mêmes ?

Quant au *personnage* Delisle, l'étude de son œuvre ne
permet guère de mieux le cerner. Moraliste dans l'âme,

---

67. Xavier de Courville, *op. cit.*, p. 227.

assurément. Et peut-être misanthrope refusant de se résigner
à sa misanthropie ? Faute de documents, la dernière partie
de sa vie se résume à une longue et énigmatique période de
silence ininterrompu. Entre 1739, l'année de la création de
son dernier ouvrage dramatique, et 1756, l'année de sa
mort, Delisle put voir ses premiers succès régulièrement
repris. Après même sa mort, on continua de jouer *Timon le
misanthrope* et *Arlequin sauvage*,- le rôle titre de cette
comédie fut d'ailleurs repris par le fameux Carlin Berti-
nazzi. Mais le XVIIIᵉ siècle semble s'être injustement
refermé sur Delisle. Le temps n'est-il pas venu de redécou-
vrir, et d'offrir une nouvelle chance, à une œuvre qui ne
manque ni d'attraits ni d'intelligence ?

BIBLIOGRAPHIE

I

ÉDITIONS MODERNES DU THÉÂTRE DE DELISLE

Arlequin sauvage, Théâtre du XVIIIᵉ siècle, éd. J. Truchet, Paris, Gallimard, La Pléiade, t. 1, 1972.

Arlequin sauvage suivi de *Le Faucon et les Oies de Boccace,* éd. D. Trott, Montpellier, Editions espaces 34, 1996.

II

ÉDITIONS ANCIENNES DU THÉÂTRE DE DELISLE

Arlequin sauvage, Paris, C. E. Hochereau, 1722.

Arlequin sauvage (Comédiens Italiens, 17 Juin 1721), Paris, Briasson , 1737.

Arlequin sauvage, Paris, Briasson, 1756.

Arlequin sauvage, Paris, Briasson, 1773.

Arlequin sauvage, Avignon, L. Chambeau, 1778.

Arlequin sauvage, Timon le misanthrope, Paris, nouvelle éd. pub. Ad. Rion, 1878.

Timon le misanthrope (Paris, Comédiens Italiens, 2 Janvier 1722), Paris, C. E. Hochereau, 1722.

Timon le misanthrope, Amsterdam, H. du Sauzet, 1723.

Timon le misanthrope, Paris, Briasson, 1732.

Timon le misanthrope, Paris, C. E. Hochereau, 1739.

Timon le misanthrope, Paris, F.G. Mérigot, 1747.

Timon le misanthrope, Paris, C. E. Hochereau, 1754.

Timon le misanthrope, Paris, La Compagnie des libraires, 1761.

Le Faucon et les oyes de Bocace, Paris, F. Flahault, 1725.

Le Faucon et les oyes de Bocace, Paris, Briasson, 1731.

Le Nouveau Théâtre Italien, ou Recueil général des comédies représentées par les comédiens italiens ordinaires du Roi, augmenté des pièces nouvelles, des arguments de plusieurs autres qui n'ont point été imprimées, et d'un catalogue de toutes les comédies représentées depuis le rétablissement des comédiens italiens. Nouvelle édition, corrigée et très augmentée, Paris, Briasson, 1733-1736, 9 vol. (le tome 2 comprend *Arlequin sauvage,* le tome 3 *Timon le misanthrope,* le tome 5 *Le Faucon et les Oyes de Boccace*).

Pièces du Nouveau Théâtre Italien qui manquent dans l'édition faite en 1733, Paris, Briasson, 1753, 3 vol. (le tome 2 comprend *Le Valet auteur*).

Chef-d'œuvres (sic) *de La Drevetière de L'Isle (Arlequin sauvage, Timon le misanthrope, Le Faucon et les Oies de Boccace),* Paris, Belin (Petite Bibliothèque des Théâtres), 1783.

Le Valet auteur, Paris, Briasson, 1738.

Le Valet auteur, Paris, Belin (Petite Bibliothèque des Théâtres), 1784.

Danaüs, Paris, Belin (Petite Bibliothèque des Théâtres), 1784.

III

MANUSCRITS

Théâtre inédit de Delisle, Bibliothèque Nationale, Coll. Soleinne, Fonds fr. 9311.

IV

ŒUVRES NON THÉÂTRALES

La Découverte des longitudes, avec la méthode facile aux navigateurs pour en faire usage actuellement, Paris, A. Cailleau, 1740.

Ode sur la bataille de Fontenoy et sur les glorieuses conquêtes du Roy, Paris, Vᵛᵉ Lamesle, 1745.

Ode sur la mort du Roy de Suède, présentée à S. A. S. Mgr le duc de Chartres, Paris, Vᵛᵉ A. Lambin, 1719.

Poésies diverses, sçavoir : Epître aux beaux esprits, la Gazette poétique, le Voyage de l'amour-propre dans l'Isle de la fortune, Epître à Eucharis, et autres, Paris, Prault père, 1739.

Qu'a-t-il ? qu'a-t-elle, ou la République des oyseaux, Alexandre ressuscité, et autres fables et contes allégoriques, Paris, Prault père, 1739.

V

OUVRAGES DU XVIIIᵉ SIÈCLE

ARGENSON (René Louis de Voyer de Paulmy, marquis d'), *Notices sur les œuvres de théâtre (ms. 3448-3455 de l'Arsenal),* éd. Henri Lagrave, Genève, Institut et Musée Voltaire, 1966, 2 vol. (*Studies on Voltaire and the eighteenth century,* 42 et 43).

CHAMFORT (Sébastien-Roche Nicolas, *dit*) et l'abbé J. de La Porte, *Dictionnaire dramatique contenant l'histoire des*

théâtres, les Règles du genre Dramatique, les Observa-
tions des Maîtres les plus célèbres, et des Réflexions nou-
velles sur les Spectacles, sur le génie et la conduite de
tous les genres, avec les Notices des meilleures Pièces, le
Catalogue de tous les Drames, et celui des Auteurs Dra-
matiques, Paris, Lacombe, 1776, 3 vol. .

DESBOULMIERS (Jean-Auguste Jullien, *dit*), *Histoire Anecdo-*
tique et raisonnée du Théâtre Italien depuis son rétablis-
sement en France jusqu'à l'année 1769, Paris, Lacombe,
1769, 7 vol. .

GUEULLETTE (Thomas-Simon), *Notes et souvenirs sur le*
Théâtre-Italien au XVIIIᵉ siècle, p. p. J.-E. Gueullette,
Paris, Droz, 1938 (Genève, Slatkine Reprints, 1976).

MARIVAUX (Pierre Carlet de Chamblain de), *Journaux et*
Œuvres diverses, texte établi avec introduction, chronologie, commentaire, bibliographie, glossaire et index par
F. Deloffre et M. Gilot, Paris, Garnier, 1988.
                                           —   , *Théâtre com-*
plet, texte établi avec introduction, chronologie, commen-
taire, index et glossaire par F. Deloffre (Nouvelle édition,
revue et mise à jour avec la collaboration de Françoise
Rubellin), Paris, Garnier, 1989, 2 tomes.

Mercure de France (1714-1800), Slatkine Reprints, Genève,
1968-1970 (t. 1-37).

(Nouveau Dictionnaire pour servir de) Supplément aux Dic-
tionnaires des Sciences, des Arts et des Métiers. Par une
Société de Gens de Lettres., Paris-Amsterdam, 1776, t. 1.

ORIGNY (Antoine d'), *Annales du Théâtre Italien depuis son*
origine jusqu'à ce jour, dédiées au Roi par M. D'Origny,
Paris, Duchesne, 1788, 3 vol. . Rééd. : Slatkine Reprints,
Genève, 1970, 3 vol. .

RICCOBONI (Luigi), *Histoire du théâtre italien depuis la*
décadence de la comédie latine, Paris, Cailleau, 1730-
1731, 2 vol. (reprint : Torino, Bottega d'Erasmo, 1968).
                    —   , *Réflexions historiques et critiques sur*
les différents théâtres de l'Europe. Avec les Pensées sur la
Déclamation, Paris, Guérin, 1738.

RICCOBONI (Luigi), *De la Réformation du Théâtre*, 1743 (réimpression de l'édit. de Paris 1747 : Slatkine Reprints, Genève, 1971).

VI

OUVRAGES PUBLIÉS APRÈS 1800

APOLLONIO (Mario), *Storia della commedia dell'arte*, Roma e Milano, Augustea, 1930. Rééd. : Firenze, Sansoni, 1980.

ATTINGER (Gustave), *L'Esprit de la commedia dell'arte dans le théâtre français*, Paris-Neuchâtel, Librairie théâtrale, 1950. Rééd. : Genève, Slatkine, 1969.

BRENNER (Clarence D.), *Bibliographical List of Plays in the French Language, 1700-1789*, Berkeley, 1947.
—   , *The Théâtre Italien, its Repertory, 1716-1753*, Berkeley, 1961.

CAMPARDON (Emile), *Les Spectacles de la Foire*, Paris, Berger-Levrault, 1877, 2 vol. .
—   , *Les Comédiens du Roi de la troupe italienne*, Paris, Berger-Levrault, 1880, 2 vol. (Genève, Slatkine Reprints, 1970, en 1 vol.).

COURVILLE (Xavier de), *Un apôtre de l'art du théâtre au XVIIIe siècle : Luigi Riccoboni dit Lélio - L'espérience Française (1716-1731)*, Paris, Droz, 1945.
—   , *Lélio premier historien de la Comédie Italienne et premier animateur du théâtre de Marivaux*, Paris, Librairie Théâtrale, 1958.

CUCUEL (Georges), « Notes sur la Comédie Italienne de 1717 à 1789 », *Sammelbände der Internationalen Musikgesellschaft* (Leipzig), Oct.-Déc., pp. 154-166.

DELOFFRE (Frédéric), *Une Préciosité nouvelle. Marivaux et le marivaudage*, Paris, Les Belles Lettres, 1955 ; rééd. complétée : A. Colin, 1967.

DES ESSARTS (Nicolas-Toussaint Le Moyne, *dit*), *Les Siècles littéraires de la France, ou Nouveau Dictionnaire, histo-*

rique, critique, et bibliographique, de tous les Ecrivains français, morts et vivants, jusqu'à la fin du XVIIIᵉ siècle, Paris, chez l'Auteur, Imprimeur-Libraire, Place de l'Odéon, 1801 (An IX). Rééd. : Genève, Slatkine Reprints, 1971.

Dictionnaire des Lettres Françaises. Le XVIIIᵉ siècle (Edition revue et mise à jour sous la direction de François Moureau), Paris, Fayard, 1995 (1ʳᵉ éd. : 1960).

DUCHARTRE (Paul-Louis), *La Commedia dell'arte et ses enfants*, Paris, Librairie théâtrale, 1978.

GILOT (Michel), *Les Journaux de Marivaux : itinéraire moral et accomplissement esthétique*, Lille : Atelier Reproduction des thèses, Université Lille III ; Paris : diffusion H. Champion, 1975.

GUEULLETTE (J.-E.), *Un magistrat du XVIIIᵉ siècle ami des Lettres, du théâtre et des plaisirs, Thomas-Simon Gueullette*, Paris, Droz, 1938.

HUMBERT (Heinrich), *Delisle de la Drévetière, sein Leben und seine Werke, ein Beitrag zur Geschichte des Nouveau Théâtre-Italien in Paris*, Inaugural-Dissertation, Berlin, Gronau, 1904.

LAGRAVE (Henri), *Le Théâtre et le public à Paris de 1715 à 1750*, Paris, Klincksieck, 1972.

MAZOUER (Charles), *Le Personnage du naïf dans le théâtre comique du Moyen Age à Marivaux*, Paris, Klincksieck, 1979.

MICLACHEVSKY (Constantin), *La Commedia dell'arte*, Petrograd, 1914 et 1917. Nouv. éd. : Mic, Constant, *La Commedia dell'arte ou le Théâtre des Comédiens Italiens des XVIᵉ, XVIIᵉ et XVIIIᵉ siècles*, Paris, Editions de la Pléiade, 1927. Rééd. : Paris, Librairie théâtrale, 1980.

ROCHAS (Henri Joseph Adolphe), *Biographie du Dauphiné, contenant l'histoire des hommes nés dans cette province qui se sont fait remarquer dans les Lettres, les Sciences, les Arts, etc. Avec le catalogue de leurs ouvrages et la Description de leurs portraits*, Genève, Slatkine Reprints, 1971.

ROUGEMONT (Martine de), *La Vie théâtrale en France au XVIIIᵉ siècle*, Paris-Genève, Champion-Slatkine, 1988.

STEWART (Philip), *Le Masque et la parole. Le Langage de l'amour au XVIIIᵉ siècle*, Paris, José Corti, 1973.

TAVIANI (Ferdinando), et SCHINO (Mirella), *Le Secret de la commedia dell'arte*, trad. par Yves Liebert, Carcassonne, Contrastes Bouffonneries, 1984.

TOMLINSON (Robert), *La Fête galante : Watteau et Marivaux*, Genève, Droz, 1981.

AVERTISSEMENT

Pour l'établissement des textes qui ont déjà été imprimés, nous avons retenu les premières éditions, à savoir celles de 1722 pour *Arlequin sauvage* et pour *Timon le misanthrope*, sans pour autant négliger d'examiner les suivantes. Les seules variantes à signaler concernent le découpage du texte. L'orthographe et la ponctuation ont été modernisées. Pour *Les Caprices du cœur et de l'esprit*, nous avons travaillé à partir du manuscrit *Théâtre inédit de Delisle*, Bibliothèque Nationale, Coll. Soleinne, Fonds fr. 9311. Nous avons pris soin d'en corriger la ponctuation parfois hasardeuse et défectueuse, et avons modernisé l'orthographe lorsqu'il y avait lieu de le faire.

ARLEQUIN SAUVAGE,

COMÉDIE EN TROIS ACTES.

Représentée par les Comédiens Italiens de S.A.R.
Monseigneur le Duc d'Orléans, Régent.

Par le Sieur D***.

ACTEURS DE LA COMÉDIE.

LÉLIO, amant de Flaminia.
MARIO, autre amant de Flaminia.
PANTALON, père de Flaminia.
FLAMINIA, amante de Lélio.
VIOLETTE, suivante de Flaminia.
ARLEQUIN, sauvage.
SCAPIN, valet de Lélio.
UN MARCHAND.
UN PASSANT.
L'HYMEN.
L'AMOUR.
TROUPE d'Amours.
TROUPE de Plaisirs.
TROUPE d'Archers.

La scène est à Marseille.

ACTE PREMIER

Lélio, Scapin

Lélio. — As-tu tout préparé pour mon départ ?

Scapin. — La felouque[1] est arrêtée, et vous pourrez partir demain à l'heure que vous voudrez.

Lélio. — Je prétends que le jour ne me retrouve pas dans Marseille : tous les moments que je passe loin de Flaminia me semblent des siècles ; et je me livrerais avec plaisir à la fureur des tempêtes, si elles me poussaient vers cette belle avec plus de rapidité.

Scapin. — Laissons là les tempêtes, c'est une voiture trop incommode ; l'expérience que nous en avons faite dans notre naufrage, ne doit nous laisser aucune tentation pour leur secours. Consultez un peu votre sauvage sur cela.

Lélio. — Il est vrai que sa frayeur était grande ; et si j'avais pu rire dans le péril où nous étions, je me serais diverti de sa colère et des injures qu'il me disait à cause du danger où je l'avais exposé.

---

1. Ce mot emprunté à l'espagnol *faluca* désigne un petit navire de la Méditerrannée orientale.

SCAPIN. — Il fut pourtant le moins embarrassé ; dès que le vaisseau fut échoué, il n'attendit pas la chaloupe pour se sauver, mais il se jeta à la nage, et fut le premier hors de danger, sans s'embarrasser de ceux qu'il y laissait.

LÉLIO. — A propos d'Arlequin, où l'as-tu laissé ?

SCAPIN. — Il est dans l'admiration de tout ce qu'il voit, et vous ririez de son étonnement.

LÉLIO. — Je l'imagine assez : c'est pour m'en ménager le plaisir, que j'ai défendu de l'instruire de nos coutumes. La vivacité de son esprit qui brillait dans l'ingénuité de ses réponses, me fit[2] naître le dessein de le mener en Europe avec son ignorance : je veux voir en lui la nature toute simple opposée parmi nous aux Lois, aux Arts et aux Sciences ; le contraste sans doute sera singulier.

SCAPIN. — Des plus singuliers.

LÉLIO. — Va tout préparer pour demain ; je vais chercher dans cette campagne un homme avec qui j'ai quelques affaires.

SCÈNE II

Mario, Lélio

MARIO. — Je commence à croire sérieusement que les mariages sont écrits dans le ciel, et qu'ils s'accomplissent sur la terre. A peine Flaminia est dans cette ville, que je l'aime. Je parle, et son père me l'accorde : voilà mener les choses du bon pied. Mais que vois-je ! N'est-ce pas Lélio ? Oui, c'est lui-même. Seigneur Lélio ?

---

2. (firent) éd.1722.

LÉLIO. — Ah ! mon cher ami, est-ce vous ?

MARIO. — Je suis charmé de vous voir ; personne n'a pris plus de part à votre malheur que moi. Pardonnez à mon empressement. Votre naufrage a-t-il été aussi funeste à votre fortune que l'on me l'a écrit d'Espagne ?

LÉLIO. — J'y devais tout perdre ; mais heureusement j'ai retrouvé ce que j'avais de plus précieux, et ce que j'y ai perdu n'est pas considérable.

MARIO. — Voilà la nouvelle du monde qui pouvait le plus me flatter, et je vous en félicite de tout mon cœur. Mais par quelle aventure êtes-vous dans cette ville ?

LÉLIO. — Par l'impatience de voir un objet aimable qui m'appelle en Italie. Je l'aimais avant mon voyage ; le père me l'avait accordée, et nous étions sur le point d'être heureux, lorsque je me vis obligé d'aller aux Indes, pour y recueillir une riche succession. Comme je trouvai les choses en règle, j'y eus bientôt fini mes affaires : je partis ; j'ai fait naufrage sur la côte d'Espagne. Après en avoir ramassé les débris et donné ordre à quelques affaires, je me suis embarqué sur un vaisseau de cette ville, pour passer d'ici en Italie.

MARIO. — Je suis charmé de tout ce que vous me dites. Pour vous rendre confidence pour confidence, je vous dirai que je suis amoureux aussi, et que je vais me marier.

LÉLIO. — Comme je suis persuadé que vous faites un choix digne de vous, je vous en félicite de tout mon cœur.

MARIO. — La personne est aimable, riche et d'un bon caractère.

LÉLIO. — C'est tout ce que l'on peut souhaiter. Est-elle de cette ville ?

MARIO. — Non, elle est Italienne ; c'est la fille d'un de mes amis. Des affaires importantes l'ont appelé ici, où il est depuis quinze jours avec cette aimable personne. Comme il est logé chez moi, j'ai eu occasion de la voir souvent : elle m'a plu, je l'ai dit au père, il me l'accorde ; voilà en deux mots toute mon histoire.

LÉLIO. — Je souhaite que la possession de cette charmante personne, et le temps que vous aurez de vous mieux connaître, ne fasse qu'augmenter vos feux.

MARIO. — J'espère d'être heureux avec elle. Mais vous me ferez bien l'honneur d'assister à ma noce.

LÉLIO. — Je m'y convierais de moi-même, si je pouvais. Vous aimez, et vous connaissez l'inquiétude des amants, lorsqu'ils sont éloignés de ce qu'ils aiment ; ainsi je n'ai besoin que de mon amour pour me justifier auprès de vous : j'ai quelques affaires dans cette ville, auxquelles il faut que je donne ordre, et je pars demain. Adieu, je suis obligé de vous quitter ; j'aurai l'honneur de vous embrasser chez vous avant que de partir.

MARIO. — Je suis fâché de ne pouvoir pas vous arrêter, mais il faut vous laisser libre. Adieu.

SCÈNE III

Lélio, Arlequin

LÉLIO. — Allons. Mais voilà Arlequin.

ARLEQUIN. — Les sottes gens que ceux de ce pays : les uns ont de beaux habits qui les rendent fiers ; ils lèvent la tête comme des autruches, on les traîne dans des cages, on leur donne à boire et à manger, on les met au lit, on les en retire ; enfin on dirait qu'ils n'ont ni bras ni jambes pour s'en servir.

LÉLIO. — Le voilà dans les réflexions, il faut que je m'amuse un moment de ses idées. Bonjour, Arlequin.

ARLEQUIN. — Ah ! te voilà : bonjour, mon ami.

LÉLIO. — A quoi penses-tu donc ?

ARLEQUIN. — Je pense que voici un mauvais pays, et si tu m'en crois, nous le quitterons bien vite.

LÉLIO. — Pourquoi ?

ARLEQUIN. — Parce que j'y vois des sauvages insolents qui commandent aux autres, et s'en font servir, et que les autres, qui sont en plus grand nombre, sont des lâches, qui ont peur, et font le métier des bêtes : je ne veux point vivre avec de telles gens.

LÉLIO. — Tu loueras un jour ce que ton ignorance te fait condamner aujourd'hui.

ARLEQUIN. — Je ne sais ; mais vous me paraissez de sots animaux.

LÉLIO. — Tu nous fais beaucoup d'honneur. Ecoute, tu n'es plus parmi des sauvages, qui ne suivent que la nature brute et grossière, mais parmi des nations civilisées.

ARLEQUIN. — Qu'est-ce que cela, des nations civilisées ?

LÉLIO. — Ce sont des hommes qui vivent sous des lois.

ARLEQUIN. — Sous des lois ! Et quels sauvages sont ces gens-là ?

LÉLIO. — Ce ne sont point des sauvages, mais un ordre puisé dans la raison, pour nous retenir dans nos devoirs, et rendre les hommes sages et honnêtes gens.

ARLEQUIN. — Vous naissez donc fous et coquins dans ce pays ?

LÉLIO. — Pourquoi le penses-tu ?

ARLEQUIN. — Il n'est pas bien difficile de le deviner. Si vous avez besoin de lois pour être sages et honnêtes gens, vous êtes fous et coquins naturellement : cela est clair.

LÉLIO. — Bon : nous naissons avec nos défauts comme tous les hommes. La raison seule soutenue d'une bonne éducation peut les réformer.

ARLEQUIN. — Vous avez donc de la raison ?

LÉLIO. — Belle demande ! Sans doute.

ARLEQUIN. — Et comment est faite votre raison ?

LÉLIO. — Que veux-tu dire ?

ARLEQUIN. — Je veux savoir ce que c'est que votre raison.

LÉLIO. — C'est une lumière naturelle, qui nous fait connaître le bien et le mal, et qui nous apprend à faire le bien et à fuir le mal.

ARLEQUIN. — Eh mor-non[3] de ma vie, votre raison est faite comme la nôtre.

LÉLIO. — Apparemment, il n'y en a pas deux dans le monde.

ARLEQUIN. — Mais puisque vous avez de la raison, pourquoi avez-vous besoin de lois ? car si la raison apprend à faire le bien et à fuir le mal, cela suffit, il n'en faut pas davantage.

LÉLIO. — Tu n'en sais pas assez pour comprendre l'utilité des lois : elles nous apprennent à faire un bon usage de la vie pour nous et pour nos frères ; l'éducation que l'on nous donne nous rend plus aimables à leur égard. Si nous leur offrons quelque chose, nous l'accompagnons de compliments et de politesses qui donnent un nouveau prix à la chose.

ARLEQUIN. — Cela est drôle. Fais-moi un peu un compliment, afin que je sache ce que c'est.

---

3. « Mor-non » est un juron, absent des dictionnaires de l'époque, très vraisemblablement formé sur le modèle de « Mort Dieu » (devenu « mordieu ») et autres « morbleu » ou « morgué », jurons populaires dont l'emploi était jadis très fréquent.

LÉLIO. — Supposons que je te veux donner à dîner.

ARLEQUIN. — Fort bien.

LÉLIO. — Au lieu de te dire grossièrement : « Arlequin, viens dîner avec moi » ; je te salue poliment, et je te dis : « mon cher Arlequin, je vous prie très humblement de me faire l'honneur de venir dîner avec moi. »

ARLEQUIN. — Mon cher Arlequin, je vous prie très humblement de me faire l'honneur de venir dîner avec moi. Ha, ha, ha ! la drôle de chose qu'un compliment !

LÉLIO. — Vous ne serez pas traité aussi bien que vous le méritez.

ARLEQUIN. — Cela ne vaut rien, ôte-le de ton compliment.

LÉLIO. — Je voudrais bien vous faire meilleure chère.

ARLEQUIN. — Eh bien ! fais-la moi meilleure, et laisse tout ce discours inutile.

LÉLIO. — Ce que je te dis n'empêche pas que je ne te fasse bonne chère ; ce n'est que pour te faire comprendre que je t'aime tant, et que mon estime pour toi est si forte, que je ne trouve rien d'assez bon pour toi.

ARLEQUIN. — Tu me crois donc bien friand. Allons, je te passe le compliment, puisqu'il n'empêche point que tu ne me fasses bonne chère ; quoiqu'à te parler franchement, j'aurais bien autant aimé que tu m'eusses dit sans façon, que tu me vas bien traiter.

LÉLIO. — C'est là le moindre avantage que l'éducation produit chez les hommes.

ARLEQUIN. — A te dire la vérité, je trouve cet avantage bien petit.

LÉLIO. — Elle nous rend humains et charitables.

ARLEQUIN. — Bon cela.

LÉLIO. — Elle nous fait entrer dans les peines d'autrui.

ARLEQUIN. — Bon bon.

LÉLIO. — Elle nous engage à prévenir leurs besoins.

ARLEQUIN. — Cela est excellent.

LÉLIO. — A protéger l'innocence, à punir les vices. C'est par elle que dans ce pays on trouve à sa porte tout ce que l'on a besoin[4], sans se donner la peine de l'aller chercher : on n'a qu'à parler, et sur le champ on voit cent personnes qui courent pour prévenir vos besoins.

ARLEQUIN. — Quoi ! l'on vous apporte ici tout ce que vous demandez pour vous épargner la peine de l'aller chercher vous-même ?

LÉLIO. — Sans doute.

ARLEQUIN. — Je ne m'étonne donc plus si tu fais si bonne chère, et je commence à voir que dans le fond vous ne valez rien, mais que les lois vous rendent meilleurs et plus heureux que nous ; puisque cela est ainsi, je te suis bien obligé de m'avoir mené dans ton pays, pardonne à mon ignorance : tu vois bien qu'à voir tout ce que vous faites, je ne pouvais pas m'imaginer que vous fussiez si honnêtes gens.

LÉLIO. — Je le sais. Retourne au logis : je te dirai le reste une autre fois[5].

ARLEQUIN *seul*. — Ce pays-ci est original : qui diable aurait jamais deviné qu'il y eût eu des hommes dans le monde qui eussent besoin de lois pour devenir bons ?

---

4. Ce genre de formulation, qui peut heurter nos oreilles contemporaines, est chose courante et admise dans la langue classique.

5. Le bref monologue d'Arlequin qui suit cette réplique et qui conclut la scène III dans l'édition de 1722, est versé dans une scène à part entière à partir des éditions suivantes.

SCÈNE IV

Pantalon, Flaminia, Violette, Arlequin

PANTALON. — Que dites-vous de ce pays-ci, ma fille ?

FLAMINIA. — Qu'il est charmant, mon père.

PANTALON. — Aimeriez-vous y rester ?

FLAMINIA. — Beaucoup, mon père.

PANTALON. — Eh bien, vous y resterez : notre hôte le Seigneur Mario vous aime, il vous demande en mariage, et je vous ai promise.

FLAMINIA. — Ciel ! que m'apprenez-vous ? Et Lélio ?

PANTALON. — Il le faut oublier ; il a perdu son bien par un naufrage, et son état ne vous permet plus de penser à lui, ni lui à vous.

FLAMINIA. — Et qu'importe de son état, s'il m'aime toujours, et s'il est toujours aimable ? Il peut avoir perdu son bien, mais son mérite lui reste.

PANTALON. — C'est perdre son mérite que de perdre son bien.

FLAMINIA. — Oui, pour une autre âme que pour la mienne. Si ses malheurs sont vrais, ils me donneront le plaisir de le retirer des mains de la mauvaise fortune, pour lui rendre par celles de l'amour ce que la tempête lui a ravi.

PANTALON. — Consultez moins votre cœur que votre raison ; ce n'est que d'elle dont vous avez besoin aujourd'hui.

FLAMINIA. — Mon cœur et ma raison sont d'accord.

Arlequin pendant cette scène se promène sur le théâtre, et va donner dans le nez de Pantalon.

Scène V

Arlequin, Pantalon, Flaminia, Violette

ARLEQUIN. — Oh, le plaisant animal ! je n'en ai jamais vu comme celui-là. Ah, ah, ah, la ridicule figure !

PANTALON. — Qui est cet impertinent ?

ARLEQUIN. — Dis-moi, comment appelles-tu cette bête-là ?

FLAMINIA. — Vous êtes un insolent, c'est un homme respectable, qui vous fera rouer de coups, si vous n'y prenez garde.

ARLEQUIN. — Lui, un homme : ha, ha, ha ! la drôle de figure ! Dis-moi, Barbette[6], de quelle diable d'espèce es-tu donc ? car je n'ai jamais vu d'hommes, ni de bêtes faits comme toi.

PANTALON. — Maraud, si tu ne te retires, tu pourras bien avec ta Barbette t'attirer une volée de coups de bâtons.

ARLEQUIN. — Quels diables de gens sont donc ceux-ci ? ils se fâchent de tout : je t'appelle Barbette parce que tu as une barbe longue, longue.

VIOLETTE. — Ne lui faites point de mal, Monsieur, ne voyez-vous pas que c'est un pauvre innocent ?

ARLEQUIN. — Elle est bonne celle-là ; elle sait apparemment mieux les lois que les autres.

FLAMINIA. — Le pauvre homme a l'esprit troublé.

---

6. Au sens propre, un « barbet » ou une « barbette » désigne un chien dressé pour la chasse, à poil long (comme l'épagneul) et frisé (comme le caniche). En l'occurrence, Arlequin s'amuse avec impertinence de la figure de Pantalon : le type traditionnel est en effet pourvu d'une belle et longue barbe.

ARLEQUIN. — Vous en avez menti ; je suis un homme sage, un ignorant à la vérité, un âne, une bête, un sauvage qui ne connaît point de lois, mais d'ailleurs un très galant homme, plein d'esprit et de mérite.

FLAMINIA. — Je le crois, mon ami. Cet homme-là me fait peur.

PANTALON. — *Un uomo savio, de spirito, un igno-rante, un asino, una bestia, ma pur uomo di grand merito,* ha, ha, ha !

FLAMINIA. — Il y a quelque chose de singulier en lui. Ecoute, mon ami, de quel pays es-tu ?

ARLEQUIN. — Moi ? je suis d'un grand bois où il ne croît que des ignorants comme moi, qui ne savent pas un mot de lois, mais qui sont bons naturellement. Ah, ah, nous n'avons pas besoin de leçons, nous autres, pour connaître nos devoirs ; nous sommes si innocents que la raison seule nous suffit.

FLAMINIA. — Si cela est, vous en savez beaucoup. Mais comment êtes-vous venu ici ?

ARLEQUIN. — Je suis venu dans un grand canot long, long, pouf ! il était long comme le diable, nous y étions moi et puis le capitaine, et puis trois autres nations que l'on appelle les matelots, les soldats et les officiers.

FLAMINIA. — Sa simplicité est extrême : c'est un sauvage, comme il le dit, qui ne sait rien encore de nos mœurs.

ARLEQUIN. — Oh ! pour cela pas un mot : tout ce que je sais, c'est que vous naissez fous et coquins, mais que les lois vous rendent sages et honnêtes gens. C'est le capitaine qui me l'a appris ; il les sait bien lui, les lois. Les sais-tu bien aussi, toi ?

FLAMINIA. — Sans doute.

ARLEQUIN. — Tu es donc de ces honnêtes filles qui offrent aux passants ce qui leur fait plaisir ?

FLAMINIA. — Tu me fais bien de l'honneur.

ARLEQUIN. — Je crois que cette grâce-là les sait mieux que toi.

FLAMINIA. — Pourquoi ?

ARLEQUIN. — Parce qu'elle est bonne, et qu'elle n'a pas voulu que tu me fisses du mal. Dis-moi, je la trouve jolie, crois-tu qu'elle m'aime ?

FLAMINIA. — Elle vous aimera si elle vous trouve aimable : essayez. *(A part.)* Il faut que je me divertisse aux dépens de Violette.

ARLEQUIN. — Elle est appétissante. Je vous trouve bien aimable, et je n'ai jamais vu de fille qui m'ait plu davantage, en vérité.

VIOLETTE. — Vous êtes bien obligeant, Monsieur.

ARLEQUIN. — Je ne suis point Monsieur, je m'appelle Arlequin.

VIOLETTE. — Arlequin : que ce nom est joli !

ARLEQUIN. — Oui. Et le vôtre est-il aussi joli que vous ? Dites-le moi, je vous en prie.

VIOLETTE. — Je me nomme Violette.

ARLEQUIN. — Violette, le charmant petit nom : il vous convient bien ; vous êtes si fleurie, que vous devez être de la race des fleurs.

FLAMINIA. — Comment ! cela est dit avec esprit.

PANTALON. — J'ai entendu dire que les sauvages parlaient toujours par métaphore.

FLAMINIA. — Il est fort joli.

ARLEQUIN *à Violette*. — Vous entendez bien, cette fille me trouve joli : me trouvez-vous joli, vous ?

VIOLETTE. — Oui.

ARLEQUIN. — Vous m'aimez donc ; car on doit aimer ce que l'on trouve joli.

VIOLETTE. — On n'aime pas si facilement dans ce pays, il faut bien d'autres choses.

ARLEQUIN. — Eh que faut-il de plus ? Vous verrez que c'est encore là un tour des lois que je n'entends pas ; foin de mon ignorance ! Ecoutez, je ne sais qu'aimer, s'il faut quelque autre chose pour se rendre aimable, apprenez-le moi, et je le ferai.

VIOLETTE. — Il faut dire de jolies choses, faire des caresses tendres.

ARLEQUIN. — Pour des caresses, je sais ce que c'est, et je vous en ferai tant que vous voudrez. Quant aux jolies choses, je ne les sais pas en vérité ; mais commençons toujours par les caresses, en attendant que j'aie appris le reste.

VIOLETTE. — Non pas cela ; il faut au contraire commencer par les jolies choses, afin de gagner le cœur de sa maîtresse, et obtenir d'elle la permission de lui faire des caresses.

ARLEQUIN. — Mais comment diable voulez-vous que je vous les dise, ces jolies choses ? Je ne les sais pas : apprenez-les moi, et je vous les dirai.

VIOLETTE. — Ce n'est point à moi à vous les apprendre.

ARLEQUIN. — Eh comment ferai-je donc ?

FLAMINIA. — Le voilà bien embarrassé. Ecoute, dire de jolies choses, c'est louer la beauté de sa maîtresse, la comparant avec esprit à ce qu'on voit de plus beau ; lui vanter ses feux et la sincérité de l'amour que l'on sent pour elle.

ARLEQUIN. — Eh ! ventre de moi ! nous en disons donc de jolies choses, lorsque nous sommes dans nos bois. Peste de ma bêtise ! Ecoutez seulement, je vais vous dire les plus jolies choses du monde : écoutez, écoutez bien.

VIOLETTE. — J'écoute.

ARLEQUIN. — Vous êtes plus belle que le plus beau jour ; vos yeux sont comme le soleil et la lune lorsqu'ils se lèvent, votre nez est comme une montagne éclairée de leurs rayons, et votre visage une plaine charmante, où l'on voit naître des fleurs de tous les côtés. Eh bien ! cela n'est-il pas joli ?

VIOLETTE. — Pas trop : je serais horrible, si j'étais faite comme vous dites là. Deux grands yeux comme le soleil et la lune, un nez comme une montagne ! fi, je ferais peur !

ARLEQUIN. — Vous ne trouvez donc pas cela beau ?

VIOLETTE. — Non.

ARLEQUIN. — Je ne sais qu'y faire ; je n'en sais pas davantage. Tenez, cela me brouille, donnez-moi le temps d'apprendre ces jolies choses que je ne sais pas ; et en attendant, faisons l'amour comme on le fait dans les bois, aimons-nous à la sauvage.

FLAMINIA. — Arlequin a raison, Violette ; tu dois faire l'amour à sa manière jusqu'à ce qu'il sache la tienne.

ARLEQUIN. — Oui, car ma manière est facile : on la sait, celle-là, sans l'avoir apprise. Allons, dans mon pays[7]

---

7. Se pose ici un problème de ponctuation, que nous ne prétendons pas avoir tranché. En effet, dans une autre édition du texte (*Le Nouveau Théâtre Italien*, Paris, Briasson, 1733-1736, vol. 2), on peut lire ce fragment de réplique différemment ponctué, en sorte que la différence de ponctuation change sensiblement le sens, et la diction, de la phrase... « Allons dans mon pays : on présente une allumette aux filles (...) » propose Arlequin à Violette, dans la variante problématique en question. Si nous n'avons pas retenu cette variante, c'est qu'elle nous aurait semblé produire une sorte de « hiatus » dans le discours de l'Arlequin sauvage, qui nulle part ailleurs dans le texte n'invite ainsi ses interlocuteurs à le suivre dans son pays ! Du reste, toujours à l'échelle du texte entier, un examen attentif des répliques d'Arlequin permet d'affirmer que le personnage utilise volontiers l'impératif du verbe « aller » conjugué à la première personne du pluriel, employé sans complément et en début de période.

on présente une allumette aux filles : si elles la soufflent, c'est une marque qu'elles veulent vous accorder
leurs faveurs ; si elles ne la soufflent pas, il faut se
retirer. Cette méthode vaut bien celle de ce pays ; elle
abrège tous les discours inutiles. (*Il allume une allumette.*)

PANTALON. — Que dis-tu de la conquête de
Violette ?

FLAMINIA. — Elle n'est pas brillante ; mais elle est
plus assurée que la plupart de celles dont nos beautés
se flattent.

ARLEQUIN *avec l'allumette.* — Voici une cérémonie
sans compliment qui vaut mieux que toutes celles de
ce pays. (*Il présente l'allumette, Violette la souffle.*)
Ah ! quel plaisir ! Allons, ne perdons point de temps :
il ne s'agit plus de compliments ici, venez ma belle.
(*Il l'emporte dans ses bras.*)

VIOLETTE. — Ah ! ah ! Monsieur, au secours.

PANTALON. — Tout beau, Arlequin, ce n'est pas
comme cela qu'il faut s'y prendre.

ARLEQUIN. — Pourquoi m'ôtes-tu cette fille ?

PANTALON. — Parce que la violence n'est pas permise.

ARLEQUIN. — Je ne lui fais pas violence, elle le veut
bien, puisqu'elle a soufflé mon allumette.

PANTALON. — Tu vois pourtant qu'elle crie.

ARLEQUIN. — Bon, elles font toutes comme cela, il
n'y faut pas prendre garde.

FLAMINIA. — On ne va pas si vite dans ce pays.

ARLEQUIN. — Qu'est-ce que cela me fait ? ne
sommes-nous pas convenus de faire l'amour à la sauvage ?

FLAMINIA. — Oui, mais non pas pour l'allumette,
cela ferait tort à Violette.

ARLEQUIN. — Eh pourquoi ? n'est-elle pas la maîtresse de faire ce qui lui fait plaisir, lorsque la chose
ne fait mal à personne ?

FLAMINIA. — Non, cela est défendu.

ARLEQUIN. — Vous êtes donc des fous de défendre
ce qui vous fait plaisir.

FLAMINIA. — Ecoute, si tu es sage, je te donnerai
Violette. Tu vois cette maison ?

ARLEQUIN. — Oui.

FLAMINIA. — C'est là où Violette et moi demeurons,
viens nous y voir, et nous t'apprendrons à faire
l'amour à la manière du pays.

ARLEQUIN. — Allons.

FLAMINIA. — Non pas à présent, tu viendras une
autre fois.

ARLEQUIN. — Et pourquoi pas à présent ?

FLAMINIA. — Parce que Violette a des affaires.

ARLEQUIN. — Mais je n'en ai point moi, d'affaires.

FLAMINIA. — Je le crois ; mais Violette en a, et tu
dois avoir de la complaisance pour elle.

ARLEQUIN. — Cela est-il joli, d'avoir de la complaisance ?

FLAMINIA. — Sans doute, il n'y a rien de plus joli.

ARLEQUIN. — Allez donc faire vos affaires ; mais
faites vite, car je suis pressé.

VIOLETTE. — Adieu, Arlequin. *(Arlequin reste seul.)*

Scène VI

Arlequin, Un Marchand

LE MARCHAND. — Monsieur, voulez-vous acheter
quelque chose ?

ARLEQUIN. — Eh ?

LE MARCHAND. — Si vous voulez de ma marchandise, voyez. *(Il déploie sa boutique.)*

ARLEQUIN. — Pourquoi me fais-tu voir cela ?

LE MARCHAND. — Afin que vous voyiez s'il y a quelque chose qui vous fasse plaisir.

ARLEQUIN. — Et s'il y a quelque chose qui me fasse plaisir, tu me le donneras ?

LE MARCHAND. — Avec joie, je ne demande pas mieux.

ARLEQUIN. — Le capitaine a raison, il ne ment pas d'un mot. Et tu vas donc par le pays porter ces choses, pour chercher des gens qui les prennent ?

LE MARCHAND. — Oui, Monsieur, il le faut bien.

ARLEQUIN. — Les bonnes gens ! les bonnes gens ! et la belle chose que les lois !

LE MARCHAND. — Voyez donc, Monsieur, ce qu'il vous plaira.

ARLEQUIN. — Cela me passe : voyons. *(Il regarde avec beaucoup de jeu : il voit le portrait d'une femme, qu'il croit être une femme véritable.)* Ah ! qu'est-ce que cela ? une femme ? qu'elle est petite !

LE MARCHAND. — Elle est jolie, n'est-ce pas ?

ARLEQUIN *la caresse*. — Petite mamour. Qu'elle est gentille ! Mais comment diable l'a-t-on pu faire tenir là ?

LE MARCHAND. — Ha, ha ! vous vous divertissez.

ARLEQUIN. — Je ne comprends pas qu'il puisse y avoir de si petites femmes. Fait-on celles-là comme les autres ?

LE MARCHAND, *lui montre un pinceau*. — Voilà avec quoi on les fait.

ARLEQUIN. — Et comment nommes-tu cela ?

LE MARCHAND. — Un pinceau.

ARLEQUIN. — Ha, ha, ha ! la plaisante chose, et les drôles d'instruments que ceux dont on fabrique ici les hommes : ah ! ma foi, ce pays est original en toute chose. Dis-moi, mon ami, t'a-t-on fait aussi avec un pinceau ?

LE MARCHAND. — Moi ?

ARLEQUIN. — Toi.

LE MARCHAND. — Moi ! Si l'on m'a fait avec un pinceau ? ha, ha, ha, ha ! Et vous a-t-on fait avec un pinceau ?

ARLEQUIN. — Bon ! Je suis d'un pays d'ignorants, ignorantissimes, où les hommes sont si bêtes, qu'ils n'en sauraient faire d'autres sans femmes.

LE MARCHAND. — Effectivement, voilà une grande ignorance, nous en savons bien davantage ici, comme vous voyez.

ARLEQUIN. — Le diable m'emporte si j'y comprends rien !

LE MARCHAND. — Allons, Monsieur, voyez ce qui vous fait plaisir.

ARLEQUIN. — Tout me fait plaisir.

LE MARCHAND. — Eh bien, prenez tout.

ARLEQUIN. — Mais tu n'auras rien après.

LE MARCHAND. — Tant mieux ; un marchand ne demande pas mieux que de se défaire de sa marchandise.

ARLEQUIN. — Tu te nommes donc un marchand ?

LE MARCHAND. — Oui.

ARLEQUIN. — Je suis bien aise de savoir le nom d'un si bon homme. Donne. Voilà une bonté sans exemple : le capitaine est trop aimable, de m'avoir conduit chez de si bonnes gens. *(Il prend tout.)*

LE MARCHAND. — Mais combien m'en voulez-vous donner ?

ARLEQUIN. — Moi ? Je n'ai rien à te donner, et j'en suis bien fâché, car je suis naturellement bon, quoique je ne sache pas les lois.

LE MARCHAND. — Ce n'est pas là mon compte, il me faut cinq cent francs.

ARLEQUIN. — Je veux mourir si j'ai un franc, ni si je sais seulement ce que c'est.

LE MARCHAND. — Rendez-moi donc ma marchandise.

ARLEQUIN. — Bon, tu veux rire.

LE MARCHAND. — Je ne ris point : rendez ce que vous avez à moi, ou je m'irai plaindre.

ARLEQUIN. — Et à qui ?

LE MARCHAND. — Au juge.

ARLEQUIN. — Quel animal est-ce que cela ?

LE MARCHAND. — C'est un honnête homme qui fait exécuter les lois, et pendre ceux qui y manquent, entendez-vous ?

ARLEQUIN. — Ainsi si tu manquais à la loi, il te ferait pendre ?

LE MARCHAND. — Sans doute.

ARLEQUIN. — Il ferait fort bien : à ce que je vois, la bonté des gens de ce pays n'est pas volontaire, on les fait être bons par force.

LE MARCHAND. — Allons, Monsieur, je ne ris pas, payez-moi, ou rendez-moi ma marchandise.

ARLEQUIN. — Je meure, si j'entends rien de ce que tu dis : payez-moi, donnez-moi des francs. Quel diable de galimatias est-ce cela ?

LE MARCHAND. — Ah ! que de raisons !

ARLEQUIN. — Pourquoi te fâches-tu ? Tu m'es venu offrir ta marchandise de bonne amitié, je l'ai prise pour te faire plaisir, et à présent tu te mets en colère contre moi, fi, cela est vilain.

LE MARCHAND. — Vous n'êtes qu'un fripon ; et si vous ne me rendez promptement ce que vous avez à moi, je...

ARLEQUIN. — Holà, ho ! Si tu ne t'en vas bien vite, je t'assommerai.

LE MARCHAND. — Comment, est-ce ainsi que l'on paie les gens ? au voleur. *(Il se jette sur Arlequin, qui le charge.)* Au secours, miséricorde !

ARLEQUIN. — Il faut que j'arrache la chevelure à ce coquin. *(Il lève le sabre et le marchand abandonne sa perruque en fuyant.)*

LE MARCHAND. — Ah, mon Dieu ! me voilà ruiné.

SCÈNE VII

Arlequin, seul

ARLEQUIN. — Oh, oh ! Qu'est-ce donc que cela ? Cette chevelure n'est point naturelle... Comment diable, à ce que je vois, les gens d'ici ne sont point tels qu'ils paraissent, et tout est emprunté chez eux, la bonté, la sagesse, l'esprit, la chevelure. Ma foi, je commence tout de bon à avoir peur, me voyant obligé de vivre avec de tels animaux : allons trouver le capitaine, pour savoir de lui ce que c'est que tout cela.

ACTE SECOND

SCÈNE PREMIÈRE[8]

Arlequin, seul

ARLEQUIN. — Le capitaine m'a dit que les gens de ce pays étaient bons, et je les trouve tous méchants comme des diables ; cela viendrait-il de mon ignorance ?

SCÈNE II

Arlequin, Troupe d'Archers, le Marchand

UN ARCHER. — Voilà un homme qui ressemble à celui dont on nous a fait le portrait : abordons-le. Bonjour, mon ami.

ARLEQUIN. — Bonjour. *(Il tourne autour d'eux, et les regarde.)* Voilà des sauvages de mauvaise mine.

L'ARCHER. — N'avez-vous point vu passer un marchand ?

---

8. Nous proposons le découpage du texte de l'édition de 1722. Dans les éditions suivantes, la présente scène première et la scène II étaient fondues en une seule unité dramatique.

Arlequin. — Qui portait de la marchandise pour attraper les passants ?

L'Archer. — Cela peut bien être.

Arlequin. — Un petit vilain homme ?

L'Archer. — Justement.

Arlequin. — Ha, ha ! je l'ai vu ; il m'a joué un tour du diable.

L'Archer. — Voyez ce coquin.

Arlequin. — Il m'a fait, je vous dis, un tour exécrable ; mais il l'a bien payé, car je n'aime pas que l'on se moque de moi.

L'Archer. — Vous avez raison. Voyez si ce n'est pas un fripon : il nous a dit que vous lui aviez pris sa marchandise, et que vous n'avez pas voulu la lui payer.

Arlequin. — Il vous l'a dit ?

L'Archer. — Oui.

Arlequin. — J'en suis bien aise, il vous a dit la vérité. Et vous a-t-il dit aussi que je l'ai bien battu ?

L'Archer. — Oui, il nous a rendu compte de tout fort exactement.

Arlequin. — Cela me surprend, je ne lui croyais pas tant de bonne foi. Ce coquin m'est venu offrir sa marchandise, il m'a tant prié de la prendre, que je l'ai prise pour lui faire plaisir : après cela ce bélître[9] voulait que je lui donnasse des francs. Si j'en avais eu, je lui en aurais donné de bon cœur ; mais je ne sais pas même ce que c'est. Il s'est fâché parce que je n'avais pas de francs à lui donner, et il voulait que je lui rendisse sa marchandise : cela m'a mis en colère, parce que je voyais qu'il se moquait de moi ; ainsi je lui ai

---

9. Ce mot désigne un mendiant, un gueux. Terme très péjoratif, ici employé au figuré, à titre d'injure.

donné tant de coups de bâton, que je l'aurais assommé s'il n'avait pas pris la fuite.

L'ARCHER. — Fort bien.

ARLEQUIN. — Oh ! le voilà, écoutez : bélître, n'est-il pas vrai que tu es venu m'offrir ta marchandise ?

LE MARCHAND. — Oui : eh bien, que voulez-vous dire ? Messieurs, c'est là le voleur.

ARLEQUIN. — Que je l'ai prise ?

LE MARCHAND. — Oui.

ARLEQUIN. — Qu'après cela tu voulais que je te donnasse des francs, ou que je te rendisse ta marchandise ?

LE MARCHAND. — Assurément, j'en voulais cinq cents francs, et c'était son prix.

ARLEQUIN. — Ecoutez bien : ne t'ai-je pas dit que je n'avais point de francs ?

LE MARCHAND. — Oui.

ARLEQUIN. — Ne t'ai-je pas dit aussi que je ne voulais pas te rendre ta marchandise ?

LE MARCHAND. — Oui.

ARLEQUIN. — Ne t'es-tu pas fâché, parce que je n'avais pas des francs, et que je ne voulais pas te rendre ta marchandise ?

LE MARCHAND. — Assurément que je me suis fâché, n'avais-je pas raison ?

ARLEQUIN. — Ecoutez bien, écoutez bien, Messieurs : ne t'ai-je pas donné à la place des cinq cents francs cinq cents coups de bâton ?

LE MARCHAND. — Si je l'avais oublié, mes épaules m'en feraient bien souvenir.

ARLEQUIN. — Eh bien, vous voyez que je ne mens pas d'un mot ; je ne le fais pas parler.

L'ARCHER. — Nous le voyons.

LE MARCHAND. — Il ne faut point d'autres preuves, Messieurs, que sa propre confession.

L'ARCHER. — Nous sommes suffisamment instruits, et l'on vous rendra justice.

ARLEQUIN, *à l'archer*. — Ecoutez, ce fripon ne sait la loi qu'à moitié : savez-vous ce que je veux faire ?

L'ARCHER. — Que voulez-vous faire ?

ARLEQUIN. — Je veux aller trouver le juge, pour lui faire donner encore une leçon des lois.

L'ARCHER. — Vous avez raison : venez avec nous, nous allons vous y mener.

ARLEQUIN. — Je ne puis pas à présent.

L'ARCHER. — Il faut bien que vous le puissiez ; car cela est nécessaire.

ARLEQUIN. — Non, vous dis-je, je ne le puis pas en vérité, j'ai des affaires.

L'ARCHER. — Vous les ferez une autre fois.

ARLEQUIN. — Oh non, la chose presse ; je suis amoureux d'une jolie fille : lorsque je l'aurai vue, je vous irai trouver, si je le puis.

L'ARCHER. — Allons, Monsieur le fripon, vous faites l'innocent ; je vous connais, marchez.

ARLEQUIN. — Que veut donc dire cela ?

L'ARCHER. — Cela veut dire qu'il faut venir en prison.

ARLEQUIN. — Je n'y veux pas aller moi.

L'ARCHER. — On vous y fera bien aller.

ARLEQUIN. — Si tu me fâches, je prierai le juge de te donner aussi une leçon des lois.

L'ARCHER. — Marche : il va t'en faire donner une, après laquelle tu n'en auras pas besoin d'autres.

ARLEQUIN. — Je ne veux pas de ses leçons, moi ; le capitaine m'apprendra bien les lois sans lui.

L'ARCHER. — Il s'y est pris un peu trop tard ; et je te promets que demain à cette heure, tu seras dûment pendu et étranglé.

ARLEQUIN. — Moi !

L'ARCHER. — Oui, toi.

ARLEQUIN. — Et pourquoi ?

L'ARCHER. — Pour toutes les gentillesses que tu viens de nous raconter.

ARLEQUIN. — Ecoute, si tu me fais mettre en colère, je t'assommerai, toi, et tous les coquins qui te suivent.

L'ARCHER. — Allons, qu'on le saisisse. *(Les archers se jettent sur Arlequin, et l'enlèvent malgré sa résistance. Sur ces entrefaites Lélio arrive.)*

SCÈNE III

Lélio, les Archers, le Marchand, Arlequin

LÉLIO. — C'est Arlequin que ces archers ont pris, il aura fait quelque sottise. Messieurs, où menez-vous cet homme ? il m'appartient.

L'ARCHER. — C'est un voleur de grand chemin que nous conduisons en prison, pour avoir volé ce marchand.

LE MARCHAND. — Oui, Monsieur, il m'a volé.

ARLEQUIN. — Ah ! damné de capitaine, que le diable te puisse emporter avec tous les honnêtes gens de ton pays qui viennent poliment vous offrir les choses pour vous attraper, et vous faire ensuite étrangler : ah ! scélérat, ne m'as-tu mené de si loin que pour me jouer ce tour ?

LE MARCHAND. — Il fait ainsi l'innocent : je lui ai voulu vendre tantôt ma marchandise, il l'a prise, et puis il faisait semblant de croire que j'avais voulu la lui donner ; il faisait le niais, comme s'il n'avait jamais vu d'argent, et à la fin il ne m'a payé qu'à coups de bâton.

LÉLIO. — Eh ! Messieurs, ce pauvre homme est un sauvage que j'ai mené avec moi : il n'a aucune connaissance de nos usages ; et ce matin pour me divertir de son ignorance, je lui ai dit que l'on trouvait ici toutes les choses dont on avait besoin sans peine, et qu'il y avait des gens qui venaient vous les offrir, sans expliquer que c'est pour de l'argent ; il a pris ce que je lui ai dit au pied de la lettre parce qu'il n'en savait pas davantage. Ainsi je suis la cause innocente du mal qu'il vous a fait, et je veux le réparer. Dites-moi, Monsieur, ce qu'il a à vous, je vous le paierai.

L'ARCHER. — Si cela est ainsi, ce pauvre homme n'a pas tort : payez seulement ce marchand, et ramenez votre sauvage chez vous.

LE MARCHAND. — Que Monsieur me fasse rendre ma marchandise, je ne demande que cela.

LÉLIO. — As-tu encore les choses que tu lui as prises ?

ARLEQUIN. — Oui, je les ai, mais je ne les veux plus, je serais bien fâché d'avoir rien à un bélître comme toi. Tiens.

L'ARCHER. — Voilà un procès bientôt fini.

LE MARCHAND. — Nous sommes tous contents, mais votre sauvage ne l'est peut-être pas. Je voudrais bien, pour qu'il n'eût rien à me reprocher, lui rendre les coups de bâton qu'il m'a donnés.

ARLEQUIN. — Je ne les veux pas moi : quand je donne quelque chose, c'est de bon cœur.

L'ARCHER. — Monsieur, je suis votre serviteur. *(Ils s'en vont.)*

ARLEQUIN. — Allez-vous-en à tous les diables.

Scène IV

*Lélio, Arlequin faisant mine au parterre, sans rien
dire, ni regarder son maître*

LÉLIO. — Le voilà bien fâché : je veux me donner la
comédie toute entière. Eh bien, Arlequin, voici un bon
pays, et où les gens sont fort aimables comme tu vois.
(Arlequin le regarde sans répondre.)

LÉLIO *continue*. — Tu ne dis mot : tu devrais bien
au moins me remercier, de t'avoir empêché d'être
pendu.

ARLEQUIN. — Que le diable t'emporte, toi, tes frères
et ton pays !

LÉLIO. — Et pourquoi me souhaites-tu un si triste
sort ?

ARLEQUIN. — Pour te punir de m'avoir conduit dans
un pays civilisé, où la bonté que vous faites semblant
d'avoir n'est qu'un piège que vous tendez à la bonne
foi de ceux que vous voulez attraper : je vois clairement que tout est faux chez vous.

LÉLIO. — C'est que tu ne sais pas encore ce qu'il
faut savoir pour nous trouver aimables, mais je veux
te l'apprendre.

ARLEQUIN. — Tu es un babillard, et c'est tout ; mais
parle, parle, puisque tu en as tant d'envie : aussi bien
je suis curieux de voir comment tu t'y prendras, pour
me prouver que ce marchand n'est pas un fripon.

LÉLIO. — Rien n'est plus facile. Nous ne vivons
point ici en commun comme vous faites dans vos
forêts : chacun y a son bien, et nous ne pouvons user
que de ce qui nous appartient ; c'est pour nous le
conserver que les lois sont établies : elles punissent
ceux qui prennent le bien d'autrui sans le payer, et
c'est pour l'avoir fait que l'on voulait te pendre.

ARLEQUIN. — Fort bien. Mais que donne-t-on pour ce que l'on prend ?

LÉLIO. — De l'argent.

ARLEQUIN. — Qu'est-ce que cela de l'argent ?

LÉLIO. — En voilà.

ARLEQUIN. — C'est là de l'argent, c'est drôle. *(Il le porte à la dent.)* Aïe ! il est dur comme un diable.

LÉLIO. — On ne le mange pas.

ARLEQUIN. — Qu'en fait-on donc ?

LÉLIO. — On le donne pour les choses dont on a besoin ; et l'on pourrait presque l'appeler une caution, puisque avec cet argent on trouve partout tout ce que l'on veut.

ARLEQUIN. — Qu'est-ce qu'une caution ?

LÉLIO. — Lorsqu'un homme a donné une parole, et que l'on ne se fie pas à lui, pour plus grande sûreté on lui demande caution, c'est-à-dire un autre homme qui promet de remplir la promesse que celui-là a faite, s'il y manque.

ARLEQUIN. — Fi ! au diable ! éloigne-toi de moi.

LÉLIO. — Pourquoi ?

ARLEQUIN. — Parce que je crains les gens qui ont besoin de caution.

LÉLIO. — Je n'en ai pas besoin, moi.

ARLEQUIN. — Je n'en sais rien, et je voudrais caution pour te croire, après toutes les menteries que tu m'as dites. Mais cet argent n'est pas un homme, et par conséquent il ne peut donner de paroles ; comment donc peut-il servir de caution ?

LÉLIO. — Il en sert pourtant, et il vaut mieux que toutes les paroles du monde.

ARLEQUIN. — Votre parole ne vaut donc guère, et je ne m'étonne plus si tu m'as dit tant de menteries ; mais je n'en serai plus la dupe : et si tu veux que je te croie, donne-moi des cautions.

LÉLIO. — Je le veux : en voilà.

ARLEQUIN. — Les vilaines gens que ceux avec qui il faut prendre de telles précautions ! j'en ai honte pour lui ; mais cela vaut encore mieux que d'être pendu. Parle à présent.

LÉLIO. — Tu vois, par ce que je viens de dire, qu'on n'a rien ici pour rien, et que tout s'y acquiert par échange. Or pour rendre cet échange plus facile, on a inventé l'argent, qui est une marchandise commune et universelle, qui se change contre toutes choses, et avec laquelle on a tout ce que l'on veut.

ARLEQUIN. — Quoi ! en donnant de ces berloques[10], on a tout ce dont on a besoin ?

LÉLIO. — Sans doute.

ARLEQUIN. — Cela me paraît ridicule, puisqu'on ne peut ni le boire, ni le manger.

LÉLIO. — On ne le boit, ni on ne le mange ; mais on trouve avec de quoi boire et de quoi manger.

ARLEQUIN. — Cela est drôle : tes coutumes ne sont peut-être pas si mauvaises que je les ai crues. Il ne faut donc que de l'argent pour avoir toutes choses sans soins et sans peines ?

LÉLIO. — Oui, avec de l'argent on ne manque de rien.

ARLEQUIN. — Je trouve cela fort commode, et bien inventé. Que ne me le disais-tu d'abord ? je n'aurais pas risqué de me faire pendre : apprends-moi donc vite où l'on donne de cet argent, afin que j'en fasse ma provision.

LÉLIO. — On n'en donne point.

ARLEQUIN. — Eh bien, où faut-il donc que j'aille en prendre ?

---

10. Déformation de « breloques ».

LÉLIO. — On n'en prend point aussi.

ARLEQUIN. — Apprends-moi donc à le faire.

LÉLIO. — Encore moins ; tu serais pendu si tu avais fait une seule de ces pièces.

ARLEQUIN. — Eh comment diable en avoir donc ? on n'en donne point, on ne peut pas en prendre, il n'est pas permis d'en faire : je n'entends rien à ce galimatias.

LÉLIO. — Je vais te l'expliquer. Il y a deux sortes de gens parmi nous, les riches et les pauvres. Les riches ont tout l'argent, et les pauvres n'en ont point.

ARLEQUIN. — Fort bien.

LÉLIO. — Ainsi pour que les pauvres en puissent avoir, ils sont obligés de travailler pour les riches, qui leur donnent de cet argent à proportion du travail qu'ils font pour eux.

ARLEQUIN. — Et que font les riches tandis que les pauvres travaillent pour eux ?

LÉLIO. — Ils dorment, ils se promènent, et passent leur vie à se divertir et faire bonne chère.

ARLEQUIN. — Cela est bien commode pour les riches.

LÉLIO. — Cette commodité que tu y trouves fait souvent tout leur malheur.

ARLEQUIN. — Pourquoi ?

LÉLIO. — Parce que les richesses ne font que multiplier les besoins des hommes. Les pauvres ne travaillent que pour avoir le nécessaire ; mais les riches travaillent pour le superflu, qui n'a point de bornes chez eux, à cause de l'ambition, du luxe, et de la vanité qui les dévorent : le travail et l'indigence naissent chez eux de leur propre opulence.

ARLEQUIN. — Mais si cela est ainsi, les riches sont plus pauvres que les pauvres mêmes, puisqu'ils manquent de plus de choses.

LÉLIO. — Tu as raison.

ARLEQUIN. — Ecoute, veux-tu que je te dise ce que je pense des nations civilisées ?

LÉLIO. — Oui. Qu'en penses-tu ?

ARLEQUIN. — Il faut que je te dise la vérité, car je n'ai point d'argent à te donner pour caution de ma parole. Je pense que vous êtes des fous qui croyez être sages, des ignorants qui croyez être habiles, des pauvres qui croyez être riches, et des esclaves qui croyez être libres.

LÉLIO. — Eh pourquoi le penses-tu ?

ARLEQUIN. — Parce que c'est la vérité. Vous êtes fous ; car vous cherchez avec beaucoup de soins une infinité de choses inutiles. Vous êtes pauvres, parce que vous bornez vos biens dans de l'argent, ou d'autres diableries, au lieu de jouir simplement de la nature comme nous, qui ne voulons rien avoir, afin de jouir plus librement de tout. Vous êtes esclaves de toutes vos possessions, que vous préférez à votre liberté et à vos frères, que vous feriez pendre, s'ils vous avaient pris la plus petite partie de ce qui vous est inutile. Enfin vous êtes des ignorants, parce que vous faites consister votre sagesse à savoir les lois, tandis que vous ne connaissez pas la raison, qui vous apprendrait à vous passer de lois comme nous.

LÉLIO. — Tu as raison, mon cher Arlequin, nous sommes des fous, mais des fous réduits à la nécessité de l'être.

ARLEQUIN. — Votre plus grande folie est de croire que vous êtes obligés d'être fous.

LÉLIO. — Mais que veux-tu que nous fassions ? il faut du bien ici pour vivre ; si l'on n'en a point, il faut travailler pour en avoir, car le pauvre n'a rien pour rien.

ARLEQUIN. — Cela est impertinent. Mais à propos, je n'ai point d'argent moi, et par conséquent je suis donc pauvre.

LÉLIO. — Sans doute que tu l'es.

ARLEQUIN. — Quoi ! je serai obligé de travailler comme ces malheureux pour vivre.

LÉLIO. — Tu n'en dois pas douter.

ARLEQUIN. — Que le diable t'emporte. Pourquoi donc, scélérat, m'as-tu tiré de mon pays pour m'apprendre que je suis pauvre ? Je l'aurais ignoré toute ma vie sans toi ; je ne connaissais dans les forêts ni les richesses, ni la pauvreté : j'étais à moi-même mon roi, mon maître et mon valet ; et tu m'as cruellement tiré de cet heureux état, pour m'apprendre que je ne suis qu'un misérable et un esclave. Réponds-moi, scélérat, homme sans foi et sans charité. *(Il pleure.)*

LÉLIO. — Console-toi, mon cher Arlequin, je suis riche moi, et je te donnerai tout ce qui te sera nécessaire.

ARLEQUIN. — Et moi je ne veux rien recevoir de toi ; comme vous ne donnez ici rien pour rien, ne pouvant te donner de l'argent, qui est le diable qui vous possède tous, tu voudrais que je me donnasse moi-même, et que je fusse ton esclave, comme ces malheureux qui te servent : je veux être homme, libre, et rien plus. Ramène-moi donc où tu m'as pris, afin que j'aille oublier dans mes forêts qu'il y a des pauvres et des riches dans le monde.

LÉLIO. — Ne t'alarme point, tu ne seras point mon esclave : tu seras heureux, je t'en donne ma parole.

ARLEQUIN. — Bon ! Belle parole, qui sans caution ne vaut pas cela.

LÉLIO. — Eh bien, je te donnerai des cautions.

ARLEQUIN. — Allons, malgré le mépris que j'ai pour tes frères, je veux bien demeurer ici pour l'amour de toi, et d'une jolie fille qui se nomme Violette, dont je suis amoureux.

LÉLIO. — Violette, dis-tu ? la suivante de Flaminia se nommait ainsi. Où as-tu vu cette Violette ?

ARLEQUIN. — Là où tu m'as trouvé tantôt.

LÉLIO. — Comment est-elle faite ?

ARLEQUIN. — Ah ! elle est bien belle.

LÉLIO. — Grande ?

ARLEQUIN. — Pas trop.

LÉLIO. — Brune, ou blonde ?

ARLEQUIN. — Blonde.

LÉLIO. — Etait-elle seule ?

ARLEQUIN. — Non ; elle était avec une autre fille plus maigre qu'elle, mais jolie, et avec un homme fait… ah ! si tu le voyais, tu crèverais de rire : il a une robe noire et du rouge dessous, un couteau à sa ceinture, et une barbe, longue, longue et pointue. Ha, ha, ha ! je n'ai jamais vu une figure si ridicule.

LÉLIO. — C'est assurément Pantalon, voilà son portrait, et Flaminia est avec lui. Par quelle aventure se trouverait-elle à Marseille ? Mais quoi ! Mario m'a dit qu'il se mariait avec une Italienne arrivée ici depuis quinze jours. Ciel ! éloigne de moi les maux que je crains. Il faut que j'approfondisse cette aventure, et que je revoie Mario.

ARLEQUIN. — Que dis-tu là ?

LÉLIO. — Rien.

ARLEQUIN. — Violette avait soufflé mon allumette ; mais on n'a pas voulu que je l'aie menée avec moi, parce qu'on dit qu'auparavant il faut que j'apprenne à lui dire de jolies choses, pour obtenir la liberté de lui faire des caresses ; car c'est comme cela qu'on fait l'amour ici, n'est-ce pas ?

LÉLIO. — Oui. L'ingrate me trahirait-elle ?

ARLEQUIN. — Eh ! tu parles tout seul.

LÉLIO. — Oui, oui.

ARLEQUIN. — Oui, oui. Il est fou. Tu m'apprendras ces jolies choses ?

LÉLIO. — Oui tantôt. Je suis dans une agitation où je ne me possède pas : il faut que j'aille trouver Mario. Mais le voici fort à propos.

SCÈNE V

Mario, Lélio, Arlequin

MARIO. — Je vous rencontre heureusement.

LÉLIO. — J'allais chez vous de ce pas, la précipitation avec laquelle je vous ai quitté tantôt ne m'a pas permis de m'informer plus particulièrement des choses qui vous touchent ; puisque je vous trouve, pardonnez quelque chose à ma curiosité : votre épouse est Italienne, dites-vous ?

MARIO. — Oui.

LÉLIO. — Puis-je vous demander de quel endroit ?

MARIO. — De Venise.

LÉLIO. — Je connais cette ville. Quelle est sa famille ?

MARIO. — C'est la fille d'un riche négociant de ce pays-là.

LÉLIO. — Son nom ?

MARIO. — Il se nomme Pantalon, et elle Flaminia.

LÉLIO. — Ah Ciel !

MARIO. — D'où vient cette surprise. La connaissez-vous ?

LÉLIO. — Oui.

MARIO. — N'est-elle pas une fille bien estimable ?

LÉLIO. — Elle a tout ce qui peut engager un honnête homme ; mais ce qui va vous surprendre, cette Flaminia est la même personne que j'allais chercher.

MARIO. — Vous ?

LÉLIO. — Oui moi : vous pouvez juger par la passion que je vous ai fait voir pour elle, quels doivent être à présent mes sentiments. Je l'aime. Que dis-je ! Je l'adore, et je perdrai la vie plutôt que de souffrir qu'un autre me l'enlève.

MARIO. — Vous me surprenez, et je ne m'attendais pas de trouver en vous un rival.

LÉLIO. — Je m'attendais encore moins d'en voir un en vous ; c'est le coup le plus funeste qui pouvait me frapper ; mais enfin l'amitié se tait dans les cœurs où l'amour règne. Seigneur Mario, prenez votre parti ; il me faut céder Flaminia, ou me la disputer par les armes.

MARIO. — Je ne m'attendais pas que notre entrevue dût finir par un combat ; mais puisque vous le voulez, Flaminia vaut bien un ami : si vous l'avez, vous ne l'aurez du moins qu'après m'avoir vaincu. *(Ils mettent l'épée à la main.)*

ARLEQUIN. — Hola ! hé ! que faites-vous ? *(Il se jette entre eux.)*

LÉLIO. — Ôte-toi de là.

MARIO. — Je te passe mon épée à travers le corps, si tu ne t'éloignes.

ARLEQUIN. — Et moi je vous assommerai tous les deux. Ah ! les bons amis qui s'embrassent et après ils se veulent tuer.

LÉLIO. — Laisse-nous libres, nous avons nos raisons.

ARLEQUIN. — Et quelles raisons ? je les veux savoir.

LÉLIO. — Il faut s'en défaire, nous viderons notre différend ensuite. Nous sommes tous les deux amoureux de la même fille, et c'est pour savoir à qui elle sera que nous nous battons.

ARLEQUIN. — Eh bien, que ne courez-vous tous les deux l'allumette avec elle ? l'un n'empêche pas l'autre.

LÉLIO. — Mais nous voulons l'épouser.

ARLEQUIN. — Ah, ah ! je ne savais pas cela : effectivement, vous ne pouvez pas l'épouser tous les deux.

MARIO. — Et c'est pour savoir qui l'épousera que nous nous battons. Ôte-toi de là.

ARLEQUIN. — Ah les sottes gens ! Mais dites-moi, celui qui tuera l'autre, épousera donc cette fille ?

MARIO. — Oui.

ARLEQUIN. — Oui : et savez-vous si elle le voudra ? elle aime l'un ou l'autre ; ainsi il faut lui demander avant que de vous battre celui qu'elle veut que l'on tue.

LÉLIO. — Mais…

ARLEQUIN. — Mais, mais. Oui, bête que tu es ; car si c'est lui qu'elle aime, et que tu le tues, elle te haïra davantage, et ne te voudra pas.

MARIO. — Seigneur Lélio, je crois qu'il a raison.

LÉLIO. — Il n'a peut-être pas tant de tort.

ARLEQUIN. — Tenez, vous êtes deux ânes : au lieu de vous battre, allez trouver cette fille, et demandez-lui celui qu'elle veut ; celui-là l'épousera, et l'autre ira en chercher une autre, sans se fâcher mal à propos contre un homme qui ne lui fait point de tort, puisqu'il a autant de raison de vouloir cette fille que lui, et que ce n'est pas sa faute si elle l'aime davantage.

LÉLIO. — Arlequin n'est qu'un sauvage ; mais sa raison toute simple lui suggère un conseil digne de sortir de la bouche des plus sages. Voulez-vous que nous le suivions ?

MARIO. — Nous serions plus sauvages que lui si nous refusions de nous y rendre ; mais convenons de nos faits auparavant. Si Flaminia vous a oublié, et si elle me préfère à vous, vous ne me la disputerez plus.

LÉLIO. — J'en serais bien fâché. Pour peu même que son cœur balance, je m'éloigne d'elle, pour ne la revoir de ma vie.

MARIO. — Et moi je vous déclare, que si elle vous aime encore, je renonce à elle.

LÉLIO. — Vous a-t-elle marqué de l'amour ?

MARIO. — Elle vit d'une manière avec moi à pouvoir me faire espérer : le peu de temps que je l'ai vue ne m'a pas permis encore de connaître son cœur ; mais son père m'assure de son obéissance, et j'ai lieu de croire qu'il connaît ses dispositions. Vous, vous a-t-elle aimé ?

LÉLIO. — L'ingrate au moins me le disait, et son père approuvait mes feux. Apparemment que les bruits qui ont couru de mes pertes l'ont fait changer : je le pardonne à son âme intéressée ; mais si Flaminia a été capable du même sentiment, je n'en veux plus entendre parler. Ne perdons plus inutilement le temps ; il faut éclaircir la chose.

MARIO. — Mais si vous paraissez, et que votre présence dissipe les bruits de votre malheur, l'intérêt qui vous était contraire étant rempli par votre fortune, Flaminia peut sentir renaître sa tendresse pour vous par le seul objet de son intérêt.

LÉLIO. — Non, je n'en veux point, si sa flamme n'est aussi pure et aussi désintéressée que la mienne.

MARIO. — Faisons-la donc expliquer sans paraître ni l'un ni l'autre, afin que son cœur agisse avec plus de liberté.

LÉLIO. — Je le veux : il ne s'agit que d'en trouver le moyen.

MARIO. — Il est tout trouvé : je dois donner ce soir une fête à Flaminia, et je vais la disposer pour notre dessein. Nous y paraîtrons sous des habits déguisés, et par un moyen que j'imagine nous la ferons expliquer avant que de nous découvrir.

LÉLIO. — Rien n'est mieux pensé : allons tout préparer ; et toi, mon cher Arlequin, viens avec nous, nous t'avons obligation d'être devenus plus sages.

ARLEQUIN. — C'est là du compliment, mais celui-ci vaut mieux que celui que tu m'as fait tantôt.

Fin du Second Acte.

ACTE TROISIÈME

Scène Première

Arlequin, seul, en petit-maître

ARLEQUIN. — Me voilà drôlement beau ! une chevelure empruntée, un habit beau à la vérité ; mais qu'est-ce que tout cela a de commun avec moi, puisque ces beautés ne sont pas les miennes ? Cependant avec ce harnois on veut que je sois plus beau : ha, ha, ha ! le capitaine est fou ; il trouve des impertinences de fort belles choses. Ce pauvre garçon a l'esprit gâté par les lois de ce pays ; j'en suis fâché, car dans le fond il est bon homme.

Scène II

Arlequin, un Passant

LE PASSANT. — Dans le malheur qui m'accable, la solitude est ma plus grande ressource : je puis du moins m'y plaindre avec liberté de l'injustice des hommes.

ARLEQUIN. — Cet homme-là est fâché.

LE PASSANT. — Heureux mille fois les sauvages ! qui suivent simplement les lois de la nature, et qui n'ont jamais connu Cujas[11] ni Bartolle[12].

ARLEQUIN. — Oh, oh ! voilà un homme raisonnable. Tu as raison, mon ami ; vous êtes tous des bélîtres dans ce pays.

LE PASSANT. — A qui en veut ce drôle-là ?

ARLEQUIN. — Dis-moi la vérité : je gage qu'on t'a voulu pendre.

LE PASSANT. — Vous êtes un sot, on ne pend pas des gens de ma sorte.

ARLEQUIN. — Pardi tu me la donnes belle ! on en pend qui valent mieux ; et sans aller plus loin, sais-tu bien que j'ai failli à être branché[13] moi, il n'y a qu'un moment ?

LE PASSANT. — Vous ?

ARLEQUIN. — Oui, moi-même, en propre personne.

LE PASSANT. — On avait apparemment de bonnes raisons pour cela.

ARLEQUIN. — On n'avait que des raisons de ton pays, c'est-à-dire des impertinences. Un coquin de marchand est venu m'offrir sa marchandise : moi je l'ai prise de bonne amitié ; il voulait ensuite que je lui donnasse de l'argent. Je n'en avais point : il s'est

---

11. Jacques Cujas (1520-1590) : l'œuvre massive de ce célèbre juriste qui a emprunté aux humanistes une méthode de critique historique des textes, est essentiellement composée de commentaires de la compilation justinienne.

12. Bartolo (1313/14-1357) : il compte parmi les grands juristes médiévaux et son influence s'exerça bien au-delà des frontières de l'Italie (ajoutons pour l'anecdote qu'il fut très jeune l'ami de Dante).

13. Attaché à une branche, pendu.

fâché et moi aussi, et pour le punir je l'ai payé à bons coups de bâton. Voilà toutes les raisons que l'on avait : cependant ce fripon en est allé chercher d'autres pour m'étrangler ; et mon affaire était faite, si le capitaine ne m'eût tiré de leurs mains.

LE PASSANT. — Il ne me manquait plus que cette rencontre, un voleur de grand chemin qui a sa bande et son capitaine dans le voisinage.

ARLEQUIN. — Que dis-tu là ?

LE PASSANT. — Je dis que ce marchand a tort.

ARLEQUIN. — Sans doute, c'est un faquin.

LE PASSANT. — Assurément, et vous avez raison d'être en colère ; car c'est une affaire sérieuse que d'être pendu.

ARLEQUIN. — Comment morbleu, des plus sérieuses ; et quand j'y songe, j'entre dans une colère que je ne me possède pas.

LE PASSANT. — Il faut prendre garde de ne plus vous y exposer. Adieu, Monsieur.

ARLEQUIN. — Où vas-tu ?

LE PASSANT. — Je vais joindre ma compagnie qui n'est pas loin d'ici.

ARLEQUIN. — Non, je veux que tu demeures : je suis bien aise de causer avec toi.

LE PASSANT. — Je n'ai pas le temps.

ARLEQUIN. — Il faut le prendre, je le veux moi.

LE PASSANT. — Je serai bien heureux si j'en suis quitte pour la bourse.

ARLEQUIN. — Dis-moi, es-tu honnête homme ?

LE PASSANT. — J'en fais profession.

ARLEQUIN. — Et comment veux-tu que je te croie, si tu ne me donnes pas des cautions ? car vous en avez tous besoin dans ce pays : allons, donne-m'en, et après nous causerons.

LE PASSANT. — Où voulez-vous que je les prenne ?

ARLEQUIN. — Fouille dans ta poche, c'est là où vous les mettez.

LE PASSANT. — La chose n'est plus équivoque : tâchons d'en sortir à meilleur marché que nous pourrons. Je vois bien, Monsieur, ce que vous souhaitez : voilà ma bourse, c'est tout mon bien.

ARLEQUIN. — Si quelqu'un m'en demandait autant, je le tuerais ; car je suis honnête homme moi, et qui n'est pas sujet à caution.

LE PASSANT. — Je le vois bien, Monsieur. Adieu.

ARLEQUIN. — Arrête.

LE PASSANT. — Encore. Ciel ! tirez-moi de ce pas.

ARLEQUIN. — Je suis fâché d'en agir ainsi avec toi, parce que tu me parais bon homme, et que tu estimes les sauvages.

LE PASSANT. — Plût au Ciel que je fusse né parmi eux, je ne serais pas exposé à tous les maux qui me suivent.

ARLEQUIN. — Voilà tes cautions : je te crois honnête homme sur ta parole, puisque tu voudrais être sauvage.

LE PASSANT. — Mais, Monsieur…

ARLEQUIN. — Sais-tu bien que je suis un sauvage moi ?

LE PASSANT. — Vous ?

ARLEQUIN. — Oui. Je suis arrivé aujourd'hui dans ton pays, et depuis que j'y suis, j'y ai vu plus d'impertinences que je n'en aurais appris en mille ans dans nos forêts.

LE PASSANT. — Je le crois. Dieu soit loué, je respire.

ARLEQUIN. — Dis-moi donc ce qui te fâche.

LE PASSANT. — C'est la perte d'un procès.

ARLEQUIN. — Quelle bête est-ce là, un procès ?

LE PASSANT. — Ce n'est point une bête, mais une affaire que j'avais avec un homme.

ARLEQUIN. — Et comment est faite cette affaire ?

LE PASSANT. — Mais elle est faite comme un procès. Me voilà fort embarrassé pour lui faire comprendre ce que c'est qu'un procès. Savez-vous que nous avons des lois dans ce pays ?

ARLEQUIN. — Oui.

LE PASSANT. — Ces lois sont administrées par des gens sages et éclairés.

ARLEQUIN. — Que l'on appelle des juges, n'est-ce pas ?

LE PASSANT. — Oui. Or si quelqu'un prend votre bien, vous le faites citer devant ces juges, qui examinent vos raisons et les siennes pour vous juger ; et l'on nomme cela un procès.

ARLEQUIN. — Je comprends à présent ce que c'est.

LE PASSANT. — Il y a dix ans que j'intentai un procès à un homme qui me devait cinq cents francs ; et je viens de le perdre, après avoir essuyé trente jugements différents.

ARLEQUIN. — Et pourquoi donner trente jugements pour une seule affaire ?

LE PASSANT. — A cause des incidents que la chicane fait naître.

ARLEQUIN. — La chicane ? Qu'est-ce que cela ?

LE PASSANT. — C'est un art que l'on a inventé pour embrouiller les affaires les plus claires, qui deviennent incompréhensibles, lorsqu'un avocat et un procureur y ont travaillé six mois.

ARLEQUIN. — Et qu'est-ce qu'un avocat et un procureur ?

LE PASSANT. — Ce sont des personnes instruites des lois et de la formalité.

ARLEQUIN. — De la formalité ? Je ne sais pas ce que c'est.

LE PASSANT. — C'est la forme et l'ordre dans lequel on doit présenter les affaires aux juges pour éviter les surprises.

ARLEQUIN. — C'est bon cela ; ainsi avec cette forme on ne craint plus de surprise ?

LE PASSANT. — Au contraire, c'est cette même forme qui y donne lieu.

ARLEQUIN. — Et pourquoi ?

LE PASSANT. — Parce que c'est d'elle que la chicane emprunte toutes ses forces pour embrouiller les affaires.

ARLEQUIN. — Mais puisque les juges sont des gens établis pour rendre justice, pourquoi n'empêchent-ils pas la chicane ?

LE PASSANT. — Ils ne le peuvent pas ; parce que la chicane n'est qu'un détour pris dans la loi, et auquel la forme que l'on a établie pour éviter la surprise a donné lieu.

ARLEQUIN. — Il faut donc que cette loi et cette forme soient aussi embrouillées que votre raison. Mais dis-moi, puisque les juges n'ont pas le pouvoir d'empêcher cette injustice, et que vous savez que ces avocats et ces procureurs embrouillent vos affaires, pourquoi êtes-vous si sots que de les y laisser mettre le nez ? Par la mort ! si j'avais un procès et que ces drôles-là y voulussent toucher seulement du bout du doigt, je les assommerais.

LE PASSANT. — Il n'est pas possible de s'en passer ; ce sont des gens établis par les lois, par le ministère desquels les affaires doivent être portées devant les juges, car il ne vous est pas permis de plaider votre cause vous-même.

ARLEQUIN. — Et pourquoi ne m'est-il pas permis ?

LE PASSANT. — Parce que vous n'avez pas étudié les lois, et que vous ne savez pas la formalité.

ARLEQUIN. — Quoi ! parce que je ne sais pas l'art d'embrouiller mon affaire, je ne puis pas la plaider ?

LE PASSANT. — Non.

ARLEQUIN. — Ecoute, je pourrais bien te casser la tête pour prix de ton impudence ; est-ce parce que je t'ai rendu tes cautions que tu veux te moquer de moi ?

LE PASSANT. — Je ne me moque point, je ne vous dis que trop la vérité : les lois sont sages, les juges éclairés et honnêtes gens ; mais la malice des hommes qui abusent de tout, se sert de l'autorité de la justice pour soutenir l'iniquité. Comme il faut continuellement de l'argent, les pauvres ne peuvent faire valoir leurs droits, et les autres s'épuisent.

ARLEQUIN. — Quoi ! vous donnez de l'argent ?

LE PASSANT. — Sans doute, il le faut toujours avoir à la main ; sans quoi Thémis[14] est sourde, et rien ne va.

ARLEQUIN. — Les gens de ce pays ont le diable au corps pour faire argent de tout ; ils vendent jusqu'à la justice.

LE PASSANT. — On la donne quant au fond ; mais la forme coûte bien cher ; et la forme chez nous emporte toujours le fond : je me suis épuisé pour soutenir mon procès ; et je le perds aujourd'hui parce que la forme me manque.

ARLEQUIN. — Et cela te fâche ?

LE PASSANT. — Belle demande !

ARLEQUIN. — Pardi, tu es un grand sot ; tu dois en être bien aise.

---

14. Fille d'Ouranos et de Gaia, Thémis est la déesse de la Loi.

LE PASSANT. — Pourquoi ?

ARLEQUIN. — Parce que tu t'es défait d'une mauvaise chose, que tu serais bien aise d'avoir perdu il y a dix ans : pour moi je t'assure que si j'avais un tel meuble, je l'aurais bientôt jeté dans la rivière. Mais à propos, ne m'as-tu pas dit que ton procès était de cinq cents francs ?

LE PASSANT. — Oui.

ARLEQUIN. — Je suis bien fâché que tu l'aies perdu ; si tu l'avais encore, je te prierais de me le donner, j'irais chercher mon fripon de marchand, qui voulait cinq cents francs de sa marchandise, et je lui donnerais ton procès en paiement, pour le punir de la pièce qu'il m'a faite.

LE PASSANT. — Vous ne pourriez mieux vous venger. Vos réflexions charment mes ennuis, et je suis bien fâché que mes affaires m'empêchent de jouir plus longtemps du plaisir de votre conversation. Adieu, Monsieur, puissiez-vous toujours conserver cette innocence et cette simplicité.

ARLEQUIN. — Adieu. Si tu es sage, n'aie plus de procès.

SCÈNE III

Arlequin, seul

ARLEQUIN. — C'est une détestable chose qu'un procès : j'ai peur d'en trouver quelqu'un sous mes pas ; mais c'est les biens qui en sont la cause. Oh, oh ! j'attraperai bien la chicane et la formalité : je n'aurai rien ; ainsi il n'y aura point d'avocat ni de procureur qui veuillent se donner la peine d'embrouiller mes affaires.

Scène IV

Flaminia, Violette, Arlequin

FLAMINIA. — Voilà notre sauvage. Où a-t-il pris cet équipage ?

VIOLETTE. — Bonjour, Arlequin.

ARLEQUIN. — Ah ! bonjour, Violette.

VIOLETTE. — Vous êtes bien beau.

ARLEQUIN. — Vous me trouvez donc beau comme cela ?

VIOLETTE. — Assurément.

ARLEQUIN. — J'en suis bien aise. *(A part.)* Si la tête n'a pas tourné aux gens de ce pays, je ne suis qu'une bête.

FLAMINIA. — Tu trouves donc extraordinaire que l'on te trouve mieux comme cela ?

ARLEQUIN. — Je trouve fort plaisant de me voir si beau sans qu'il y aille du mien.

FLAMINIA. — Ainsi tu te moques de Violette, de dire que tu es beau.

ARLEQUIN. — Je ne me moque pas de Violette, parce que je suis bien aise qu'elle me trouve beau ; mais je ris de la folie du capitaine qui m'a dit des choses impertinentes, qu'il veut me faire croire. Par exemple il m'a dit, ha, ha, ha, ha !

FLAMINIA. — Eh bien, que t'a-t-il dit ?

ARLEQUIN. — Il m'a dit que les jolis gens de ce pays étaient faits comme me voilà. Ha, ha, ha !

FLAMINIA. — Je ne puis m'empêcher d'en rire aussi.

ARLEQUIN. — Il m'a dit encore que c'étaient les beaux habits qui faisaient que l'on recevait bien les gens ; que l'on avait honte d'aller avec ceux qui n'étaient pas bien propres[15] : ha, ha, ha ! il me croit assez simple pour y ajouter foi.

FLAMINIA. — Cela est pourtant vrai, et les plus honnêtes gens donnent dans ce travers comme les autres : il semble qu'un bel habit augmente le mérite.

ARLEQUIN. — Il n'y a pas un sauvage, pour bête qu'il fût, qui ne crevât de rire s'il savait qu'il y a d'honnêtes gens dans le monde qui jugent du mérite des hommes par les habits.

FLAMINIA. — Ils auraient raison.

ARLEQUIN, *à Violette*. — Je suis donc beau, comme vous voyez, et tout cela pour vous plaire.

VIOLETTE. — Je vous suis bien obligée de vos soins.

ARLEQUIN. — Ha, ha ! ce n'est pas là tout, et le capitaine m'a aussi appris les grimaces et les contorsions qu'il faut faire sous cet habit. Tenez, voyez si je fais bien. *(Il contrefait le petit-maître.)*

FLAMINIA. — Assurément, voilà un drôle d'original.

VIOLETTE. — Est-ce là tout ce que le capitaine t'a appris ?

ARLEQUIN. — Oh que non ! il m'a encore appris à dire de jolies choses : écoutez. Mademoiselle, je rends grâces à mon heureuse étoile qui m'a tiré des forêts de l'Amérique pour... pour... des forêts de l'Amérique pour...

VIOLETTE. — Eh bien, pour...

ARLEQUIN. — Pour ne rien dire du tout. Foin de ma mémoire ! j'ai oublié tout ce que j'avais appris.

VIOLETTE. — J'en suis bien fâchée, car cela était bien beau.

ARLEQUIN. — Eh comment ferai-je donc ?

VIOLETTE. — Je n'en sais rien en vérité.

ARLEQUIN. — Vous verrez que je serai obligé de m'en aller sans vous rien dire.

---

15. Propres : élégants, soignés.

VIOLETTE. — Quoi ! vous ne savez pas me dire que vous m'aimez ?

ARLEQUIN. — Je vous le dirais bien dans les bois, mais ici je suis bête comme un cheval.

FLAMINIA. — Il est trop plaisant. Crois-moi, Arlequin, laisse là ces jolies choses, et dis-lui seulement ce que tu penses, cela vaudra encore mieux.

ARLEQUIN. — Vous avez raison, et je l'aime mieux aussi ; car j'ai trouvé, dans le compliment que j'ai oublié, des choses que je ne pensais pas. Par exemple, il y avait que je voudrais mourir pour elle, et cela n'est pas vrai ; ainsi j'étais fâché de le dire à Violette, de crainte de la tromper, et cela fait que je ne suis pas si fâché de l'avoir oublié.

FLAMINIA. — Tu viens de dire là de plus jolies choses que toutes celles que l'on pourrait t'apprendre, et Violette en doit être fort contente.

VIOLETTE. — Je le suis aussi beaucoup.

ARLEQUIN. — Je puis donc vous épouser sans plus de cérémonies.

FLAMINIA. — Il faut avoir du bien pour cela : es-tu riche ?

ARLEQUIN. — Non, je suis pauvre, à ce que le capitaine m'a dit ; car je n'en savais rien.

FLAMINIA. — Tant pis : mon père, de qui Violette dépend, ne voudra pas te la donner si tu es pauvre.

ARLEQUIN. — Comment faire donc ? Ecoute, je suis pauvre à la vérité, mais je ne vais rien faire, et pour tout le bien du monde je n'irais pas d'ici là : cela n'est-il pas bon pour le mariage ?

FLAMINIA. — Non assurément : de quoi nourriras-tu ta femme ?

ARLEQUIN. — Je partagerai avec elle ce que le capitaine me donnera.

FLAMINIA. — Mais de quoi l'habilleras-tu, si tu n'as point d'argent, et si tu n'en veux pas gagner ?

ARLEQUIN. — Te voilà bien embarrassée : elle ira toute nue.

VIOLETTE. — Fi donc !

ARLEQUIN. — Eh bien je te donnerai mes habits, et j'irai nu moi.

FLAMINIA. — Cela n'est pas permis ici, et l'on te mettrait aux Petites Maisons.

ARLEQUIN. — Tant mieux, je les aime mieux que les grandes où je me perds toujours, et cela m'ennuie.

FLAMINIA. — Oui ; mais les Petites Maisons sont des endroits où l'on ne met que les fous.

ARLEQUIN. — C'est bien plutôt dans les grandes que vous les mettez : n'y a-t-il pas de la folie de bâtir un village entier pour une seule personne ?

FLAMINIA. — Tu as raison ; mais avec tout cela, on ne te donnera pas Violette si tu n'as rien.

ARLEQUIN. — Ah ! les vilaines gens que ceux de ton pays ! écoute, Violette, m'aimes-tu ?

VIOLETTE. — Oui.

ARLEQUIN. — Eh bien, viens-t'en avec moi, je te mènerai dans un pays où nous n'aurons pas besoin d'argent pour être heureux, ni de lois pour être sages ; notre amitié sera tout notre bien, et la raison toute notre loi : nous ne dirons pas de jolies choses, mais nous en ferons.

FLAMINIA. — J'aime trop Violette pour la laisser aller ; mais ne te mets pas en peine : je n'aime pas le bien moi, et je ferai en sorte que l'on te donne Violette malgré ta pauvreté.

ARLEQUIN. — Me le promettez-vous ?

FLAMINIA. — Oui.

ARLEQUIN. — Es-tu sujette à caution comme les autres ?

FLAMINIA. — Non, tu peux te fier à ma parole.

ARLEQUIN. — Je le crois, puisque tu n'aimes pas le bien ; car il n'y a que ceux qui préfèrent l'argent à leurs amis qui aient besoin de cautions. *(Violette laisse tomber un miroir qu'Arlequin ramasse. Il s'y voit, et croit d'abord que c'est encore un portrait.)* Ha, ha ! tu portes aussi des hommes en poche ; il est bien joli celui-là, il remue. *(Arlequin, diverti par les mouvements de l'homme qu'il croit voir, fait cent postures bizarres.)* Ha, ha, ha ! ce drôle-là est bouffon. *(Il continue à faire des grimaces.)* Pardi voilà un plaisant original, regarde un peu, Violette ; il se moque de moi. *(Violette regarde et Arlequin, surpris de la voir dans le miroir, marque son étonnement dans tous ses mouvements.)* Oh ! est-ce que tu es double ? te voilà dans deux endroits tout à la fois.

VIOLETTE. — C'est ma figure.

ARLEQUIN. — Mais comment diable est-elle venue là ?

VIOLETTE. — Ha, ha, ha, ha !

ARLEQUIN. — Regarde, regarde, elle rit aussi, ha, ha, ha ! et cet autre aussi : ha, ha, ha ! *(Violette et Arlequin rient, et les rires d'Arlequin augmentent à mesure qu'il se voit rire.)* Pardi voilà les plus drôles de corps que j'ai vus ; ils font tout comme nous. Baisons-nous un peu, pour voir s'ils se baiseront aussi. *(Il la baise.)*

FLAMINIA. — Voilà une plaisante scène.

ARLEQUIN. — Vois, vois, comme ils se baisent, ha, ha, ha ! *(Il regarde derière le miroir pour voir où ils sont.)*

FLAMINIA. — Que cherches-tu ?

ARLEQUIN. — L'endroit où ces gens-là sont : il est aussi grand que celui-ci, et cependant je ne puis voir sa place. *(Il regarde encore dans le miroir, et n'y voyant plus Violette :)* Ah ! et où diable est allée cette fille qui te ressemblait ?

FLAMINIA. — Je veux t'expliquer la chose. On nomme cela un miroir : c'est un secret que nous avons pour nous voir ; car ce que tu vois n'est que ton image que cette glace réfléchit : et il en fait de même de toutes les choses qui lui sont présentées.

ARLEQUIN. — Voilà un fort beau secret : mais dis-moi, puisque vous savez faire de ces miroirs, que n'en faites-vous qui représentent votre âme et ce que vous pensez, ceux-là vaudraient bien mieux ; car je pourrais voir dedans si Violette ne me trompe pas, lorsqu'elle me dit qu'elle m'aime.

FLAMINIA. — Effectivement, de tels miroirs seraient beaucoup plus utiles.

ARLEQUIN. — Sans doute, et si j'en avais eu un lorsque mon fripon de marchand est venu pour m'attraper, je l'aurais regardé dedans, et connaissant ses mauvais desseins, je n'en aurais pas été la dupe.

VIOLETTE. — Cela serait bien nécessaire.

SCÈNE V

Flaminia, Pantalon, Violette, Arlequin

FLAMINIA. — Ah ! mon père, si vous étiez venu un moment plus tôt, vous vous seriez bien diverti de la surprise d'Arlequin à la vue d'un miroir et de ses effets : il nous a donné la comédie.

PANTALON. — Je suis bien fâché de ne m'y être pas trouvé. Les plaisirs naissent ici sous vos pas ; Mario vous en prépare de nouveaux dans une fête galante qu'il vous donne : il va paraître, je vous prie de faire les choses de bonne grâce.

FLAMINIA. — Il sera content de ma politesse.

PANTALON. — Voici la fête.

LA FÊTE.

Scène VI
*L'Hymen, l'Amour, troupe de Jeux et de Plaisirs,
les acteurs précédents*

L'Amour. — Mon frère, à la fin vous ruinerez votre
empire, pour y vouloir engager trop de monde sans
moi. Croyez une fois mes conseils : laissez la fortune
et les vains brillants dont vous séduisez les âmes plutôt que vous ne les gagnez, et ne recevez point de
cœurs sous vos lois si l'Amour même ne vous les
livre.

L'Hymen. — Il est vrai que je le devrais, mais c'est
votre faute et non la mienne. Je ne refuse point les
cœurs que vous me présentez : depuis longtemps vous
êtes conjuré contre mon empire, et les feux que vous
allumez ne tendent qu'à me détruire.

L'Amour. — Finissons aujourd'hui nos débats en
faveur de Flaminia. Elle doit entrer sous vos lois, je
vous offre tous mes feux pour elle ; je la blessai autrefois du plus doux de mes traits en faveur de Lélio,
vous lui destinez Mario : pour accorder notre différend sur cela, souffrez que je lui présente les cœurs de
l'un et de l'autre, et tenons-nous à son choix.

L'Hymen. — A cette condition je consens de me
raccommoder sincèrement avec vous.

L'Amour, *à Flaminia.* — Je vous offre ces cœurs,
charmante Flaminia : ils sont tous les deux dignes de
vous ; Mario est tendre et riche à la fois, Lélio n'a
pour tout bien que les sentiments purs et sincères que
je lui ai inspirés pour vous. Choisissez, l'Amour et
l'Hymen ne veulent aujourd'hui vous engager que par
votre propre choix.

FLAMINIA. — Je vois bien, charmant Amour, que vous favorisez secrètement Lélio puisque vous employez la pitié que ses malheurs exigent de mon cœur pour animer encore mes sentiments pour lui.

PANTALON. — Songez, Flaminia, à la soumission que vous devez avoir pour mes volontés, et que c'est Mario qui vous donne cette fête.

FLAMINIA. — Je ne perds point de vue mes devoirs ; mais je sais que tout est réciproque, entre les pères et les enfants, comme entre le reste des hommes : il est sans doute juste que les enfants respectent leur père en tout, mais il n'est pas moins juste que les pères bornent leur autorité sur leurs enfants dans les bornes d'une exacte équité, et qu'ils ne la poussent pas jusqu'à les sacrifier à leurs prétentions.

PANTALON. — Ce n'est point vous sacrifier que de vouloir vous rendre heureuse.

FLAMINIA. — Vous croyez me rendre heureuse, et moi je dis le contraire : ainsi vous et moi sommes parties, et il n'y a qu'un tiers qui puisse en décider, choisissons-en un.

PANTALON. — Ce serait un plaisant arbitrage !

FLAMINIA. — Qu'Arlequin nous juge.

PANTALON. — Voilà assurément un juge bien grave !

FLAMINIA. — Ecoutons-le, cela ne coûte rien.

PANTALON. — Tu es folle.

FLAMINIA. — Il aime la vérité, et la dit toujours lorsqu'il la connaît : il ne faut que lui bien expliquer la chose, et je suis assurée qu'il décidera sainement.

PANTALON. — Voyons.

FLAMINIA. — Ecoute, Arlequin, j'aime un amant depuis longtemps, mon père m'avait promis de me le donner : il était riche lorsque je commençai à l'aimer ; aujourd'hui il est pauvre. Dois-je l'épouser, quoiqu'il n'ait point de bien ?

ARLEQUIN. — Si tu n'aimais que son bien, tu ne dois pas l'épouser, parce qu'il n'a plus ce que tu aimais ; mais si tu n'aimes que lui, tu dois l'épouser parce qu'il a encore tout ce que tu aimes.

FLAMINIA. — Oui, mais mon père qui voulait me le donner quand il était riche, ne le veut plus aujourd'hui qu'il est pauvre.

ARLEQUIN. — C'est que ton père n'aimait que son bien.

FLAMINIA. — Et il veut m'en donner un autre qui est riche, que je ne puis aimer parce que j'aime toujours le premier.

ARLEQUIN. — Et cela te fâche ?

FLAMINIA. — Sans doute.

ARLEQUIN. — Ecoute, fais perdre encore à celui-ci son bien, et ton père ne te le voudra plus donner.

FLAMINIA. — Cela n'est pas possible. Que dois-je donc faire ? obéirai-je à mon père, en prenant celui que je n'aime point, ou lui désobéirai-je, en prenant celui que j'aime ?

ARLEQUIN. — Te maries-tu pour ton père, ou pour toi ?

FLAMINIA. — Je me marie pour moi seule apparemment.

ARLEQUIN. — Eh bien, prends celui que tu aimes, et laisse dire ce vieux fou.

PANTALON. — Le juge et la fille sont deux impertinents. Taisez-vous.

FLAMINIA. — Je ne lui ai pas dicté ce qu'il vient de me dire ; mais au terme de fou près, c'est la nature et la raison toute simple qui s'expliquent par sa bouche.

PANTALON. — La nature et la raison ne savent ce qu'elles disent, et vous n'êtes qu'une sotte ; on ne vit pas de sentiments, il faut du bien dans le mariage.

MARIO. — Ne vous emportez pas, Monsieur : les sentiments de Mademoiselle sont aussi beaux que le jugement d'Arlequin est raisonnable, et vous devez vous rendre à ses vœux ; quoiqu'ils me soient contraires, je ne les approuve pas moins, et je vous demande comme une preuve de l'amitié dont vous m'honorez, d'être favorable à Lélio.

PANTALON. — Vous prenez, Monsieur, votre parti en galant homme, et moi je saurai le prendre en père sage et qui sait ce qui convient à sa fille.

MARIO. — Voici un homme qui vous rendra plus traitable. *(Il lui présente Lélio.)*

LÉLIO. — S'il n'y a, Monsieur, que les bruits de ma mauvaise fortune qui vous aient indisposé contre moi, il est facile de les détruire ; je suis plus riche que je n'ai jamais été : et si d'ailleurs vous ne me jugez pas indigne de votre alliance, ma fortune ne mettra point d'obstacle à ma félicité.

PANTALON. — Il n'est donc pas vrai que vous êtes ruiné ?

LÉLIO. — Non, Monsieur, un naufrage que j'ai fait sur les côtes d'Espagne a donné lieu à ces bruits : vous pouvez lorsque vous voudrez approfondir la vérité.

PANTALON. — Je me rends : ma fille a raison.

LÉLIO. — Permettez, charmante Flaminia, que je vous marque ma reconnaissance à vos pieds.

FLAMINIA. — Levez-vous, Lélio, je suis si saisie que je n'ai pas la force de vous répondre.

PANTALON. — Je vous demande pardon, Seigneur Lélio, de l'injustice que je vous faisais ; oubliez-la, et recevez ma fille pour gage de notre amitié.

ARLEQUIN. — A ce que je vois, les amants valent mieux ici que les autres ; ils sont plus naturels. Ecoutez, vous trouvez donc mon jugement bon ?

MARIO. — Des meilleurs, mon cher Arlequin.

ARLEQUIN. — Je connais que tout ce que vos lois peuvent faire de mieux chez vous, c'est de vous rendre aussi raisonnables que nous sommes, et que vous n'êtes hommes qu'autant que vous nous ressemblez.

FLAMINIA. — Tu as raison.

ARLEQUIN. — Vous voyez que j'aime Violette, comme vous aimez Lélio, c'est-à-dire sans songer à l'argent ; donnez-la moi.

FLAMINIA. — Je le veux, si Violette y consent.

VIOLETTE. — Mais il est bien joli.

LÉLIO. — Je t'entends : je me charge de vous rendre heureux.

MARIO. — Allons, qu'on ne parle plus ici que de plaisirs.

Les Jeux et les Plaisirs font un ballet, après lequel on chante les vers suivants.

AIR

Les pompeux nuages
De nos vanités,
Dans tous nos usages
Nous rendent sauvages ;
Et des lueurs de vérité
Font tout le lustre de nos Sages.
Du noir abîme des erreurs
S'élèvent de brillants mensonges :
Leur vif éclat séduit nos cœurs,
Sous le nom de vertus nous consacrons des songes.

COUPLETS

Vous achetez vos maîtresses,
Chez vous sans or, point d'amour ;
On y vend jusqu'aux tendresses,
　　　　Tandis que les ours
　　　　Dans les antres sourds
　　　　Donnent leurs caresses.

On voit ici la plus belle
Cacher ses traits sous le fard ;
Mais la guenon naturelle,
　　　　Sans rouge, sans art,
　　　　Au singe camard
　　　　Ne plaît que par elle.

ARLEQUIN

Laissez le rouge des femmes,
Il ne produit point d'erreurs ;
Blâmez le fard de vos âmes,
　　　　Qui masquant vos cœurs,
　　　　Les rend plus trompeurs
　　　　Que le fard des Dames.

Au parterre

Je ne cherche qu'à vous plaire,
Et j'en fais tout mon objet ;
Si mon discours trop sincère
　　　　Fait mauvais effet,
　　　　Parlez, s'il vous plaît,
　　　　Je saurai me taire.

TIMON LE MISANTHROPE

COMÉDIE EN TROIS ACTES.
Précédée d'un Prologue.

Représentée par les Comédiens Italiens de S.A.R.
Monseigneur le Duc d'Orléans, Régent,
le 2 de Janvier 1722.

PRÉFACE

    Quoique les applaudissements que Timon a reçus du Public suffisent contre ses critiques, je crois devoir dire quelque chose sur le vol d'Arlequin, afin de prévenir le change que certains esprits pourraient prendre. Si l'on examine la chose, on verra qu'il n'y a que le nom de vol ; c'est un Dieu qui reprend à Timon les biens qu'il lui avait donnés, et qui ne les reprend que pour le corriger et les lui rendre ensuite avec plus d'utilité ; il se sert d'Arlequin pour confondre l'orgueil de ce Misanthrope, qui par mépris pour la nature humaine, a préféré le commerce d'un âne à celui des hommes, mais il s'en sert sans corrompre son cœur, ayant soin de lui persuader cette action par des raisons apparentes de justice, de devoir et d'amitié ; ce vol n'est donc qu'un jeu de Mercure, qui n'a qu'un objet de charité pour Timon ; l'action où il engage Arlequin ne blesse point la justice qu'il lui doit, puisqu'il lui conserve toute son innocence, il prend à l'égard du public les précautions qu'il faut pour ne le pas scandaliser, ayant soin de l'avertir de son dessein. Arlequin ébloui des sophismes de ce Dieu dont il ne peut se tirer, sent cependant que ce qu'il lui conseille est une trahison, et ce mouvement intime de sa conscience n'est pas un sentiment prématuré que je lui prête, il naît chez lui de son expérience ; les refus de ce Misanthrope, lorsqu'il lui a demandé de l'argent, l'ont suffisamment instruit qu'il ne peut prendre ses trésors, sans lui donner du chagrin ; et comme il l'aime malgré ses défauts jusqu'à craindre de le priver du plaisir qu'il a de priver tous les autres de ses richesses, il est bien naturel qu'il sente cet éloignement pour une action qu'il sait devoir le fâcher ; aussi Mercure n'a-t-il d'autre moyen pour l'y déterminer que de l'abandonner aux Passions, ce qu'il fait toutefois de manière qu'elles l'engagent à ce vol sans altérer l'innocence de son cœur.

La Lettre où Mercure apprend à ce pauvre homme, qu'on lui enlève à son tour les richesses qu'il avait prises à son Maître, l'instruit de son crime, et lui fait connaître la noirceur d'une action qu'il avait cru devoir faire en conscience et par honneur ; son désespoir, sa colère contre Timon, les reproches qu'il lui fait, la confusion de ce Misanthrope qui se voit volé, et se reconnaît en même temps le coupable, sont des sentiments de vérité qui sortent du sein de la nature toute simple, et qui réunissent le maître et le valet par toutes les choses qui semblaient devoir les séparer ; la conversion de Timon est le fruit de ce vol, elle justifie suffisamment les raisons que j'ai eues de l'employer et d'en faire le nœud de ma pièce. Ces réflexions doivent satisfaire ceux qui cherchent de bonne foi la vérité, elles ne feront peut-être pas la même impression sur ceux qui voient les objets doubles, et dont la raison louche découvre deux esprits dans mes Acteurs ; je les félicite de cette fécondité de perception ; je l'admire, sans jalousie des découvertes qu'elle leur fait faire. Au surplus, je me suis attaché à la simplicité de l'action, moins attentif aux règles d'Aristote qu'à celles de la nature, que j'ai tâché de suivre partout ; le Lecteur jugera si j'ai bien soutenu mes caractères, et si la pièce mérite les applaudissements qu'elle a reçus.

APPROBATION

J'ai lu par l'ordre de Monseigneur le Chancelier, la Comédie qui a pour titre, *Timon Misanthrope (sic)*. Cette pièce m'a paru d'un caractère à plaire toujours, elle est pleine de morale, mais cette morale est égayée par les enjouements d'un vrai comique ; et l'Auteur en joignant ainsi l'utile à l'agréable, a montré qu'il est capable de marcher sur les traces des grands Maîtres qui se sont appliqués à ce genre d'écrire. Je crois que l'impression de son ouvrage confirmera les applaudissements qu'il a reçus du Public dans les représentations. Fait à Paris ce 18 Février 1723.

Signé, DANCHET.

ACTEURS DU PROLOGUE.

TIMON le Misanthrope.
MERCURE.
PLUTUS.
L'ÂNE de Timon, métamorphosé en homme sous le nom d'Arlequin.

La Scène est sur le mont Hymette.

PROLOGUE

Scène Première

Le Théâtre représente la montagne où Timon s'est retiré. Ce Misanthrope est couché sur un gazon au pied des rochers, habillé de peaux de bêtes sauvages, son âne paraît à côté de lui.

Timon. — A quoi t'amuses-tu ? fils de Saturne et de Rhée, sors de ton indolence, et viens contempler ma misère, ou plutôt ta turpitude. Regarde le malheureux Timon, qui t'offrait tant d'holocaustes, et si tu n'as pas les vices des hommes qui méprisent ceux qui n'ont rien à leur donner, lance tous tes foudres sur des scélérats, qui, après avoir reçu mille bienfaits de moi, m'ont tourné le dos avec la fortune ; peux-tu voir sans indignation ces hommes lâches qui m'adoraient dans ma prospérité, qui chantaient continuellement mes louanges et mes vertus, lorsqu'ils sentaient une bonne table chez moi, et qui maintenant m'accablent d'opprobres et de mépris ? *(On entend un coup de tonnerre.)* J'entends le tonnerre qui gronde ; et Jupiter prend les armes. Frappe, père des dieux, mais frappe les scélérats, et ne t'amuse pas à réduire en poudre des rochers, et des arbres innocents qui ne t'ont jamais offensé.

Scène II

Mercure, Plutus et Timon

Timon. — Mais que vois-je ! je me suis retiré sur cette montagne pour m'éloigner du commerce des hommes, et j'y retrouve encore cette maudite espèce, fuyons.

Mercure. — Arrête, Timon, je ne suis point un homme, mais Mercure, qui t'amène le Dieu des richesses : Jupiter touché de tes malheurs a exaucé ta prière.

Timon. — A-t-il écrasé mes ennemis, ou plutôt les siens, c'est toute la grâce que je lui demande, et pour ma vengeance, et pour son honneur ?

Mercure. — Les Dieux jugent des choses bien différemment des hommes : c'est punir les méchants que de les laisser vivre, et leurs vices suffisent pour satisfaire la justice divine. Je viens pour te tirer de la misère, et par de nouveaux trésors confondre les ingrats qui t'ont si lâchement abandonné.

Timon. — Je ne veux point de tes trésors, ils m'ont causé trop de maux, la pauvreté m'a appris à connaître les hommes, et à me suffire à moi-même, bienfait qui surpasse tous les faux brillants de cet aveugle à qui je vais casser la tête, s'il ne s'éloigne d'ici.

Plutus. — Retirons-nous Mercure, que veux-tu que je fasse avec cet insensé ?

Mercure. — Il faut exécuter l'ordre de Jupiter, et l'enrichir même malgré lui. Timon, tu dois obéir aux Dieux, et recevoir avec reconnaissance les biens qu'ils t'envoient.

Timon. — Eh ! que veux-tu que j'en fasse dans cette solitude ? Je n'ai besoin que de mes bras pour y subsister, ce qui est une preuve invincible que mon état présent vaut mieux que celui que j'ai quitté, dans lequel j'étais esclave de mille choses inutiles ; les richesses ne sont bonnes qu'à faire usage des hommes, et puisque je renonce à tout commerce avec eux, je n'ai plus besoin des choses qui peuvent le lier, je ne méprise cependant pas les présents de Jupiter, et s'il t'envoie pour me faire du bien, accorde-moi une grâce.

MERCURE. — Et quelle est cette grâce ?

TIMON. — De donner la voix humaine à mon âne, afin que je puisse m'entretenir avec lui dans ma solitude, sa société est la seule qui me puisse plaire.

MERCURE. — Tu n'y penses pas, Timon.

TIMON. — J'y pense fort bien, il m'a servi sans intérêt dans ma prospérité, et me sert de même à présent que je suis misérable ; s'il obéissait à ma voix sous de beaux harnois[1], il la reconnaît encore aujourd'hui, et il reçoit d'aussi bon cœur une poignée d'herbes de ma main, qu'il recevait autrefois le meilleur froment ; mes haillons ne l'ont point épouvanté, il m'aime et me sert, sans s'apercevoir que j'ai changé d'état ; enfin c'est le seul ami sincère qui me soit resté dans mon malheur.

MERCURE. — Je sais que si les ânes parlaient, ils pourraient donner de bonnes leçons aux hommes. Je veux bien t'accorder ta prière ; si Jupiter a commencé de t'instruire par la mauvaise fortune, il peut achever son ouvrage par ton âne ; son choix seul fait la noblesse des moyens qu'il met en usage pour remplir ses vues : oui, je t'accorde ta demande, et je vais métamorphoser ton âne en homme.

---

1. La graphie « harnais » s'était imposée au XVIIIe siècle : « harnois » est un archaïsme.

TIMON. — Non pas cela. La seule figure humaine me le rendrait suspect.

MERCURE. — Ne crains rien, il conservera le souvenir et la simplicité de son premier état, à laquelle je joindrai toutes les perceptions humaines, et les connaissances qui lui sont nécessaires pour comprendre ce que tu lui diras, et te rendre son commerce plus utile. Adieu, Plutus va te faire trouver chez toi de nouveaux trésors, et tu verras venir ton âne sous la forme et le nom d'Arlequin.

TIMON. — Voilà le plus grand présent que Jupiter puisse me faire ; car mon âne sera assurément un homme d'honneur, son jugement est trop sain, et ses mœurs trop pures, pour ne pas conserver ces avantages malgré la nature humaine.

PLUTUS. — Et moi je vais te préparer de nouveaux trésors, que tu trouveras en arrivant chez toi.

TIMON. — Si tu me crois, tu les garderas pour quelque autre.

PLUTUS. — En vain tu résistes, les hommes ne sont pas heureux ou malheureux selon leurs caprices, l'un et l'autre leur vient des Dieux.

SCÈNE III

Timon et Arlequin

TIMON. — Je me soucie peu de ses trésors, et je ne suis occupé que de la métamorphose de mon âne ; j'estime plus sa raison que celle de tout l'Aréopage[2].

---

2. On notera ici l'emploi judicieux que fait Delisle d'un mot qui désigne le tribunal d'Athènes, et aussi toute assemblée de personnes chargées d'émettre un jugement (il convient de signaler que

Mais voici un homme singulier, c'est apparemment lui : écoutons.

ARLEQUIN. — Que diable veut donc dire ce changement ? Comme me voilà fait ! Où sont passées mes belles oreilles, cette tête gracieuse, ce corps mignon si chéri de toutes les ânesses du pays ? Qu'est devenue ma belle queue ? Ah ! ma belle queue, vous êtes de toutes les grâces que j'ai perdues, celle que je regrette le plus. Comme me voilà fagoté ! la ridicule figure ! Je marchais il n'y a qu'un moment sur quatre jambes, j'étais fort et assuré sur mes pieds, et me voilà à présent huché sur deux comme une poule, craignant même que le vent ne me fasse tomber ; j'avais une voix mâle, à l'heure qu'il est je l'ai efféminée et variée par des sons qui me fatiguent ; que suis-je donc devenu ? Mais quoi ! ma raison se développe, je suis un homme, oui j'en suis un : voilà un nez, une bouche, des yeux et enfin une figure semblable à celle de mon maître, et presque aussi ridicule. Mais que vois-je ? quel chaos d'idées que je n'avais jamais eues ! l'esprit humain se développe chez moi. Ha, ha, ha, le plaisant galimatias que l'esprit de l'homme ! Ha, ha, ha, la drôle de chose ! Quoique j'aie grand peur d'être plus sot sous cette peau que sous ma première, la nouveauté me divertit, et je ne suis pas fâché de ce changement, quand ce ne serait que pour connaître ce que mon maître a dans l'âme, et les raisons des impertinences que je lui ai vu faire.

TIMON. — Ce début est charmant, et mon âne, à ce que je vois, est aussi misanthrope que moi. Qui êtes-vous, mon ami ?

---

dans cette dernière acception, très littéraire, « aréopage » est attesté en 1719).

ARLEQUIN. — Je suis ce que je n'étais pas il y a un moment.

TIMON. — Il veut dire qu'il n'est plus âne.

ARLEQUIN. — Que dis-tu là ? Est-ce que tu sais que je l'ai été ?

TIMON. — Oui, mon cher Arlequin, c'est moi qui suis cause que tu es homme ; tu es à présent le roi des animaux.

ARLEQUIN. — Le roi des animaux, dis-tu ?

TIMON. — Oui ; mais tu ne connais pas encore les idées que nous attachons à ce terme.

ARLEQUIN. — Oh ! que si, j'entends tout ce que tu me dis, et je meure si je sais comme cela s'est fait ; car je ne me souviens pas de l'avoir jamais appris.

TIMON. — Mercure le lui a inspiré, ce Dieu me l'avait promis.

ARLEQUIN. — Puisque je suis le roi des animaux, je puis donc dormir sans crainte dans les forêts, les loups et les lions respecteront mon sommeil, et ils viendront me rendre leurs hommages, n'est-ce pas ?

TIMON. — Je ne te conseille pas de t'y fier, ils te dévoreraient comme si tu n'étais encore qu'un âne.

ARLEQUIN. — Voilà des sujets bien impertinents ; et à ce que je vois, l'empire des hommes sur le reste des animaux ressemble assez à celui des ânes ; ils font peur à ceux qui sont plus faibles, et plus timides qu'eux, et ils se sauvent devant les plus forts et les plus hardis.

TIMON. — J'aime mieux mon âne que Solon[3], il parle plus juste.

---

3. Homme d'état, législateur et poète athénien (env. 640-apr. 560), Solon fut de son vivant rangé parmi les Sept Sages de la Grèce ; son Code de législation ne fut jamais abrogé. La figure et la gloire de Solon rayonnent à travers l'Antiquité.

ARLEQUIN. — Si je n'ai gagné que cet empire dans ma métamorphose, le profit n'est pas grand.

TIMON. — Tout ce que tu vois est à présent fait pour toi, au lieu que tu étais auparavant fait pour l'homme ; témoin les services que tu m'as rendus.

ARLEQUIN. — Ha, ha, ha, ha !

TIMON. — De quoi ris-tu ?

ARLEQUIN. — De ta sottise ; de ne voir pas que c'était toi qui étais fait pour moi.

TIMON. — Moi ?

ARLEQUIN. — Sans doute. N'avais-tu pas le soin de pourvoir à ma subsistance, de venir tous les matins me panser, de me donner à manger, de me mener boire, de nettoyer mon écurie, de me changer de paille, et le reste ?

TIMON. — Cela est vrai. Qu'en conclus-tu ?

ARLEQUIN. — Que tu me servais, et par conséquent que tu étais fait pour moi.

TIMON. — Il a raison, par Jupiter ! J'étais son valet sans le savoir.

ARLEQUIN. — Mais laissons-là ce discours, et dis-moi pourquoi es-tu si mal vêtu et si mal logé aujourd'hui ? Il y a longtemps que je suis curieux de le savoir.

TIMON. — C'est que je suis pauvre.

ARLEQUIN. — Et pourquoi es-tu pauvre ?

TIMON. — Pour avoir été trop bon. J'ai mangé mon bien pour faire plaisir à des ingrats qui m'ont abandonné, dès que je n'ai plus eu de quoi leur faire bonne chère.

ARLEQUIN. — Voilà de grands coquins : pauvre homme ! je te plains bien. Et quoi, seras-tu toujours pauvre ?

TIMON. — Il ne tient qu'à moi de cesser de l'être ; et le Dieu des richesses m'offre de grands trésors que je refuse.

ARLEQUIN. — Pourquoi ?

TIMON. — Pour n'être jamais à portée de faire du bien à personne.

ARLEQUIN. — Tu as raison de n'en vouloir point faire à ces coquins qui t'ont abandonné, mais tu dois les accepter pour moi qui ne t'ai jamais trahi.

TIMON. — Les richesses te gâteraient, et la flatterie des hommes aurait bientôt séduit ton innocence.

ARLEQUIN. — Ne le crains pas. Je n'ai besoin que de me sentir pour m'en défendre.

TIMON. — Oui. Mais tu ne sais pas encore que l'homme est rempli de vanité.

ARLEQUIN. — Lorsqu'un homme a été âne, et qu'il s'en souvient, il n'en est pas susceptible.

TIMON. — Je sais qu'il y aurait moins de sots si chacun se souvenait de son origine. Mais l'orgueil des richesses la fait bientôt perdre de vue, et j'en ai trop d'exemples pour t'exposer à ce danger.

ARLEQUIN. — Je vois par tout ce que tu me dis que tous les hommes sont sots. Mais à te parler franchement, tu es le plus sot de tous.

TIMON. — Pourquoi ?

ARLEQUIN. — Parce que tu refuses d'être heureux, et que, par un ridicule caprice, tu veux te punir des vices d'autrui.

TIMON. — Les richesses ne font point notre félicité ; pour être heureux il faut jouir de soi-même, et l'on n'en jouit point dans l'opulence et le chaos du monde.

ARLEQUIN. — Ecoute, ne t'y trompe pas. Un âne qui meurt de faim jouit mal de soi-même, et il sent seulement ce qui lui manque pour être heureux. Mais celui qui est dans un bon pâturage jouit bien de la vie.

TIMON. — Quoi ! tu voudrais que j'acceptasse les offres de Plutus ?

ARLEQUIN. — Assurément, puisque tu en peux tirer de l'utilité.

TIMON. — Mais je n'en puis jouir que dans le monde.

ARLEQUIN. — Eh bien, il faut y retourner.

TIMON. — Je m'irais de nouveau exposer à la perfidie des hommes ?

ARLEQUIN. — Sans doute, puisque c'est le moyen de bien jouir de la vie ; le ridicule des hommes doit te divertir, et leurs vices t'instruire ; si tu vaux mieux qu'eux, n'auras-tu pas le plaisir de le savoir ?

TIMON. — J'ai peur que mon âne ne me gâte l'esprit. Il commence à me persuader ce que les Dieux ni les hommes n'ont pu me faire comprendre.

ARLEQUIN. — Ecoute ; un loup passerait pour un sot parmi les autres loups, si méprisant le carnage, il s'amusait à brouter les herbes, et se faisait sécher[4] par une nourriture qui ne lui est pas propre ; et par la même raison je conçois qu'un homme est un extravagant de ne vouloir pas vivre comme les autres, et jouir des biens que les Dieux ont fait pour lui.

TIMON. — Tu as raison, et je veux suivre ton conseil ; allons prendre les trésors que Plutus m'a promis, et retournons à Athènes ; je me fais un plaisir de montrer mes richesses à mes avides compatriotes, et de les voir sécher auprès par des désirs inutiles. Je serai charmé de me moquer d'eux, et de voir comme tu te tireras d'affaire au milieu de leurs erreurs.

ARLEQUIN. — Allons, puisque je suis homme, je veux tirer tout ce que je pourrai de ce nouvel état, comme je faisais dans mon premier. Je veux jouir de tout ce qu'il peut m'offrir de plaisir. Ah ! que je vais bien me divertir !

Fin du Prologue.

---

4. Le verbe « sécher » est ici employé au figuré, au sens de « languir, dépérir ».

ACTEURS DE LA COMÉDIE.

MERCURE, sous la forme et le nom d'Aspasie.
EUCHARIS, Amante de Timon.
TIMON, Misanthrope.
ARLEQUIN.
IPHICRATE ET CARICLES, faux amis.
SOCRATE, Philosophe.
UN MAÎTRE en fait d'armes.
UN MAÎTRE à chanter.
UN MAÎTRE à danser.
TROUPE de Passions.
TROUPE de Flatteurs.
TROUPE de Vérités.
UN DES FLATTEURS.
MERCURE, sous sa forme ordinaire.

La Scène est à Athènes.

ACTE PREMIER

Le Théâtre représente la ville d'Athènes.

SCÈNE PREMIÈRE

MERCURE, *en habit de femme, sous le nom d'Aspasie*[5]. — Qui reconnaîtrait Mercure sous la forme où me voilà ? Comme messager des Dieux, je suis continuellement obligé de me métamorphoser pour exécuter leurs ordres chez les hommes. Jupiter veut que sous le nom d'Aspasie, je remplisse un double emploi auprès d'Eucharis et d'Arlequin, et que je me serve de l'un et de l'autre pour corriger Timon. L'excès de sa bonté causa ses premiers malheurs. L'ingratitude des hommes l'a jeté dans un excès opposé, et changé la douceur de son âme, naturellement bienfaisante, en des sentiments de haine et de vengeance. Ces différents excès déplaisent aux Dieux, qui ont placé la

---

5. Le choix du nom d'emprunt de Mercure n'est sans doute pas innocent. Une certaine Aspasie a donné un fils à Périclès, Périclès le Jeune. On sait que cette même Aspasie, femme d'une intelligence remarquable, n'a pas laissé ses contemporains indifférents : les poètes comiques l'ont accusée des pires vices, et l'école socratique a loué ses qualités intellectuelles.

vertu dans un juste milieu. Mais en punissant les vices, ils récompensent toujours ce qu'ils voient de bon chez les hommes. Le cœur de Timon n'est point déguisé ; son amour pour la vérité lui faisant préférer le commerce des animaux, parce qu'il est simple et naturel, à celui des hommes, il a demandé la voix humaine pour son âne, et Jupiter veut se servir de cette même métamorphose pour le retirer de ses erreurs. Commençons donc d'exécuter ses ordres auprès d'Eucharis : elle aime Timon, et je veux lui apprendre les moyens de gagner le cœur de ce misanthrope. La voici. Elle vient rêver dans ces lieux à sa nouvelle passion.

Scène II

Eucharis[6]. — Je ne sais comme je dois interpréter les mouvements qui m'agitent ; l'idée de Timon me suit partout ; le bruit de sa vertu et de ses malheurs m'avait touchée, et j'étais bien aise de voir que les Dieux l'avaient rétabli dans sa première splendeur, mais je ne croyais pas que je pusse prendre d'autre part dans son sort que celle qu'un simple sentiment de générosité m'y donnait. Je sens cependant des mouvements plus vifs que ceux de l'estime. O Ciel ! l'amour se serait-il caché sous le manteau de la haine et de la misanthropie, pour me séduire !

---

6. Eucharis (« εὔχαρις ») en grec signifie : 1° gracieux, qui a bonne grâce, aimable ; 2° bienveillant, propice ; 3° aimé.

Scène III

Mercure, sous la figure d'Aspasie. Eucharis.

ASPASIE. — Bonjour, ma chère Eucharis ; d'où vient donc, ma belle enfant, que vous cherchez la solitude. Ah, je m'en doute, il y a de l'amour sur jeu.

EUCHARIS. — Si c'est l'amour qui me conduit ici, c'est un amour bien singulier, j'y viens rêver à Timon.

ASPASIE. — A Timon ?

EUCHARIS. — Oui à Timon ; j'ai vu une scène de lui qui m'a charmée ; le bruit des trésors que l'on dit que les Dieux lui ont fait trouver, a ramené chez lui cette troupe odieuse d'amis ingrats que ses malheurs avaient écartés. Je les ai vus s'efforcer à l'envi d'effacer de son esprit l'indigne procédé qu'ils ont eu pour lui, ah ! Aspasie, qu'il m'a paru estimable dans les traits de mépris et de vérité dont il a repoussé leur lâche empressement !

ASPASIE. — L'amour s'introduit dans nos cœurs par plus d'une porte ; et les mêmes choses qui en ferment les accès chez les uns, les ouvrent dans les autres.

EUCHARIS. — Je ne vous déguise point que si je voulais aimer quelqu'un, ce serait Timon. La généreuse liberté avec laquelle il masque son mépris pour les hommes me serait une preuve de la sincérité de sa tendresse, s'il m'en témoignait. Je vous dirai plus, je sentirais de la vanité à soumettre un cœur qui se déclare hautement l'ennemi du genre humain, et à pouvoir le ramener des excès où je vois avec chagrin qu'un homme d'ailleurs si estimable se plonge.

ASPASIE. — Cette conquête serait digne de vos appas, et je vous la conseillerais, si je la croyais possible.

EUCHARIS. — Croyez-vous que je n'en vinsse pas à bout si je l'entreprenais ?

ASPASIE. — Vous êtes jeune, belle et spirituelle ; ce sont là sans doute les plus grands avantages de la nature ; et si vous les employez sagement contre Timon, je ne crois pas qu'il vous puisse résister.

EUCHARIS. — Je veux le tenter.

ASPASIE. — Tout dépend de la manière dont vous vous y prendrez. Il n'est point de cœur invincible lorsque l'on sait l'attaquer par son faible. Il n'en est point de si insensible ni de si faible qui n'ait des endroits par où il est hors d'atteinte ; ce n'est jamais la faute de celui qui résiste, s'il ne se rend pas, c'est celle de ceux qui ne savent pas connaître les moyens de le dompter.

EUCHARIS. — J'aime dans tout ce que je fais de laisser agir mon cœur naturellement, et sans contrainte ; je hais trop l'art et les détours honteux des conquêtes pour les mettre en usage avec Timon ; il m'a plu par sa sincérité, et je veux lui plaire par le même moyen.

ASPASIE. — Que vous êtes simple, belle Eucharis ! Vous connaissez bien peu les hommes ; apprenez de moi, mon enfant, que l'on est toujours la dupe de sa bonne foi. Le cœur humain est sujet à des caprices étonnants ; il n'aime les plus belles choses qu'autant qu'il trouve de difficultés dans leur possession. Une conquête trop aisée le dégoûte ; et c'est pour cela qu'une habile femme sait assaisonner ses faveurs par des caprices amenés à propos pour réveiller la tendresse de ses amants qui languiraient bientôt dans une possession trop assurée et trop tranquille. On ne sent jamais mieux le prix d'un bien que lorsqu'on craint de le perdre ; c'est dans cette crainte bien ménagée que sont fondées les ressources de l'amour ; c'est d'elle que naissent les petits soins, les assiduités, et enfin tous les tributs de tendresse que les amants offrent continuellement à leurs maîtresses : je ne prétends pourtant pas condamner la sincérité en amour ; au contraire je sais qu'elle doit être la base de la tendresse, mais l'art en doit faire les ornements, et un amant tendre et délicat n'est pas plus en droit de se fâcher de ses ruses innocentes que des soins que son amante se donne pour se parer, puisque dans l'un et l'autre son objet est de lui plaire et d'entretenir ses feux ; car l'adresse est au sentiment ce que les atours sont au visage.

EUCHARIS. — Vous êtes adroite, Aspasie, et je commence à me laisser séduire par vos discours.

ASPASIE. — Suivez mes conseils, et vous vous en trouverez bien ; la haine que Timon a pour les hommes ne le rend sensible qu'au plaisir de médire d'eux. L'expérience qu'il a fait de leur perfidie lui rend suspectes toutes les marques d'amitié qu'ils s'efforcent de lui donner, qu'il prend pour des pièges que l'on tend à sa fortune et à sa crédulité. Ainsi, si vous voulez vous ménager quelque accès dans son cœur, dites-lui des vérités offensantes, c'est le seul moyen de gagner quelque créance chez lui. Ce procédé conforme à son génie et si opposé à l'empressement de ceux qui cherchent inutilement à lui plaire, attaquant son cœur par son faible, le disposera naturellement à vous chercher ; c'est tout ce qu'il vous faut d'abord, l'amour et vos charmes feront le reste ensuite.

EUCHARIS. — Je connais toute la solidité de ce conseil, et je suis résolue de le suivre, d'autant mieux que je suis bien aise de lui dire ce qui me choque en lui.

ASPASIE. — Vous pouvez en essuyer des réponses fâcheuses, mais vous devez les mépriser et aller à votre but, sans prendre garde aux épines que vous trouverez en chemin. Voici Timon. Je l'entends qui querelle. Adieu. Je vous laisse. Profitez de mes avis.

EUCHARIS. — Ecoutons un moment ici.

Scène IV

Timon, Arlequin, Troupe d'Athéniens qui les suivent.
Iphicrates[7], Caricles.

Timon. — Allez, perfides, vos caresses ni vos
louanges ne me séduisent point ; je connais trop bien
la noirceur de votre âme. Tout ce que je puis faire
pour vous, c'est de vous offrir un figuier où plusieurs
se sont déjà pendus. Je ne l'ai pas voulu arracher pour
ne priver pas le public de cette commodité.

Arlequin. — Allez-vous-en à tous les diables avec
vos amitiés, nous n'en voulons point.

Iphicrates. — Quoi, Timon, tu ne reconnais plus
ton ancien ami qui a fait tant de vœux pour toi ?
J'avais bien dit que les Dieux étaient trop justes pour
ne te pas rétablir dans ta première splendeur.

Arlequin. — Celui-là est honnête homme, fais-lui
caresse.

Timon. — Que tu le connais mal ! Si tu l'avais cru,
perfide, tu te serais fait violence pour masquer tes sentiments dans mon malheur, afin de te ménager les
moyens de me tromper encore aujourd'hui : n'es-tu
point Iphicrates, qui me trouvant presque expirant de
faim et de soif, me refusas un verre d'eau et m'acca-
blas d'injures pour me remercier de tous les biens que
tu avais reçus de moi ?

Arlequin. — Comment, bélître, après avoir refusé
de l'eau à mon pauvre maître qui mourait de soif, tu
oses encore te dire son ami ? Par la mort, il me prend
envie de t'assommer.

---

7. Notons que c'est le nom d'un stratège et mercenaire athénien
(env. 415-env. 354), qui s'est signalé, entre autres actions d'éclat,
pour avoir combattu contre sa propre patrie...

IPHICRATES. — Ne juge point de ce que tu m'as vu faire par les apparences ; les Dieux vont être témoins de l'amitié que je te porte, et je viens d'ordonner un sacrifice solennel en actions de grâces de ce qu'ils ont fait pour toi.

TIMON. — Garde-t'en bien, scélérat : ton encens les irriterait contre moi.

ARLEQUIN. — Pardi, voilà un effronté coquin, de vouloir tout à la fois jouer les hommes et les Dieux ! Attends, je vais te sacrifier aux Furies qui te possèdent. *(Il le bat : Iphicrates se sauve.)*

CARICLES. — Tu as raison, Timon, c'est un traître qui ne mérite pas tes bontés ; pour moi je viens à plus juste titre, et voici une ode que j'ai faite sur la victoire que tu as remportée sur nos ennemis.

TIMON. — Comment l'oses-tu dire ; je n'ai jamais été à la guerre.

CARICLES. — Il n'importe ; tu l'aurais remportée si tu avais combattu, et cela suffit.

TIMON. — N'est-ce pas toi, qui dans ma prospérité me louais des vertus que je n'avais pas, et qui dans mon malheur m'attribuais des vices dont je n'ai jamais été capable ?

ARLEQUIN. — Ecoute ; n'as-tu point fait aussi d'ode pour moi ?

CARICLES. — Et que voudrais-tu que je chantasse de toi ?

ARLEQUIN. — Quelque victoire que je n'ai jamais remportée.

CARICLES. — Voilà assurément un bel objet des chansons des Muses.

ARLEQUIN. — Tiens, je n'aime pas les menteries, et je veux qu'on ne chante de moi que des vérités ; fais donc une ode pour chanter la victoire d'un honnête homme qui a assommé un faquin.

CARICLES. — Est-ce que cela vous est arrivé ?

ARLEQUIN. — Non, mais la chose va arriver dans un moment, car je veux t'assommer pour prix de ton impertinence. *(Il le bat, Caricles se sauve en criant au secours.)* Pardi voilà de grands coquins. Mor-non de ma vie, leur impudence me met dans une colère que je ne me possède pas.

TIMON. — Voilà les bons amis auxquels je me fiais autrefois.

ARLEQUIN. — Tu étais donc bien bête alors.

SCÈNE V

Eucharis, Timon, Arlequin.

EUCHARIS. — Tout ce que je vois de Timon est une preuve de la solidité des conseils d'Aspasie ; commençons à jouer notre rôle. Bonjour, Timon.

TIMON. — Bonjour ; que veut cette femme ? voici encore une quêteuse de trésors.

EUCHARIS. — Je suis charmée de vous rencontrer, et de pouvoir entretenir un original sans copie, qui parce qu'il n'a fait que des sottises dans le monde, prétend en jeter la faute sur le reste des hommes ; je crois qu'un caractère aussi hétéroclite me donnera du plaisir.

TIMON. — Ouais, ce style n'est pas commun.

ARLEQUIN. — Tu dois aimer celle-ci, elle est naturelle, et aime la vérité, n'est-ce pas ?

TIMON. — Je t'avoue que son début me surprend ; je ne m'y attendais pas : ma foi, Mademoiselle, si mon mépris pour les hommes, et surtout pour les femmes, et pour les femmes de votre espèce, peut vous divertir, j'y consens, profitez-en bien, c'est tout ce que vous pouvez gagner avec moi.

EUCHARIS. — C'est aussi tout ce que je demande, je méprise tous les hommes, et je ne suis jamais si contente que lorsque je puis exercer ma langue contre eux ; mais je ne connais point de plus grand plaisir au monde que celui de dauber sur le ridicule d'un original tel que vous.

TIMON. — Vous avez raison, il n'est rien de si doux que la satire, c'est la seule ressource qui reste à la vérité parmi les hommes ; disons-nous donc réciproquement ce que nous pensons.

EUCHARIS. — Je le veux, et je serais charmée de pouvoir vous convaincre que vous êtes le plus fou des hommes.

ARLEQUIN. — Elle parle juste, celle-là ; qu'en dis-tu ?

TIMON. — Cela peut être : en vérité, Mademoiselle, je suis bien aise de vous trouver de cette humeur, et nous allons bien nous divertir ; le beau champ pour moi que le tein apprêté d'une coquette, que ce visage composé qui a changé ses mouvements naturels contre des grimaces ; quel plaisir de démasquer un cœur qui sous des dehors fardés nous cache l'infidélité même ! Ha, ha, ha !

ARLEQUIN. — Ha, ha, ha ! Voilà une conversation qui commence à merveille !

EUCHARIS. — Le beau champ pour moi que les discours d'un homme qui a changé sa raison pour des caprices, les sentiments humains pour de la férocité, qui, toujours diamétralement opposé à la raison, prodiguait autrefois follement son bien, et qui aujourd'hui s'en refuse l'usage encore plus follement. Ha, ha, ha !

ARLEQUIN. — Ha, ha, ha ! Le beau champ pour un âne que d'entendre les hommes se dire leurs vérités ! Ha, ha, ha !

TIMON. — La peste de l'impertinente !

ARLEQUIN. — Allons, ris donc, cela est tout-à-fait plaisant. Ha, ha, ha !

TIMON. — Ha, ha ! Oui, c'est drôle.

ARLEQUIN. — Il me semble que tu ne ris pas de bon cœur.

TIMON. — Pour connaître au juste l'étendue du génie d'une coquette, je ne voudrais que faire l'analyse de la cervelle d'un perroquet, connaissant sa capacité, et la comparant avec celle d'une coquette, j'aurais par une règle d'arithmétique la juste étendue de son esprit.

ARLEQUIN. — Ha, ha, ha ! La cervelle d'un Perroquet. Ha, ha, ha !

EUCHARIS. — Et moi je ne voudrais que faire l'analyse de la tête d'un âne et de la vôtre pour connaître précisément jusqu'où peut aller votre bêtise.

ARLEQUIN. — Hola, Madame la pigrièche[8], n'insultez point aux ânes mal à propos, sachez qu'ils sont gens d'esprit, et qui en savent plus que les hommes, et pour vous en convaincre, apprenez que jamais âne n'a traité une ânesse si indignement que mon maître vous traite. Oh, oh ! ils sont bien mieux appris que cela, ma foi.

EUCHARIS. — Répondez-lui, si vous pouvez.

TIMON. — J'avoue que voilà la conversation la plus délicieuse que j'aie jamais eue avec personne, et la manière singulière dont cette fille s'y prend, me plaît ; je ne sais, Mademoiselle, qui vous a si bien instruite, mais soit que la chose vienne de vous, ou d'ailleurs, vous avez rencontré mon faible ; ne croyez pas pour-

---

8. « Pie-grièche ». L'adjectif « grièche » est usité seulement en composition ; dans le cas présent il faut lui donner le sens de « méchante, cruelle ».

tant que j'en sois la dupe ; je crois voir vos desseins, et je saurai m'en défendre ; ainsi, si vous vous êtes flattée que séduisant mon cœur par ce détour, vous tirerez quelque chose de moi, désabusez-vous une fois pour toutes ; mais si vous voulez borner vos espérances et vos plaisirs dans ce petit commerce d'injures et de vérités, je consens de bon cœur de le continuer avec vous.

EUCHARIS. — Je le veux, et vous déclare que je ne prétends rien au-delà.

ARLEQUIN. — Ha, ha, ha ! Voilà une partie bien faite et un petit commerce bien tendre.

TIMON. — Je vous reverrai avec plaisir à cette condition.

EUCHARIS. — Et moi aussi. Adieu.

SCÈNE VI

Timon, Arlequin.

ARLEQUIN. — Par ma foi, voilà un drôle de corps que cette femme-là.

TIMON. — Je t'avoue qu'elle m'a fait plaisir, et je ne sais pas pourquoi elle me plaît plus que tout ce que j'ai vu jusqu'à présent.

ARLEQUIN. — Je le sais bien, moi. C'est qu'elle est aussi impertinente que toi.

TIMON. — Cela peut être : mais parlons d'autre chose. Que dis-tu de cette ville et de ta nouvelle condition ?

ARLEQUIN. — Je dis que j'aurai pour toi une reconnaissance éternelle. Vive l'état des hommes : comment mor-non de ma vie, les ânes ne sont que des bêtes auprès d'eux.

TIMON. — Sur quoi en juges-tu ?

ARLEQUIN. — Sur ce que vous suppléez par des richesses à tous les défauts du cœur et de l'esprit. Tiens, j'ai trouvé des filles qui m'ont dit que si je voulais leur donner de l'argent, elles m'aimeraient à la folie ; des amis qui m'ont assuré de leur amitié si je la payais bien ; des poètes qui m'ont promis de m'immortaliser par leurs vers, pourvu que je leur fasse bonne chère ; des généalogistes qui m'ont offert pour de l'argent de me faire descendre de Jupiter en droite ligne. Oh ! juge si ne voilà pas des prodiges. Avec de l'or les hommes font ce que les Dieux, la raison ni la nature ne peuvent faire.

TIMON. — Ha, ha, ha !

ARLEQUIN. — Donne-moi vite de tes trésors.

TIMON. — Pourquoi faire ?

ARLEQUIN. — Pour m'aller divertir.

TIMON. — La haine que j'ai pour tous les hommes, et mon amitié pour toi m'en empêchent ; je ne veux pas que personne puisse profiter de ta dépense, ni te donner occasion d'être leur dupe, et de te séduire par le luxe ; je suis trop de tes amis pour cela.

ARLEQUIN. — Tu es trop de mes amis pour me donner le moyen de me divertir ?

TIMON. — Oui.

ARLEQUIN. — Et si je me divertissais, cela me gâterait ?

TIMON. — Sans doute.

ARLEQUIN. — Ecoute, depuis que je comprends ce que tu me dis, je n'ai encore entendu de toi que des impertinences ; je ne sais où diable tu les vas chercher pour me faire enrager ; à la fin cela m'impatiente.

TIMON. — C'est que tu ne connais pas encore ce qui te convient.

ARLEQUIN. — Je ne puis juger des choses que par mon premier état, et je me souviens que lorsque je n'étais qu'une bête, je cherchais toujours à paître dans les meilleurs pâturages, lorsque tu ne m'en empêchais pas, car tu t'es toute la vie fait un maudit plaisir de me contrarier ; si j'avais soif, j'allais à la meilleure eau et la plus claire, et je m'attachais toujours à ce qui me faisait le plus de plaisir ; je soutiens que cela est sage dans toutes les espèces ; ainsi puisque je suis homme, je veux la plus belle maison et la plus commode, l'habit le plus riche et du meilleur goût ; je veux une jolie femme, et je prétends manger et boire ce qu'il y aura de meilleur : or comme il faut de l'argent pour avoir ces choses, donne-m'en tout à l'heure.

TIMON. — C'est ce qui te trompe ; je veux que tu sois homme : tous ceux qui en ont la figure ne le sont pas. C'est pour te rendre parfait que je te refuse la jouissance des choses qui ne sont propres qu'à nourrir nos passions ; un hommes n'est homme qu'autant qu'il sait les dompter, et qu'il a pris l'empire sur elles.

ARLEQUIN. — Mais toi qui veux m'instruire malgré moi et la raison, as-tu cet empire sur tes passions ?

TIMON. — Sans doute, puisque je me refuse la jouissance des choses qu'elles seules nous font désirer.

ARLEQUIN. — Dis-moi, n'y a-t-il de passions chez les hommes que celles qui les portent vers les plaisirs ?

TIMON. — Il y en a beaucoup d'autres.

ARLEQUIN. — La haine, le chagrin, la vengeance, ne sont-elles pas des passions ?

TIMON. — Assurément, et des plus odieuses.

ARLEQUIN. — Si tu voyais un homme entre deux femmes, une laide comme une guenon, et l'autre belle comme un astre, et qu'il choisît la laide, qu'en dirais-tu ?

TIMON. — Que cet homme est de mauvais goût.

ARLEQUIN. — Tu es donc un sot animal.

TIMON. — Pourquoi ?

ARLEQUIN. — Parce que parmi tant de passions aimables, tu vas justement choisir les guenons de toutes les passions, et que tu préfères aux douceurs de la vie la triste satisfaction d'être toujours en colère contre toi-même, et contre toute la nature humaine.

TIMON. — Voilà un raisonnement qui m'embarrasse : tu n'en sais pas encore assez pour juger de la solidité de mes raisons ; je dois suppléer à ton ignorance, et mon amitié pour toi m'empêche de t'accorder ta demande.

ARLEQUIN. — Tu ne veux donc point me donner de l'argent ?

TIMON. — Non.

ARLEQUIN. — Rends-moi donc mon premier état.

TIMON. — Par quelle raison ?

ARLEQUIN. — Par la raison que j'aime mieux n'être qu'un âne, que d'être homme, et n'avoir point d'argent.

TIMON. — Tu ne sais ce que tu dis.

ARLEQUIN. — C'est toi qui ne sais ce que tu dis. Ecoute ; laisse-là une fois en ta vie tes extravagances, et donne-moi de l'argent.

TIMON. — Ta prière est inutile.

ARLEQUIN. — Le diable t'emporte ! A ce que je vois, il n'y a pas un homme qui ne soit le loup des autres.

TIMON. — Tu as raison, mon ami.

ARLEQUIN. — Eh bien, tête maudite, si j'ai raison, que ne fais-tu ce que je te dis ?

TIMON. — Tu as raison dans les traits de satire que tu donnes aux hommes, mais tu as tort de souhaiter ce qui peut te rendre aussi mauvais qu'eux.

ARLEQUIN. — Que Jupiter te puisse confondre avec ton amitié ! Hais-moi donc et donne-moi de l'argent.

TIMON. — Ha, ha, ha !

ARLEQUIN. — Eh bien, ha, ha, ha !

TIMON. — Ta colère me divertit, et je serais bien fâché de la faire finir. Adieu. Ha, ha, ha !

ARLEQUIN *le regardant aller sans rien dire, avec des mouvements de dépit et d'indignation.* — Voilà bien de quoi rire, de faire souffrir un pauvre homme et l'empêcher de se divertir ; il faut que je tâche de me passer de lui, et d'avoir du plaisir sans son argent.

SCÈNE VII

Mercure sous la forme d'Aspasie. Arlequin.

ASPASIE. — Voilà Arlequin bien fâché contre Timon, profitons de ce moment, et exécutons l'ordre que Jupiter m'a donné.

ARLEQUIN. — Cette fille est charmante, je veux l'aborder. Bonjour la belle.

ASPASIE. — Suis-je connue de vous, Monsieur ?

ARLEQUIN. — Autant que j'en ai besoin : je vois que vous êtes jolie, cela me suffit.

ASPASIE. — Comment vous nommez-vous ?

ARLEQUIN. — Arlequin.

ASPASIE. — Quoi ! vous êtes cet aimable garçon que Timon aime uniquement ?

ARLEQUIN *se redresse.* — Oui, lui-même.

ASPASIE. — Ah ! mon cher, l'heureuse rencontre pour moi ! je vous cherchais avec empressement.

ARLEQUIN. — Je n'en savais rien, et vous avez bien fait de me le dire.

ASPASIE. — Que la condition d'une fille est malheureuse ! Si j'étais homme, je m'expliquerais sans rougir, mais la pudeur m'en empêche.

ARLEQUIN. — Ne vous contraignez pas, vous pouvez me parler avec toute liberté, je vous le permets.

ASPASIE. — Vous auriez mauvaise opinion de moi.

ARLEQUIN. — Au contraire, je vous en estimerai davantage, car je n'aime point les grimaces.

ASPASIE. — Eh bien, je vous aime de tout mon cœur : cet aveu si libre n'offensera-t-il point votre délicatesse ?

ARLEQUIN. — Pardi vous me croyez donc bien sot ? je serais offensé si vous me disiez que vous me haïssez.

ASPASIE. — Que vous êtes aimable de penser ainsi !

ARLEQUIN. — Et qui peut penser autrement, à moins d'avoir perdu l'esprit comme Timon, qui n'aime que les gens qui lui disent des injures ? Vous m'aimez donc bien ?

ASPASIE. — De toute mon âme, mon cher.

ARLEQUIN. — Mon cher ! le terme est tendre et me va droit au cœur.

ASPASIE. — Vous m'aimerez donc un peu ?

ARLEQUIN. — Comment un peu ? je vous aimerai aussi gros que moi.

ASPASIE. — Nous nous marierons donc ensemble ?

ARLEQUIN. — Oui, si vous le voulez.

ASPASIE. — Si je le veux ? Et qui refuserait le favori de Timon, cet homme avec lequel il partage tous ses trésors ?

ARLEQUIN. — Qui ? Timon, dites-vous, partage ses trésors avec moi ?

ASPASIE. — Oui.

ARLEQUIN. — Vous le prenez bien pour un autre ; connaissez-vous l'original dont vous parlez ?

ASPASIE. — Non. Mais on dit que vous êtes le maître de sa fortune ; que vous en disposez comme lui-même ; que comme il a des biens immenses qui sont les mobiles de tous les plaisirs dans cette vie, et qu'il vous aime tendrement, vos jours ne sont qu'un tissu de tous les plaisirs ; bonne chère, équipages, logements somptueux, belles filles, enfin tout ce qu'on peut souhaiter au monde.

ARLEQUIN. — Et qui sont les impertinents qui disent cela ?

ASPASIE. — Toute la ville.

ARLEQUIN. — Toute la ville en a menti ; Timon ne me donnerait pas cela.

ASPASIE. — Tant pis ; si ce qu'on dit n'est pas vrai, Timon ne vous aime pas, et vous êtes sa dupe.

ARLEQUIN. — Je le crois.

ASPASIE. — Ne parlons donc plus du mariage ; car je vous déclare que je ne veux me marier que pour être riche.

ARLEQUIN. — Mais cela est ridicule.

ASPASIE. — Ridicule tant qu'il vous plaira, c'est pourtant ainsi.

ARLEQUIN. — Mais lorsque la nature a fait l'homme et la femme pour les unir, a-t-elle pensé aux trésors ?

ASPASIE. — Qu'elle ait pensé à ce qu'elle voudra, elle a fait les choses dont l'industrie des hommes a fait des trésors, et cette même industrie est en eux un présent de la nature ; ainsi, c'est obéir à ses lois que d'en chercher l'usage, puisque cet usage peut seul rendre notre vie heureuse.

ARLEQUIN. — Je crois que vous avez raison, cela me paraît clair.

ASPASIE. — Plus clair que le jour.

ARLEQUIN. — Comment ferai-je donc pour avoir des trésors ?

ASPASIE. — Si vous voulez me croire, je vous en donnerai le moyen.

ARLEQUIN. — Donnez-le moi vite, je vous en prie.

ASPASIE. — Volez Timon.

ARLEQUIN. — Fi donc, cela ne serait pas bien ; on dit que c'est mal fait de voler.

ASPASIE. — Pourquoi ?

ARLEQUIN. — Je n'en sais rien.

ASPASIE. — Qu'est-ce qui appartient aux animaux d'un pâturage ?

ARLEQUIN. — Ce qu'ils en peuvent manger.

ASPASIE. — A qui appartient ce qu'ils ne peuvent manger ?

ARLEQUIN. — A ceux qui en ont besoin.

ASPASIE. — Les trésors sont aux hommes ce que les pâturages sont aux animaux ; ainsi tout ce qui ne fait pas besoin à Timon, ne lui appartient point, et vous pouvez le prendre.

ARLEQUIN. — Je comprends cela, mais ce qui m'étonne, c'est que les ânes le savent et que les hommes semblent l'ignorer.

ASPASIE. — Qu'importe qu'ils l'ignorent ; si vous le connaissez, vous devez faire usage de vos lumières et prendre à Timon ce qu'il usurpe injustement sur vous et sur tous les autres.

ARLEQUIN. — Pardi, cela est clair comme le jour : je puis prendre de ses trésors ce qui m'est nécessaire, et lui laisser le reste.

ASPASIE. — Vous lui devez tout prendre.

ARLEQUIN. — Oh ! pour cela non. Je ferais mal si j'en prenais plus qu'il ne m'en faut, ou bien il n'a pas tort de les garder tous pour lui.

ASPASIE. — Que vous êtes simple ! ne voyez-vous pas que puisqu'il ne fait aucun usage de son bien, vous ne le privez de rien en lui prenant des choses qui lui sont inutiles ?

ARLEQUIN. — Ma foi vous avez raison, il n'y a qu'une chose qui m'embarrasse ; c'est qu'il a le plaisir d'en priver les autres, et si je les prends, je le priverai de ce plaisir.

ASPASIE. — Mais ce plaisir est injuste.

ARLEQUIN. — Tout cela est vrai, mais j'aime Timon, et malgré ses impertinences, je ne veux rien faire qui puisse le fâcher.

ASPASIE. — Si vous l'aimez autant que vous le dites, la plus grande marque que vous lui en puissiez donner, c'est de prendre tout ce qu'il a.

ARLEQUIN. — Si vous me le prouvez, je n'ai plus rien à dire.

ASPASIE. — Il est bien aisé de vous le prouver. C'est faire un bien aux hommes de leur ôter les choses dont il ne résulte que des soins pour eux, et de leur éviter les occasions de se déshonorer ; Timon se déshonore, en se refusant aux besoins des autres ; le peu d'usage qu'il fait de ses trésors pour lui-même, ne lui laisse dans leur possession que l'embarras de les conserver ; ainsi en ravissant ses richesses vous ne lui ôterez que des soins inutiles, et les moyens de se faire haïr et mépriser ; vous rendrez à ceux à qui il refuse des secours la part que la nature leur donne dans ses trésors, et comme les bonnes actions ont toujours leur récompense, vous serez aimé et estimé universellement, et si ma possession vous fait plaisir, vous l'aurez par ce moyen.

ARLEQUIN. — Je n'aurais jamais cru que ce fût une si bonne action de voler son maître. Oui, je conçois qu'en conscience je dois prendre les trésors de Timon, mais malgré cela je n'en veux rien faire.

ASPASIE. — Pourquoi ?

ARLEQUIN. — Parce que je sens quelque chose là-dedans qui me dit que cela n'est pas bien.

ASPASIE. — Vous croyez donc que ce que je vous dis n'est pas vrai ?

ARLEQUIN. — Je le crois fort vrai, mais malgré cela je crois que ce vrai est une injustice et une trahison.

ASPASIE. — La nature encore toute simple en lui le dirige sur les voies de la vérité, sans même qu'il la connaisse ; il faut l'abandonner à toutes les Passions pour le conduire où je veux pour son instruction et celle de Timon. Venez donc Passions, sous des formes humaines le séduire par tout ce que vous avez de plus flatteur.

ENTRÉE ET BALLET DES PASSIONS

UNE PASSION

A l'aspect de la Volupté,
  Fuyez, vertus sévères,
Un seul rayon de sa beauté
Détruit vos brillantes chimères,
Mortels, sous ses lois les Plaisirs
  Sur vos pas volent sans cesse :
Elle remplit tous vos désirs.
Qu'exige de plus la Sagesse ?

LA VOLUPTÉ

La Volupté sur les cœurs
  A l'empire suprême :
Votre raison n'est qu'un emblême
  Où sous diverses couleurs,
  Me jouant de vos erreurs,
  Je ne vous montre que moi-même.

L'AMBITION

Sous le dehors séduisant
        D'une vaine chimère,
L'ambition sait d'un corsaire
        Chez vous faire un conquérant,
        D'un masque de courtisan
Déguise une âme mercenaire.

UN IVROGNE

L'esprit sur Pégase monté
Va se plonger dans l'Hypocrène[9],
Et des eaux de cette fontaine
        Il fait sa félicité :
        Mais pour moi plus raisonnable,
Je ne la cherche qu'à la table,
Et j'y trouve la Volupté.

UN AVARE

Plutus seul de moi respecté
De ses trésors fait mon partage ;
Mais à m'en refuser l'usage
        Je mets ma félicité :
        En vain la raison en gronde,
Je me moque, lorsqu'elle fronde
L'erreur qui fait ma Volupté.

---

9. L'Hippocrène est la fontaine consacrée aux Muses. Située sur le mont Hélicon en Béotie, elle donnait, dit-on, l'inspiration poétique à quiconque s'y abreuvait. La légende raconte que cette fontaine Hippocrène surgit sous l'empreinte du sabot de Pégase.

ARLEQUIN

Venez, belle Divinité,
Mon cœur à vous suivre s'empresse ;
Venez par votre douce ivresse
Faire ma félicité :
Chez vous tout est adorable :
Je ne vois rien de condamnable
Sous les lois de la Volupté.

Les Passions, à la tête desquelles est la Volupté, s'emparent d'Arlequin, et dans un Ballet caractérisé elles l'entraînent par leurs mouvements : il cède à leurs impressions, et se jetant dans les bras de la Volupté, il part déterminé à faire tout ce que Mercure veut.

Fin du premier Acte.

ACTE II

Timon, Eucharis

TIMON. — Je cherche Eucharis ; la franchise avec laquelle elle m'a dit ce qu'elle pensait de moi m'a fait plaisir ; rien n'est plus ordinaire que l'adulation pour les personnes riches et de qui l'on croit avoir besoin, mais rien n'est plus rare que de voir des gens leur dire en face ce qu'ils pensent d'eux. La voici.

EUCHARIS. — Je suis charmée de vous rencontrer pour vous faire part d'une scène qui m'a diverti et que je crois digne de votre censure.

TIMON. — Je puis vous faire paroli[10] par d'autres qui m'ont épouvanté.

---

9. Le Littré nous apprend les sens multiples et croisés de ce terme de jeu italianisant (et néanmoins d'origine inconnue) :

1° Le double de ce qu'on a joué la première fois. Au figuré : donner, faire, rendre le paroli à quelqu'un, renchérir sur ce qu'il a dit ou fait.

2° Corne qu'on fait à la carte sur laquelle on joue le double.

3° Paroli de campagne, paroli qu'un joueur fait par friponnerie avant que la carte soit venue comme s'il avait déjà gagné.

Eucharis. — Tant mieux ! nous allons donc bien nous divertir ; car les sottises des hommes sont un revenu réel pour des esprits misanthropiques comme les nôtres, et de tels fonds sont plus précieux pour nous que de l'argent comptant.

Timon. — Je le croyais avant que de vous connaître, mais depuis que je vous ai vue, j'ai changé de sentiment ; je sens que le plaisir de vous aimer l'emporte sur tout.

Eucharis. — Est-ce Timon qui me parle ?

Timon. — Distinguez Timon auprès de vous de Timon avec le reste des Hommes : avec tous les autres, misanthrope ; avec vous, le plus tendre...

Eucharis. — Vous souvenez-vous de ce que vous m'avez dit tantôt ?

Timon. — Oui ; mais mon cœur veut me persuader que je vous faisais une injustice.

Eucharis. — Le croyez-vous ce cœur ?

Timon. — A vous parler franchement, je ne sais pas trop si je le dois croire, vous êtes d'une espèce à craindre et d'un sexe trompeur qui nous cache ordinairement sous les fleurs les plus cruelles épines ; je le sais, mais enfin je n'ai pu résister au pouvoir de vos charmes.

Eucharis. — Si je pouvais douter de votre folie, ce que vous venez de me dire achèverait de m'en persuader.

Timon. — Vous avez raison, et je m'étonne moi-même des écarts de mon esprit ; je sens qu'une vaine illusion me séduit : car enfin qu'est-ce que j'aime en vous ? Je me laisse éblouir par des voiles trompeurs dont la jeunesse des fleurs passagères couvre vos défauts ; le temps va bientôt emporter ces vains avantages, pour ne laisser à leur place que vos faiblesses sous les rides et sous les traits de laideur que la vieillesse leur ajoutera.

EUCHARIS. — Cette déclaration est tendre.

TIMON. — Elle est de Timon ; si ma franchise vous offense, elle est en même temps une preuve de la sincérité des sentiments que je vous marque.

EUCHARIS. — Je les crois aussi sincères que vous le dites, mais je vois clairement que vous cédez malgré vous à un sentiment qui vous fait violence ; la passion le produit et cette même passion satisfaite lui ferait bientôt succéder la haine et le mépris ; nous avons tous nos défauts ; j'ai les miens comme les autres ; et si je donne jamais mon cœur, ce ne sera qu'à celui que je croirai propre à me les pardonner.

TIMON. — La crainte que j'ai de vous en trouver me fait croire que je pourrai vous les pardonner.

EUCHARIS. — Que ce discours est obligeant ! Si vous me marquez si sensiblement que vous doutez vous-même de votre complaisance, puis-je y faire quelque fondement ?

TIMON. — Si vous y en pouvez faire, ce n'est que sur la franchise avec laquelle je vous fais voir jusqu'au fond de mon cœur.

EUCHARIS. — Pour vous rendre franchise sur franchise, je vous conseille de ne parler jamais de tendresse, vous m'embarrassez ; et je vous avoue que les injures que vous me disiez tantôt me paraissent des douceurs auprès de ce que vous venez de me dire. Adieu, vous ne pouvez me plaire que par vos traits de satire.

TIMON. — Arrêtez, Eucharis, si l'amour de la satire fait votre objet, pouvez-vous jamais lui trouver un plus beau champ que mes faiblesses ?

EUCHARIS. — Je crains qu'elles ne soient contagieuses. Adieu.

Scène II

Timon. — Eucharis ; elle fuit, mais pourquoi voudrais-je l'arrêter ? Quel est donc mon dessein ? Moi qui méprise toutes les femmes, irai-je lâchement mendier les bontés de celle qui n'a pour moi que du mépris ? Non, et je rends grâces aux Dieux d'avoir mis dans son cœur cet éloignement pour moi ; c'était le seul moyen de sauver ma raison du naufrage. Mais quoi, je sens des mouvements dont je ne suis plus le maître : qu'est-ce donc qui les produit ? Ah, malheureux Timon ! tu prends plaisir à te séduire toi-même ; et cet éloignement dont tu rends grâces aux Dieux, est le nœud fatal qui forme aujourd'hui ta chaîne. Mais voici Arlequin qui vient à propos pour faire diversion à ma faiblesse.

Scène III

Timon, Arlequin.

Arlequin. — Je viens de voler Timon et je le cherche avec empressement pour voir la figure qu'il fera : mais le voici.

Timon. — Viens, mon cher Arlequin, viens me délasser des hommes et de moi-même, tu es toute ma ressource.

Arlequin. — Je le sais bien ; je suis fait pour te délivrer de tout ce qui t'embarrasse.

Timon. — De tous les présents que les Dieux m'ont faits tu es le plus cher à mon cœur.

Arlequin. — Pardi, je le crois ; où trouverais-tu un ami qui fît pour toi ce que je fais, et qui par pure tendresse t'ôtât les moyens de te faire haïr et mépriser des hommes ?

TIMON. — Que veux-tu dire ?

ARLEQUIN. — A l'heure qu'il est que je suis riche et que tu es pauvre, je veux te faire voir que je vaux mieux que toi ; tiens, voilà de l'argent, va te divertir.

TIMON. — Que veut donc dire ceci : où as-tu pris cet argent ?

ARLEQUIN. — Où il était ; va, va toujours, et ne t'informe pas du reste.

TIMON. — N'aurais-tu point par hasard tiré quelques pièces de mes trésors ?

ARLEQUIN. — Je ne fais rien par hasard, mais par raison et par honneur, et lorsque j'ai la main sur quelque chose, j'emporte tout ; tu me prends donc pour un sot, un ignorant, un mauvais ami qui ne sait pas son devoir ?

TIMON. — Je n'entends rien à ton galimatias, explique-le moi.

ARLEQUIN. — Je ne suis pas surpris, si tu ne m'entends pas, as-tu jamais entendu raison ?

TIMON. — Mais encore, que veux-tu dire ?

ARLEQUIN. — Va chez toi, tu le sauras, tu y trouveras de la besogne bien faite ; va, va, va voir seulement.

TIMON. — Je commence à entrer en soupçon ; il me pressait ce matin de lui donner de l'argent ; quelqu'un abusant de sa simplicité pourrait bien l'avoir engagé à me voler ; il faut que j'aille m'en éclaircir.

SCÈNE IV

ARLEQUIN. — Il va être bien surpris lorsqu'il ne trouvera plus ses trésors. Ha, ha, ha ! que je vais rire de sa surprise, lorsqu'il verra que je suis riche, et qu'il n'a plus rien. Ha, ha, ha ! Mais voilà où l'on m'a dit qu'était la maison de Socrate, j'ai besoin de le consulter pour quelques emplettes que je veux faire ; car je veux jouir de tout ce que la fortune peut me procurer. *(Il frappe.)*

SCÈNE V

Arlequin, Socrate.

SOCRATE. — Qui est là ?

ARLEQUIN. — Moi.

SOCRATE. — Que souhaitez-vous ?

ARLEQUIN. — N'es-tu pas Socrate ?

SOCRATE. — Oui.

ARLEQUIN. — Dis-moi la vérité : ne m'a-t-on pas trompé lorsque l'on m'a dit que tu étais un habile homme ?

SOCRATE. — J'ai beaucoup travaillé pour le devenir, mais mon application et toutes mes études n'ont abouti qu'à m'apprendre que je ne sais rien.

ARLEQUIN. — Tu aurais aussi bien fait de n'apprendre pas cela.

SOCRATE. — Je serais plus content de moi-même, mais aussi je serais la dupe de mon amour-propre.

ARLEQUIN. — Y-a-t-il bien du plaisir à n'être point la dupe de son amour-propre ?

SOCRATE. — Pas trop, ce qui le blesse humilie l'homme.

ARLEQUIN. — Je te plains donc bien d'avoir tant étudié ; et je te conseille d'oublier, si tu le peux, ce que tu as appris.

SOCRATE. — Pourquoi ?

ARLEQUIN. — Parce qu'une science qui nous mortifie ne vaut pas l'ignorance qui nous rend contents.

SOCRATE. — Cet homme ici a de l'esprit.

ARLEQUIN. — A ce que je vois, ceux qui m'ont dit que tu me donnerais un bon conseil n'en savent pas tant que toi.

SOCRATE. — Par quelle raison ?

ARLEQUIN. — Parce qu'ils ne savent pas que tu ne sais rien.

SOCRATE. — Je voudrais en savoir assez pour mériter votre estime.

ARLEQUIN. — Il faudrait pour cela que tu fusses plus habile homme ; mais n'importe, vaille que vaille, je veux consulter ton ignorance puisque je ne puis consulter que cela chez toi.

SOCRATE. — Cet homme a quelque chose de singulier. Peut-on savoir, Monsieur, qui vous êtes ?

ARLEQUIN. — Arlequin, l'ami de Timon.

SOCRATE. — Quoi ! vous êtes cet Arlequin dont on parle dans toute la ville, et de qui l'on fait des contes incroyables ?

ARLEQUIN. — Le même ; mais quels contes fait-on ? Saurait-on déjà que j'ai volé Timon ?

SOCRATE. — On dit que vous étiez un âne autrefois, et que vous avez été métamorphosé en homme.

ARLEQUIN. — Cela est vrai.

SOCRATE. — La chose n'est pas croyable.

ARLEQUIN. — C'est pourtant bien vrai.

SOCRATE. — Je ne puis croire ce prodige, c'est un conte.

ARLEQUIN. — Tu le croiras si tu veux, il ne m'importe, donne-moi seulement le conseil que je demande. Voici en deux mots ce que c'est. Je suis riche, et l'on m'a dit que quiconque était riche était tout, qu'avec du bien on choisissait de la famille ou du héros dont on voulait descendre, que l'on avait pour de l'argent de l'esprit, des talents, des honneurs, des distinctions, de la gloire, et enfin tout ce que l'on peut désirer dans le monde ; je veux donc avoir de tout cela avant que de me coucher, quoi qu'il m'en coûte ; mais je ne sais où l'on les vend, ainsi je m'adresse à toi qui as de l'esprit, encore que tu ne saches rien pour avoir trop étudié.

SOCRATE. — Voilà assurément un courtage[11] digne de Socrate.

ARLEQUIN. — Ecoute ; je veux faire à forfait pour éviter les discussions : vois donc ce que tu me feras payer de tout cela, et premièrement, pour combien me livreras-tu un père demi-Dieu pour mettre à la place du mien, qui n'était qu'un âne.

SOCRATE. — Je ne m'attendais pas à avoir aujourd'hui la comédie, il en faut profiter. Quant au prix du père que vous me demandez, cela dépendra de celui que vous choisirez : lequel voulez-vous ? *(A part :)* Il faut que je me divertisse.

ARLEQUIN. — Je n'en sais rien ; choisis-m'en toi-même un en conscience.

SOCRATE. — Voulez-vous descendre de Thésée ?

ARLEQUIN. — Est-il bon celui-là ?

SOCRATE. — Sans doute, c'est le premier héros des Athéniens.

ARLEQUIN. — Eh bien prenons celui-là ; que m'en feras-tu payer ?

SOCRATE. — Il faut parler pour cela à quelque généalogiste.

ARLEQUIN. — Et comment ferons-nous avec ce généalogiste ?

---

11. Le mot désigne la profession ou l'activité de courtier, ainsi que la prime qui sert de rétribution au courtier.

SOCRATE. — Vous conviendrez ensemble, et ensuite il fera votre généalogie, dans laquelle il vous fera descendre de Thésée.

ARLEQUIN. — Et après cela je ne serai plus le fils de mon père ?

SOCRATE. — Vous serez toujours ce que vous êtes ; car le généalogiste ni les Dieux mêmes ne peuvent pas faire que vous ne soyez né de votre père, mais il y aura des hommes qui ne sachant pas votre origine, vous croiront ce que vous n'êtes point, et ceux qui la sauront se moqueront de vous, de vouloir passer pour ce que vous n'êtes pas.

ARLEQUIN. — Comment, mor-non de ma vie, un généalogiste tire donc de l'argent d'une naissance qu'il ne donne pas ?

SOCRATE. — Sans doute. Est-ce que vous avez cru qu'il vous donnerait réellement une illustre naissance ?

ARLEQUIN. — Assurément, sans quoi je n'aurais pas été assez sot pour l'acheter.

SOCRATE. — Il ne vous peut donner que de vains titres qui ne changent rien chez vous.

ARLEQUIN. — C'est donc un fripon, et ceux qui achètent de semblables naissances sont ses dupes.

SOCRATE. — Assurément.

ARLEQUIN. — J'allais faire une belle affaire ! Je ne veux plus de ces naissances, et j'aime mieux la mienne telle qu'elle est, que de la changer contre une chimérique, qui tromperait les uns et me ferait moquer des autres.

SOCRATE. — O Dieux ! un âne sent la vanité de ces choses, tandis que nous voyons tant de gens qui méprisant l'ordre de la nature, veulent être descendus des ancêtres qu'elle n'a pas jugé à propos de leur donner.

ARLEQUIN. — Laissons-là les naissances, je n'en veux plus.

SOCRATE. — Vous avez raison.

ARLEQUIN. — Vends-moi seulement de la gloire.

SOCRATE. — De quelle gloire voulez-vous ?

ARLEQUIN. — Pardi, tu me fais là une belle demande, je veux de la meilleure.

SOCRATE. — C'est qu'il y en a de deux sortes ; une qui naît de la vertu, et que l'on n'achète que par des sentiments de la justice et de belles actions ; l'autre qui naît de nos préjugés, et celle-là on peut l'avoir avec de l'argent.

ARLEQUIN. — Je n'ai que de l'argent, moi.

SOCRATE. — Il vous faut donc de cette dernière ; on l'acquiert par autant de moyens qu'il y a de différentes choses qui flattent la vanité ou les passions des hommes : Alcibiade, par exemple, s'est comblé de gloire pour avoir remporté le prix à la course des chevaux dans les Jeux Olympiques.

ARLEQUIN. — Il court donc mieux que les chevaux, cet Alcibiade ?

SOCRATE. — Ce n'est pas lui qui a couru.

ARLEQUIN. — Et qui donc ?

SOCRATE. — Ses chevaux ; ils ont mieux couru que ceux des autres, et c'est pour cela qu'il a été couronné.

ARLEQUIN. — Et qui sont les faquins qui donnent ces prix ?

SOCRATE. — Ce sont les plus estimés des Grecs.

ARLEQUIN. — Ce sont des impertinents, car autrement ils auraient donné le prix aux chevaux d'Alcibiade, puisque c'est eux qui l'ont gagné.

SOCRATE. — Il juge plus sainement que tous les Grecs ensemble.

ARLEQUIN. — Ce n'est là qu'une gloire de cheval, je n'en veux point, puisque je suis un homme, apprends-m'en une autre.

SOCRATE. — Vous pouvez aller à la guerre ; si vous couvrez les champs de corps morts, si vous saccagez bien des villes, si vous désolez les campagnes et détruisez par vos fureurs des nations entières, vous vous ferez un nom éternel, et l'on vous mettra au rang des plus grands héros.

ARLEQUIN. — Fi, au Diable ! c'est la gloire d'un enragé, et les loups mêmes n'en voudraient pas aux dépens des autres loups, car ils respectent leur espèce : je n'en veux point.

SOCRATE. — Ce sont pourtant là les plus grands objets de la gloire parmi nous.

ARLEQUIN. — Je n'en veux point, te dis-je.

SOCRATE. — Vous verrez qu'un âne ne trouvera rien que de méprisable dans tout ce qui flatte la vanité des hommes. Ecoutez, faites des comédies, il y a dans Athènes des gens qui se sont rendus célèbres par là.

ARLEQUIN. — Qu'est-ce que cela des comédies ?

SOCRATE. — Ce sont des ouvrages d'esprit, où l'on joue publiquement les hommes, et dans lesquels on les fait rire de leurs propres ridicules.

ARLEQUIN. — Cette gloire est bonne, j'en veux. Ne puis-je pas faire une comédie de Timon, je serais charmé de le faire rire de ses folies ?

SOCRATE. — Le sujet est des meilleurs.

ARLEQUIN. — Et ne puis-je pas aussi m'y mettre avec ma métamorphose ?

SOCRATE. — Pourquoi non, les hommes aveugles sur leurs propres défauts, inexorables pour ceux que des passions opposées aux leurs produisent chez les autres, ne sont que trop dignes de la censure d'un âne, et cette manière de les jouer pourrait faire un bon effet.

ARLEQUIN. — Comment faut-il faire pour réussir ?

SOCRATE. — Il faut plaire.

ARLEQUIN. — Et comment fait-on pour plaire ?

SOCRATE. — Il faut dire spirituellement des choses raisonnables et des vérités utiles pour la correction des mœurs ; faire rire les honnêtes gens par un comique sensé qui reçoive toutes ses grâces de la nature et de la vérité ; éviter surtout les pointes triviales, la fade plaisanterie, les jeux de mots et toutes les licences qui blessent les mœurs et révoltent l'honnête homme. Si vous faites ce que je dis là, vous plairez inévitablement aux gens d'esprit et de bon goût dont cette ville abonde.

ARLEQUIN. — Cette manière de plaire me plaît beaucoup, je n'ai donc que cela à faire pour plaire à tout le monde ?

SOCRATE. — Non pas à tout le monde, vous ne devez pas vous en flatter, quand vous auriez fait un chef-d'œuvre : car il y a dans le public des génies fâcheux que l'on nomme auteurs, c'est-à-dire, des gens qui font aussi des comédies qui ne trouvent rien de bon que ce qu'ils ont fait.

ARLEQUIN. — Mais si ma pièce est bonne, que pourront-ils dire ?

SOCRATE. — Pour vous en donner une idée, supposons que je sois un de ces auteurs.

ARLEQUIN. — Fort bien.

SOCRATE. — Je dirai d'abord que votre sujet est trop métaphysique pour le théâtre, qui veut du vraisemblable en toutes choses.

ARLEQUIN. — Qu'importe, pourvu que je ne dise que des choses vraies et raisonnables.

SOCRATE. — Si vous les dites avec esprit, je vous sifflerai.

ARLEQUIN. — Pourquoi ?

Socrate. — Parce que vous êtes un balourd et que vous n'en devez point avoir.

Arlequin. — Et qui t'a dit que je ne dois jamais avoir d'esprit ?

Socrate. — Je me le suis imaginé, et sur cette imagination je vous sifflerai.

Arlequin. — Si ce n'est que cela qui te fâche, il est bien facile de te contenter, je parlerai sans esprit.

Socrate. — C'est alors que j'aurai un beau champ contre vous, je vous sifflerai avec tout le public, qui sera justement indigné que vous osiez lui présenter des absurdités.

Arlequin. — Que le Diable t'emporte avec ta sotte critique ; parle, animal, il faut bien qu'une porte soit ouverte ou fermée, dis-moi sans tout ce galimatias, si tu veux que je parle avec esprit, ou sans esprit.

Socrate. — Parlez comme vous voudrez, je vous critiquerai de quelque manière que vous parliez, et non seulement de ce que vous direz, mais encore de ce que vous n'aurez pas dit.

Arlequin. — Quoi, tu me critiqueras de ce que je ne dirai pas ?

Socrate. — Sans doute, si votre critique n'est pas générale, si elle ne porte pas sur tout ce qui me déplaît ; je dis plus, si vous ne prévenez pas les idées que votre pièce me fera naître, et que je n'aurais jamais eues sans vous, si vous n'y répondez pas d'avance, je vous dirai que votre pièce est imparfaite et votre sujet manqué.

Arlequin. — Ote-toi d'ici.

Socrate. — Pourquoi ?

Arlequin. — Parce que tu m'ennuies.

Socrate. — J'en suis fâché, car je vous assure que vous ne m'avez pas ennuyé.

ARLEQUIN. — Va-t'en encore étudier pour ne rien apprendre.

SOCRATE. — Ha, ha ! voilà une conversation délicieuse.

ARLEQUIN. — Pardi, voilà une sotte bête ! quel diable de galimatias !

SCÈNE VI

Arlequin, Un Maître à chanter, Un Maître à danser,
Um Maître en fait d'armes.

LE MAÎTRE à chanter. — Vous avez raison, Monsieur, de ne vous amuser pas à ce philosophe, ces sortes de gens sont inutiles dans le monde, ce n'est pas de même de moi et de ces Messieurs.

ARLEQUIN. — Et qui es-tu, toi ?

LE MAÎTRE à chanter. — Je suis Maître à chanter ; c'est moi qui montre ce grand art qui attirait les arbres et les rochers sur les pas d'Orphée, et par lequel Amphion bâtit les murailles de Thèbes.

ARLEQUIN. — Et comment faisait cet Amphion ?

LE MAÎTRE à chanter. — Il chantait, et les pierres se plaçaient d'elles-mêmes où ses chansons les appelaient.

ARLEQUIN. — Cet art-là est beau ; je veux l'apprendre pour me bâtir un beau palais. Et toi, que montres-tu ?

LE MAÎTRE à danser. — A faire la cabriole.

ARLEQUIN. — Cet art-là est drôle, je veux aussi apprendre à faire la cabriole. Et toi, avec ton chapeau de travers, que montres-tu ?

LE MAÎTRE d'armes. — A tuer un homme de bonne grâce.

ARLEQUIN. — Cet art-là ne vaut pas le diable, et si je le savais je te donnerais de l'argent pour l'oublier.

LE MAÎTRE d'armes. — Je veux dire que je vous apprendrai à vous défendre contre ceux qui voudraient vous tuer.

ARLEQUIN. — Bon cela.

LE MAÎTRE d'armes. — Je donne le courage avec l'adresse, et je connais tels de mes écoliers qui sont la terreur de la ville, qui n'oseraient se battre, s'ils ne croyaient pas le pouvoir faire sans danger.

ARLEQUIN. — Je le crois ; car pour moi je ne voudrais jamais me battre si je savais d'être tué ; allons, apprenez-moi vite ce que vous savez.

LE MAÎTRE à chanter. — Qui voulez-vous qui commence ?

ARLEQUIN. — Tous les trois à la fois.

LE MAÎTRE à danser. — Cela n'est pas possible.

ARLEQUIN. — Je le veux, moi ; ce serait plaisant qu'un homme riche ne pût apprendre trois bagatelles comme vos arts à la fois ; allons vite, car je suis pressé, ayant encore plus de mille sciences à apprendre avant qu'il soit nuit, et pour ne perdre pas de temps, voilà de l'argent.

LE MAÎTRE à chanter. — Monsieur a raison, il vous faut d'abord apprendre la note.

LE MAÎTRE à danser. — Il faut vous camper.

LE MAÎTRE d'armes. — Il faut vous mettre en garde.

Le Maître d'armes et le Maître à danser campent Arlequin de manière qu'il semble qu'il va tout à la fois faire des armes et danser ; ce qui fait d'abord un jeu par la seule attitude, ensuite le Maître à chanter lui fait chanter la note, le Maître à danser fait la cabriole, le Maître d'armes pousse une botte, Arle-

quin chante, fait la cabriole et pousse la botte tout à
la fois ; les Maîtres répètent la même chose avec pré-
cipitation, Arlequin s'efforce pour les suivre, et il s'es-
souffle de manière qu'il se met hors d'haleine, en
sorte qu'il tombe épuisé par les efforts qu'il a faits.
Après ce lazzi, le Maître d'armes dit à Arlequin :

Allons, courage Monsieur, vous faites des merveilles.

ARLEQUIN, *se levant en fureur et les chargeant.* —
Pardi, voilà de grands coquins qui se sont donnés le
mot pour me faire crever, sous prétexte de me montrer
leur art ; au diable les sciences, je ne veux plus rien
apprendre. Allons trouver Aspasie.

SCÈNE VII

Aspasie, Arlequin, Troupe de flatteurs.

ASPASIE. — Pour faire jouir quelques moments Arlequin des vanités de la fortune, j'ai rassemblé une
troupe de Flatteurs, aux louanges desquels je vais le
livrer, pour l'en rebuter ensuite pour le reste de sa vie.

ARLEQUIN. — Ah ! bonjour, ma chère Aspasie.

ASPASIE. — Bonjour, mon cher ; je vous amène une
troupe de nouveaux amis que vous a fait la fortune, et
qui viennent vous marquer par leurs fêtes la part qu'ils
prennent à votre bonheur.

ARLEQUIN. — Voilà d'honnêtes gens ; faites-les
avancer.

ASPASIE. — Approchez, Messieurs, le Seigneur
Arlequin vous le permet, et moi je vais faire les honneurs de la fête.

ENTRÉE ET BALLET DES FLATTEURS.

UN FLATTEUR

Un astre favorable
Préside sur tes jours ;
Tu réunis en toi ce qu'ont de plus aimable
La gloire et les amours :
Quelle grâce !
Que d'audace !
N'es-tu point Cupidon caché sous des lauriers ?
Ou le Dieu des Guerriers ?
Cher Arlequin tu vois l'aurore
Du beau jour qui nous est promis ;
Et cette belle fleur qui ne fait que d'éclore,
Promet encore
De plus beaux fruits.

Arlequin. — Ah, le bon ami ! viens que je t'embrasse.

Aspasie. — Mais vous voyez bien qu'il vous flatte.

Arlequin. — Oui, il me flatte ; écoutez-la, elle m'aime, et cependant elle est jalouse du mérite que l'on me trouve : laissez-la dire, continuez, mes amis.

UN FLATTEUR

Tel blâme les Flatteurs,
Qui toute sa vie
N'a mis son génie
Qu'à flatter ses erreurs ;
Pour lui rempli de complaisance,
Il n'aime la vérité,
Qu'autant que le trait est porté
Sur un voisin qu'elle offense.

UN FLATTEUR

Craignez la vérité,
Qui sans complaisance
Dit ce qu'elle pense
Avec sincérité :
Cœurs enflés d'orgueil et de faste,
S'il n'était point de Flatteurs,
Pour aller cacher vos erreurs,
Est-il de désert assez vaste ?

ARLEQUIN

Morbleu, vive un Flatteur,
C'est un homme aimable,
Tendre, sociable,
Toujours plein de douceur ;
Un riche avec raison condamne
Ceux qui démasquent le cœur
Quand sous des ombres de grandeur
Il cache des oreilles d'âne.

Mercure dans le dessein d'instruire Arlequin par ses propres fautes, a rassemblé cette troupe de Flatteurs qui séduisent son âme par les louanges qu'ils lui donnent ; il ne croit pas qu'il y ait de meilleurs amis au monde, ni de gens plus aimables, il se livre à eux, et se mêlant dans leurs danses, il les suit.

Fin du second Acte.

ACTE III

Timon. — Me voilà aussi pauvre que je l'étais il y a vingt-quatre heures ; ce n'est plus ma bonté ni ma magnificence qui m'a réduit en cet état, c'est la trahison d'Arlequin ; à peine est-il revêtu de l'humanité, qu'il devient plus perfide et plus scélérat que tout le reste des hommes. Oh turpitude de la nature humaine ! les Dieux permettent que je te contemple dans tous les traits de ta laideur, afin que l'horreur que tu me causes me faisant fuir loin du commerce des hommes, j'aille défendre ma vertu de la contagion de leurs vices par le rempart d'une solitude éternelle. Les Dieux nous conduisent dans le port par des routes inconnues, et lorsque nos erreurs nous en écartent, leur bonté excite à-propos des tempêtes favorables qui nous y poussent, et nous y font rentrer par un heureux naufrage ; en me délivrant du soin de garder mes trésors, ils m'ont rendu pour toujours à moi-même ; je ne verrai plus le théâtre du monde, je ne serai plus dégoûté des scènes ridicules qu'on y joue, ni des sanglantes tragédies qu'on y voit, et je ne m'occuperai que du spectacle de l'Univers. Ces idées me font pardonner à Arlequin la trahison qu'il m'a faite ; je pour-

rais l'en faire punir, mais les trésors dont il s'est
chargé suffiront pour son châtiment. Le voici, il
m'aborde d'un air bien ouvert ; voudrait-il nier son
crime ? Voyons.

SCÈNE II

Timon et Arlequin.

ARLEQUIN. — On dirait à te voir que tu es fâché.

TIMON. — C'est donc ainsi, perfide, que non content
de m'avoir dépouillé de tous mes biens, tu oses encore
triompher de ton crime ?

ARLEQUIN. — Là, là, ne te fâche pas, je ne te laisse-
rai manquer de rien. Où vas-tu ?

TIMON. — Reprendre la vie dont tes malheureux
conseils m'avaient tiré.

ARLEQUIN. — Quoi, tu veux encore aller être malheureux ?

TIMON. — Oui, je vais me séparer pour toujours des
hommes, et surtout de toi que je déteste encore plus
que tous les autres.

ARLEQUIN. — Mais que t'ai-je fait ? Je t'ai pris tes
trésors qui ne te servaient à rien, et je les ai pris pour
en faire quelque chose, et comme quelque chose vaut
mieux que rien, j'ai bien fait de les prendre, et tu ne
m'en dois pas savoir mauvais gré.

TIMON. — Puis-je me voir jouer si indignement sans
me venger ? mais non, je suis la cause de son nouvel
état, j'ai donné occasion à tout ce qu'il me fait ; les
Dieux pour me punir lui ont donné la nature humaine
que je craignais en lui avec trop de raison.

ARLEQUIN. — Tu es un grand fou.

TIMON. — Et tu es un homme, c'est tout dire ; je

devais te fuir dès que je t'ai vu tel, mais il en est encore temps ; jouis de mes trésors si tu le peux, je te les abandonne, et je vais m'éloigner du monde pour toujours.

ARLEQUIN. — Quoi, tout de bon, tu veux t'en aller ?

TIMON. — Oui, ôte-toi d'ici, si tu ne veux sentir les effets de ma colère.

ARLEQUIN. — Ecoute, mon dessein n'a pas été de te rendre malheureux, au contraire je voulais t'obliger à jouir des biens qui t'étaient inutiles, mais puisque tu te fâches, je vais te les rendre, pourvu que tu m'en laisses prendre un peu pour moi.

TIMON. — Je te les donne tous et je n'en veux point.

ARLEQUIN. — Tu me fais pitié : arrête Timon, je t'en prie, je vais te rendre tout ce que je t'ai pris.

SCÈNE III

Un Flatteur, Timon, Arlequin.

LE FLATTEUR. — Ne vous en donnez pas la peine ; lisez cette lettre.

ARLEQUIN. — Ah ! mon ami, te voilà, viens que je t'embrasse.

LE FLATTEUR. — Modérez vos transports.

ARLEQUIN. — Voici le meilleur de mes amis, demande-lui un peu ce que je vaux, et tu verras si je ne mérite pas mieux la fortune que toi.

LE FLATTEUR. — Vous êtes le plus méprisable des hommes.

ARLEQUIN. — Et depuis quand ?

LE FLATTEUR. — Vous l'avez toujours été.

ARLEQUIN. — D'où vient donc que tu chantais il n'y a qu'une heure mes louanges ?

Le Flatteur. — C'était pour me moquer de vous ; est-ce que les louanges prouvent quelque chose ? Ce n'est qu'une manière de parler qui n'a d'objet que l'intérêt de ceux qui louent.

Arlequin. — Ceux qui louent sont des impertinents.

Le Flatteur. — L'impertinence n'est que du côté de ceux qui se laissent faire.

Arlequin. — Je n'entends rien à tout cela : de qui est cette lettre ?

Le Flatteur. — D'Aspasie.

Arlequin *à Timon.* — Ah, ah ! bon, lis-la, car je ne sais pas lire, moi.

Timon. — Qui est cette Aspasie ?

Arlequin. — C'est une jolie fille, à qui j'ai donné tes trésors à garder.

Timon. — Voyons. *(Il lit la lettre.)* « Comme les Dieux ne donnent rien inutilement aux hommes, Timon, en se refusant l'usage des trésors qu'ils lui avaient fait trouver, s'en est rendu indigne. »

Arlequin. — Tu vois bien que je n'ai pas tort de te les avoir pris.

Timon *continue de lire.* — « Vous les méritez encore moins, puisqu'oubliant vos devoirs pour un maître qui vous aimait, vous l'avez trahi honteusement, en lui volant des biens que les Dieux ne lui avaient pas donnés pour être la récompense d'un crime ; ainsi faisant justice à l'un et à l'autre, j'emporte avec moi vos trésors, et je vous en prive pour toujours tous les deux. »

Arlequin. — Comment, Aspasie me vole ?

Timon. — Tu le vois.

Le Flatteur. — Et elle a bien fait ; par quel endroit méritiez-vous votre fortune ?

Arlequin. — Quoi, scélérat, tu ne pensais donc pas ce que tu me disais tantôt ?

LE FLATTEUR. — Ha, ha, ha ! cette question prouve bien que vous n'êtes qu'un sot. Ha, ha, ha !

ARLEQUIN. — Par la mor-non de ma vie, il faut que je t'assomme.

LE FLATTEUR. — Je crains aussi peu ton courroux à présent que tu n'as rien, que je t'estimais lorsque je te louais ; le plaisir de t'annoncer ta ruine me paye assez de toutes les menteries que je t'ai dit en te louant. Ha, ha, ha ! *(Il s'en va.)*

TIMON. — Voilà une scène charmante, et je ne croyais pas que mes trésors dussent jamais me donner tant de plaisir.

ARLEQUIN. — Je suis un grand chien d'avoir cru ce coquin, et de m'être fié à cette carogne d'Aspasie.

TIMON. — Te voilà aussi misérable que moi ; tu éprouves la vérité de ce que je t'ai dit de la malice des hommes, pour n'avoir écouté que tes passions, et ne t'être pas contenté du nécessaire ; tu perds à la fois le nécessaire et le superflu que tu cherchais, et tu tombes dans la plus terrible des misères.

ARLEQUIN. — J'enrage ; si je tenais cette carogne d'Aspasie je la déchirerais à belles dents.

TIMON. — Les siennes s'occupent mieux au moyen des trésors qu'elle t'emporte.

ARLEQUIN. — Ne me dis pas cela, tu redoubles ma colère, je crois la voir manger à mes dépens, et cela me donne une faim canine.

TIMON. — Et le pis est qu'il ne te reste plus rien pour la rassasier.

ARLEQUIN. — Quoi, tu n'as rien chez toi ?

TIMON. — Ne m'as-tu pas tout enlevé ? je n'ai pas un morceau de pain ni un sol pour en acheter.

ARLEQUIN. — Et comment dois-je faire ?

TIMON. — Si tu veux retourner sur la montagne, nous y vivrons des racines que nous y trouverons.

ARLEQUIN. — Ne me parle pas de cette maudite montagne.

TIMON. — Tu n'as pourtant point d'autre ressource, et tu es encore bien heureux que je veuille t'y conduire ; tu ne le mérites guère, mais tu me fais pitié, et j'espère que tes fautes t'auront rendu plus sage, et produiront chez toi ce que je croyais faussement que la nature toute simple y devait produire.

ARLEQUIN. — C'est toi qui es la cause de tous mes malheurs ; si tu avais fait l'usage que tu devais faire de tes trésors, je n'aurais point été tenté de te les voler, et nous les aurions encore. Parle, insensé, pourras-tu jamais te justifier auprès de moi ?

TIMON. — En voilà bien d'une autre ! vous verrez que c'est moi qui serai le coupable.

ARLEQUIN. — Oui tu l'es.

TIMON. — Et t'ai-je conseillé de me voler ?

ARLEQUIN. — Oui tu me l'as conseillé, puisque ta conduite m'a déterminé à le faire ; n'est-ce pas la même chose que si tu me l'avais dit ?

TIMON. — C'est plutôt la corruption de ton cœur qui te l'a conseillé.

ARLEQUIN. — C'est la tienne et non pas la mienne, mes intentions étaient bonnes.

TIMON. — Je croirais ce que tu me dis, si tu profitais de ce vol, mais tu vois bien que les Dieux le condamnent, puisqu'ils te refusent les avantages que tu prétendais y trouver.

ARLEQUIN. — C'est que j'ai agi en âne ; si je m'étais souvenu que j'étais homme, je ne t'aurais pas volé pour faire du bien aux hommes par un moyen qu'ils condamnent, et je me serais défié d'une créature de ton espèce. Malheureux que je suis ! je suis la dupe de ma bonté et de ma bonne foi. Ha, ha, ha !

TIMON. — Je me sens attendrir malgré moi, et j'entrevois des vérités qui me gênent.

ARLEQUIN. — Malheureux que tu es, et pourquoi te séparais-tu du reste des hommes ? Est-ce que tu croyais de valoir mieux que les autres, parce que tu étais plus sauvage et plus barbare ?

TIMON. — Mais que voulais-tu faire de mes trésors ?

ARLEQUIN. — Je voulais faire tout le bien que je pouvais ; premièrement à toi, que j'aime plus que les autres, et après à tous les autres.

TIMON. — Mais tu vois bien que les hommes ne le méritent pas.

ARLEQUIN. — Et que me faisait cela ? Je méritais moi de faire de bonnes actions.

TIMON. — O ciel ! quel trait de lumière il porte à ma raison ! Mais comment as-tu connu ce que tu viens de me dire ?

ARLEQUIN. — Par moi-même ; j'ai trouvé que ton ressentiment contre les coquins qui t'avaient abandonné après avoir reçu du bien de toi, était juste, et j'approuve aujourd'hui ceux qui disent du mal de toi, parce qu'ils ont raison, puisque tu n'as pas soulagé leur misère, pouvant le faire. Dans ton premier malheur tu avais la consolation de savoir que tu valais mieux que tes ennemis ; aujourd'hui tu n'as pas de honte de sentir que tu vaux moins qu'eux ?

TIMON. — Justes Dieux ! que viens-je d'entendre ! Vous levez le voile fatal qui jusques ici m'avait caché la vérité ; mais en le levant, que de faiblesses vous me faites voir en moi ! je demeure immobile, ma misanthropie m'abandonne, je vois qu'elle n'était chez moi qu'une passion violente, et qu'un mode dangereux de mon amour-propre, je condamnais des vices et des ridicules que je ne croyais pas chez moi ; à peine je m'aperçois de mes erreurs, que je deviens plus faible et plus timide que le commun des hommes ; Dieux ! qu'est-ce que l'homme ? qu'est-ce que notre raison ?

ARLEQUIN. — Oseras-tu dire que je n'ai pas raison ?

TIMON. — Non, mon cher Arlequin, c'est moi qui ai tort, et je ne t'impute rien ; pardonne-moi mes erreurs, et reçois les marques de mon repentir et de ma tendresse dans cet embrassement.

ARLEQUIN. — Donne-moi à manger, cela vaudra mieux, car j'ai faim.

TIMON. — Hélas ! je n'ai plus rien, tu le sais bien, je m'en priverais pour te le donner, si j'en avais ; mais allons chercher les moyens de te soulager ; tout ce que je puis faire, c'est de t'aider autant qu'il me sera possible dans ton travail, et si je ne puis t'en affranchir absolument, te montrer au moins que je le voudrais faire.

ARLEQUIN. — Belle consolation ! ton repentir ne me guérit d'aucun des maux que tu m'as faits, mais malgré cela tu me fais pitié, et je te pardonne ; allons où tu voudras, je te suivrai fidèlement, et bien loin de vouloir que tu travailles pour moi, je te soulagerai autant que je le pourrai.

TIMON. — Que ce naturel tendre et sincère fait bien voir qu'il n'a péché par aucune corruption de cœur ! si quelque chose l'a séduit, c'est un mouvement de simplicité et de vérité qui s'est trouvé naturellement opposé à nos vices et à nos erreurs.

SCÈNE IV

Eucharis, Timon, Arlequin.

EUCHARIS. — Je viens vous marquer la part que je prends à votre malheur.

TIMON. — Est-ce encore par un sentiment d'ironie ? Eucharis, la partie n'est plus égale.

EUCHARIS. — Non, ce n'est qu'un sentiment d'amitié qui me conduit vers vous.

TIMON. — Ce changement me surprend.

EUCHARIS. — Vous avez tort de croire que je sois changée ; la même amitié qui m'engageait à vous dire vos vérités dans un temps où vous n'étiez à plaindre que par vos erreurs, me dicte aujourd'hui les témoignages de la part que je prends à votre infortune.

TIMON. — Ah ! charmante Eucharis, ces traits d'une amitié si souhaitée et si peu attendue me payent trop des pertes que j'ai faites ; quel bien pour moi pourrait égaler la satisfaction que je sens de voir que ma misère, qui n'est propre qu'à éloigner les hommes de moi, ne vous épouvante point.

ARLEQUIN. — Tu as tort, la misère doit bien plutôt te rapprocher des hommes, puisqu'elle te rend leurs secours nécessaires.

EUCHARIS. — Arlequin a raison.

TIMON. — Oui, Madame, il a raison ; ses discours viennent de m'apprendre des choses que l'expérience que j'avais faite de l'une et de l'autre fortune ne m'avait pas appris.

EUCHARIS. — Si vous connaissez vos erreurs, il ne me reste plus qu'à soulager les maux où elles vous ont plongé, et ce n'est que pour cela que je viens vous trouver, persuadée qu'on ne peut blesser les lois de la bienséance dans une action louable ; je vous offre donc avec ma main une fortune assez brillante pour réparer chez vous les outrages du sort.

ARLEQUIN. — Ma foi, voilà la reine des femmes, et il faudrait avoir le diable au corps pour être misanthrope avec elle ; que je vous embrasse ma chère amie, vous rassurez mon estomac alarmé de la diète où ma bonne foi et la sottise de Timon m'avaient condamné.

TIMON. — Que faites-vous, Eucharis ? je ne puis accepter vos offres.

ARLEQUIN. — Et pourquoi ne peux-tu pas les accepter ?

TIMON. — Parce que j'en suis indigne.

ARLEQUIN. — Je le crois, mais si tu es sage tu ne feras pas semblant de le savoir, puisque cela nous empêchera d'aller sur la montagne.

TIMON. — Je ne puis ni ne dois accepter vos bontés, la tendresse même que je sens pour vous me défend de vous charger d'un misérable qui ne l'est que par sa faute, et que les hommes, ni même les Dieux n'ont pu corriger. Adieu.

SCÈNE V

Mercure, Timon, Eucharis, Arlequin.

MERCURE. — Arrête, Timon, les Dieux sont satisfaits, puisque tu reconnais tes erreurs.

TIMON. — Mais je ne le suis point moi.

MERCURE. — Prends garde de ne tomber pas dans un excès plus criminel que tous les autres.

TIMON. — Pardonnez à ma faiblesse, je la sens trop vivement pour être capable de raison.

MERCURE. — Oublie tes erreurs, ou si tu t'en souviens, que ce ne soit que pour n'y plus retomber ; c'est tout ce que les Dieux exigent de toi, ils te rendent tes trésors, et ce n'est qu'à présent que tu te peux dire riche, puisque tu es assez sage pour faire un bon usage de tes richesses ; au surplus n'impute point à Arlequin le vol qu'il t'a fait ; c'est moi qui l'y ai engagé sous le nom et la forme d'Aspasie.

ARLEQUIN. — Quoi, c'est toi qui m'as joué ce tour ?

MERCURE. — Oui.

ARLEQUIN. — Et pourquoi me faisais-tu cette pièce ?

MERCURE. — Pour corriger Timon.

ARLEQUIN. — Eh ! mor-non de ma vie, tu es un drôle de Dieu de me faire un coquin pour le faire lui honnête homme.

MERCURE. — Je ne t'ai point fait coquin pour cela, puisque tu l'as fait sans malice, j'ai voulu t'instruire, et avec Timon tous ceux qui abusent des biens qui ne sont donnés aux hommes que pour lier la société et la rendre plus heureuse ; Timon, il ne te reste plus qu'à donner la main à Eucharis, elle est belle et sage, et les Dieux te la destinaient ; ils rendront heureux un hymen où elle ne s'est engagée que par leur conseil, puisque c'est moi qui, sous la forme d'Aspasie, lui ai appris les moyens de te plaire.

TIMON. — Puis-je jamais assez vous marquer ma reconnaissance ?

MERCURE. — Votre bonheur me suffit ; jouissez-en longtemps ; mais puisque vos erreurs sont dissipées, il est temps que les Vérités viennent prendre l'empire qu'elles doivent avoir sur vous : venez, aimables Vérités, vous emparer d'eux pour toujours.

Les Vérités viennent s'emparer de Timon et d'Arlequin, et reprendre leur empire sur eux.

ENTRÉE ET BALLET DES VÉRITÉS.

PREMIÈRE VÉRITÉ

Tremblez voyant les Vérités ;
　　　Leur aspect est terrible
　　　　A qui n'est sensible
　　　　Qu'à des vanités :
Tout cède à leur pouvoir suprême ;
　　　Le faste du diadème
N'en défend pas les plus grands Rois :
　　　Tout redoute leur voix ;
Heureux ! si vous l'aimiez de même.

DEUXIÈME VÉRITÉ

　　Je méprise les avantages
Des habits et des équipages,
Je juge d'un Grand par le cœur :
S'il n'est enflé que de fumée,
Je ris ne voyant qu'un pigmée
Dont les valets font la grandeur.

TROISIÈME VÉRITÉ

　　Je ris de voir un hypocrite
Qui d'un faux air de Démocrite
Censure ce qu'il fait souvent ;
Le voyant en secret s'ébattre,
Le Monde me semble un théâtre
Où chaque homme est un charlatan.

QUATRIÈME VÉRITÉ

Qui peut voir la fière Lucrèce
Recevoir un pauvre en tigresse,
Au riche faire les yeux doux ;
Connaissant l'objet de son âme,
Amants, je conçois que la femme
Ne vaut ma foi pas mieux que vous.

ARLEQUIN

Voilà de critique de reste ;
Allons-nous-en, car malepeste
Je sens le souper qui m'attend :
Vérité, qui voudrait tout dire,
Un jour ne pourrait y suffire,
Il faudrait chanter plus d'un an.

TIMON. — Allons, belle Eucharis, suivis des Vérités, remercier les Dieux de tant de faveurs, et nous jurer aux pieds de leurs autels une foi éternelle.

SCÈNE VI

ARLEQUIN. — Et moi, je vais étudier pour n'être plus la dupe des Dieux ni des hommes ; car je vois clairement que ce nouvel état traîne avec lui de grandes difficultés. Si j'avais été parmi des ânes je n'aurais pas été exposé à faire tant de sottises, parce que les leurs ne m'y auraient pas engagé : on ne voit point chez eux de gloire ni de bien chimérique ; on ne les voit point ramasser les herbes qu'ils ne peuvent manger pour en priver les autres ; ils ne connaissent point ces noms odieux de voleurs, d'ingrats, de tyrans, ni enfin tout ce catalogue d'iniquité que les passions ont introduit chez les hommes. C'est pourtant ce qu'il me faut étudier aujourd'hui, triste nécessité qui me fait regretter mon premier état ! Ces réflexions n'empêchent pourtant pas, Messieurs, que je ne sois sensible à vos applaudissements ; si vous me les refusez, je croirai n'être encore qu'un âne ; mais si vous m'en honorez, je croirai sérieusement que je suis devenu un homme.

Fin du troisième et dernier Acte.

LES CAPRICES DU CŒUR
ET DE L'ESPRIT

Comédie en trois actes et en prose
par Delisle

25 juin 1739

ACTEURS.

DORIMON, père d'Angélique *(le Sr Mario)*.
DORANTE, amant d'Isabelle *(le Sr Romagnesi)*.
VALÈRE, amant d'Angélique *(le Sr Riccoboni)*.
ANGÉLIQUE, destinée à Dorante *(la Delle Riccoboni)*.
ISABELLE, nièce de Dorimon, destinée à Valère *(la Delle Silvia)*.
LISETTE, suivante de Dorimon *(la Delle Thomassin)*.
FRONTIN, valet de Dorante *(le Sr Deshayes)*.

La scène est à la campagne, chez Dorimon.

Nous indiquons entre parenthèses la distribution lors de la création, qui est consignée dans le *Mercure de France* du mois de septembre 1739. Ajoutons que le spectacle était agrémenté d'une « Entrée » de deux Sabotiers et deux Sabotières, « qui a fait beaucoup de plaisir », et que ces gracieux pas de danses étaient exécutés par les deux demoiselles Thomassin et par les sieurs Deshayes et *Thomassin*. Le Thomassin en question est le fils du légendaire Arlequin, malade d'éthisie et du poumon, qui s'éteindra le 20 Août de l'année 1739.

ACTE PREMIER

Dorimon, Lisette

Dorimon. — Eh bien, Lisette, tu as vu Dorante, que j'ai choisi pour mon gendre, et Valère, que je destine à ma nièce ; qu'en dis-tu ?

Lisette. — Qu'ils sont très aimables l'un et l'autre, avec des grâces bien différentes. Monsieur Valère est vif et brillant ; mais Monsieur Dorante me plaît infiniment. On remarque en lui un homme sensé qui, à travers son sérieux, fait voir un air de douceur qui charme. Je crois qu'il sympathisera beaucoup avec Mademoiselle Angélique. Elle a de l'esprit, et je suis persuadée que le caractère de cet amour la rendra plus traitable, et lui fera perdre l'aversion qu'elle a toujours marqué pour le mariage.

Dorimon. — Je l'espère. Je lui ai pardonné jusqu'ici la crainte qu'elle a eue de perdre sa liberté. L'hymen a des chaînes bien pesantes lorsqu'il unit des caractères opposés ; je le sens comme elle. Le mariage est alors aussi triste qu'il est aimable lorsque les cœurs et les esprits se conviennent, et c'est à quoi les pères ne font pas assez d'attention *(sic)* dans l'établissement de leurs enfants ; ils n'envisagent ordinairement que l'avantage et la fortune, et ne comptent le reste pour rien. De là viennent presque tous les désordres que l'on voit aujourd'hui dans les familles. Pour moi, qu'une longue expérience du monde a instruit, je ne cherche uniquement que *(sic)* ce qui peut rendre ma fille heureuse. Pour y parvenir, j'ai étudié ses inclinations, et le caractère de son esprit, afin de lui choisir un époux qui, par goût et des dispositions conformes aux siennes, puisse faire naître, entre eux, cette heureuse sympathie qui fait l'union des cœurs. Elle, elle philosophe, et méprise presque tout ce que les femmes ordinaires estiment. L'étude qui fait ses plus doux amusements, a si fort nourri sa raison que c'est une espèce de prodige à son âge.

LISETTE. — Il est vrai que tout le monde en parle comme d'une fille unique dans son espèce.

DORIMON. — C'est par toutes ces considérations que j'ai jeté les yeux sur Dorante ; c'est un jeune homme généralement estimé, et qui a précisément les mêmes inclinations que ma fille. Philosophe comme elle, il fuit les vains amusements qui dissipent les hommes, et qui les écartent des objets solides, où la raison devrait uniquement les attacher. Il joint à cela une grande douceur d'esprit, et des mœurs aisées, savant sans ostentation, et sage sans austérité, enfin tel qu'une fille d'esprit et de bon goût peut le souhaiter.

LISETTE. — Vous ne pouviez pas mieux choisir. Mais permettez-moi de vous demander si vous croyez qu'Isabelle et Valère soient aussi bien assortis ?

DORIMON. — Tu vas voir si j'ai eu le coup d'œil juste. Ma nièce est aimable et sage, mais elle est jeune et vive : elle aime les plaisirs de son âge ; cela est naturel. Vouloir la gêner, à cet égard, ce serait une injustice, et il serait dangereux de l'unir avec un homme trop sévère, et qui ne se prêtât pas aux amusements qui la flattent. Valère a des mœurs, mais il aime, comme Isabelle, le monde et ses plaisirs. C'est ce rapport d'inclinations que j'ai envisagé comme le seul moyen de leur rendre aimables les nœuds où je vais les engager. Au surplus, je n'ai pas négligé les autres avantages que l'on doit concilier dans l'hymen ; et la fortune comme la naissance de ces cavaliers sont dignes de ma fille et de ma nièce.

LISETTE. — Votre jugement et votre équité se montrent dans tout ce que vous faites, et l'on est trop heureux d'avoir un père, un ami, et si j'ose le dire, Monsieur, un maître comme vous.

DORIMON. — Tu me dois ces sentiments ; car tu sais que je t'aime. C'est la confiance que j'ai pour ta fidélité et pour ton zèle, qui m'engagent à t'ouvrir mon cœur. J'ai pris toutes les précautions possibles pour trouver des sujets qui puissent plaire à ces demoiselles. Mais, malgré cela, si mon choix n'était pas de leur goût, je ne veux point les contraindre. Comme les peines et les plaisirs de l'engagement que je leur propose les regardent uniquement, il est juste de leur laisser, sur cela, une entière liberté, et à cet égard, ma nièce a les mêmes droits sur mon cœur que ma fille, et je ne prétends point la traiter autrement qu'Angélique.

LISETTE. — Je l'ai toujours dit ; Monsieur Dorimon est un homme admirable.

DORIMON. — Je te charge donc de sonder quelles seront leurs dispositions pour ces Messieurs et de m'en rendre un fidèle compte ; car je crains que leur respect pour moi, ou leur timidité, ne les forcent à se faire violence. J'en serais fâché ; et la précaution que je prends m'est nécessaire pour n'avoir rien à me reprocher.

LISETTE. —J'exécuterai exactement vos ordres, Monsieur, et vous aurez lieu d'être content de ma sincérité.

DORIMON. — Voici ma fille et ma nièce ; je veux leur parler en particulier, et les préparer à recevoir les époux que je leur destine. Retire-toi.

SCÈNE II

Dorimon, Angélique, Isabelle

DORIMON. — Approchez, mes filles, j'ai à vous parler d'une affaire très sérieuse.

ISABELLE. — Ah ! mon cher oncle, je crains les affaires si sérieuses.

DORIMON. — Le sérieux de celle-ci n'aura rien, à ce que je crois, qui puisse vous déplaire, et je crains beaucoup plus votre cousine que vous.

ISABELLE. — Ma cousine est pourtant plus sérieuse que moi.

DORIMON. — C'est à cause de cela même. Mais enfin, ma fille m'aime, et je suis persuadée que sa tendresse pour moi la rendra docile aux vues que j'ai pour vous et pour elle. Vous savez, Angélique, ce que je vous ai dit hier, et ce que vous m'avez promis, ainsi vous devez déjà m'entendre. J'avance dans ma carrière, et je ne puis mourir tranquille si je ne vous vois pas établie auparavant. Je sais que le mariage est un engagement bien délicat ; et les jeunes personnes, quelque sensées qu'elles puissent être, ont besoin de conseil dans une affaire de cette importance.

ISABELLE. — Quoi ? C'est de mariage que vous voulez nous parler ? Mais cela n'est pas si sérieux.

DORIMON. — Plus que vous ne le croyez. Demandez à Angélique ce qu'elle en pense.

ANGÉLIQUE. — Vous avez bien raison, mon père ; je ne vois rien de si sérieux dans la vie ; je n'y puis penser sans frayeur, et je vous avoue que la plus grande grâce que vous me puissiez faire ce serait de me laisser jouir de ma liberté.

DORIMON. — Une fille comme vous n'est pas faite pour en jouir toute sa vie. D'ailleurs ce n'est pas la perdre que de s'unir à un galant homme dont les mœurs et l'esprit vous conviennent, et qui fera toute votre félicité ; c'est au contraire ne la gêner que pour en mieux jouir.

ANGÉLIQUE. — Cela souffre bien des difficultés.

DORIMON. — Je le sais, et je les ai toutes prévues en père tendre. Quoi qu'il en soit, vous allez voir les époux que je vous destine. Je crois qu'ils doivent vous convenir ; si cela n'était pas, je ne veux point vous contraindre : ne consultez que votre cœur, mais consultez-le sagement ; car la chose vous regarde.

ISABELLE. — Oh ! Pour moi, je vais examiner le mien, et s'il ne me plaît pas, je vous le dirai naturellement.

DORIMON. — C'est tout ce que je vous demande. Valère, dont vous avez entendu parler, est cet amant ; il est aimable, jeune, et vif comme vous, enfin d'un caractère à vous prévenir sur tous les plaisirs qui peuvent raisonnablement convenir à votre âge.

ISABELLE. — S'il ressemble à ce portrait, je pourrai bien l'aimer ; car, à vous parler franchement, je ne m'accommoderais point du tout d'un mari qui voudrait faire le Docteur avec moi.

DORIMON. — J'ai prévu tout cela. Quant à vous, ma fille, je vous prie d'éloigner de votre esprit l'aversion que vous aviez pour le mariage, afin qu'elle n'en impose point à votre raison. Dorante, sur qui j'ai jeté les yeux, et dont vous connaissez la réputation, est un jeune homme d'un vrai mérite, qui joint à toutes les grâces et à l'esprit une figure aimable, et des mœurs dignes de vous.

ANGÉLIQUE. — Vous exigez un grand sacrifice de moi, mon père. Mais enfin, vous l'exigez avec des conditions si raisonnables que je manquerais à tous mes devoirs, si je me refusais à vos desseins. Je m'y livre avec d'autant plus de confiance que vous me promettez de laisser agir mon cœur librement.

DORIMON. — Oui, je vous le promets. Je ne vous dis plus rien, ma fille. Quant à Isabelle, je la prie de vous faire sa confidente, et de suivre vos conseils.

ISABELLE. — Ah ! Mon cher oncle, ce sera bien vous, s'il vous plaît, qui serez mon confident, et je vous dirai tout ce que je penserai, de la meilleure foi du monde.

DORIMON. — J'aime ta vivacité, elle est charmante ; viens que je t'embrasse. Adieu, mes filles ; je vais joindre ces Messieurs, et je vous les amène dans un moment. Songez à les bien recevoir.

SCÈNE III

Angélique, Isabelle

ISABELLE. — Ainsi, ma chère cousine, nous allons être mariées ? A vous parler franchement, je n'en suis pas fâchée.

ANGÉLIQUE. — C'est parce que tu es un peu folle, ma pauvre fille. Si tu connaissais[1] le danger du pas que tu vas faire, tu tremblerais.

---

1. Nous corrigeons le texte du manuscrit qui porte : « si tu connais ».

Isabelle. — Tenez, ma cousine, vous avez toujours eu de l'aversion pour le mariage, et cela m'est suspect.

Angélique. — Ecoute, ma chère Isabelle, je ne hais point le mariage ; en soi, il est sagement établi : la nature et la raison, de concert, l'ont introduit dans le monde. Mais je frémis lorsque je pense qu'il nous lie, par des nœuds indissolubles, à un homme dont on ne connaît souvent ni l'esprit ni le caractère.

Isabelle. — Bon ! Belle bagatelle ! Il n'y a qu'à le bien connaître auparavant ; cela est bien facile.

Angélique. — Ah ! Que dis-tu là ? Rien n'est plus difficile au monde que de connaître les hommes. Ils se déguisent lorsqu'ils sont amants, et l'amour métamorphose souvent leurs plus grands défauts en des qualités aimables. Mais, à peine sont-ils époux qu'ils quittent le masque : les grâces qu'ils affectaient s'éclipsent. Ils se dédommagent enfin en se montrant tels qu'ils sont, de toutes les peines qu'ils ont prises à paraître ce qu'ils n'étaient pas.

Isabelle. — Eh ! N'avons-nous pas les mêmes prérogatives ? Je suis sans expérience ; mais je crois que les femmes ne doivent rien aux hommes du côté de la dissimulation. S'ils nous trompent, en nous cachant ce qu'ils sont, nous les abusons souvent, m'a-t-on dit, en leur paraissant être ce que nous ne sommes point ; tout cela ne revient-il au même ? Pour moi, je prétends si bien m'observer avec Valère, qu'il sera bien fin s'il me connaît. Et s'il s'avise de me tromper, tant pis pour lui.

Angélique. — C'est justement le contraire de tout ce que je veux faire. Je prétends me montrer à Dorante telle que je suis, afin qu'il ne s'engage pas avec moi, s'il sent, dans son cœur, des dispositions qui puissent nous rendre incompatibles. On le dit sage et philosophe ; s'il est tel, ma franchise et son propre intérêt l'obligeront à prendre son parti en galant homme. Je te conseille d'en faire autant ; car il vaut mieux rompre un mariage que d'en contracter un mal assorti.

ISABELLE. — Oui, mais, à force d'en rompre, on pourrait bien n'en point faire du tout.

ANGÉLIQUE. — Ce n'est peut-être pas ce qui pourrait nous arriver de plus malheureux. Quoiqu'il en soit, il faut voir ces Messieurs avant que de rien décider. Lorsque nous les aurons examinés, nous verrons le parti que nous aurons à prendre. Mais on vient. Je vois deux cavaliers, avec mon père. Apparemment ce sont eux.

ISABELLE. — Oui ; car je sens que le cœur me bat.

SCÈNE IV

Dorimon, Dorante, Valère, Angélique, Isabelle

DORIMON. — Voilà Monsieur Dorante, et Monsieur Valère dont je vous ai parlé, et que je vous présente : je souhaite que vous puissiez un jour me remercier de la connaissance que je vous fais faire ensemble.

DORANTE. — L'avantage que vous me procurez, Monsieur, me cause actuellement trop de plaisir pour remettre à l'avenir les grâces que je dois vous rendre.

ISABELLE. — Vous l'aimerez, ma cousine ; car il a de l'esprit.

VALÈRE. — Si Dorante obéit si promptement aux impressions que ces demoiselles font sur lui, jugez, Monsieur, de la vivacité de ma reconnaissance pour un bien auquel mon cœur est si sensible.

ANGÉLIQUE. — Il est aimable, et je suis persuadée qu'il sera de ton goût.

DORIMON. — Je serais charmé que ces sentiments puissent se soutenir ; je vous y exhorte. Adieu, Messieurs, je vous prie de permettre que je vous quitte pour un moment. J'ai quelques ordres à donner, et je vous laisse.

SCÈNE V

Angélique, Isabelle, Dorante, Valère

ANGÉLIQUE. — Que l'on apporte des sièges. Comme vous venez de Paris, Messieurs, vous pouvez nous en dire des nouvelles ; s'y divertit-on bien ?

DORANTE. — En général, on y entend beaucoup de bruit : on y voit des petits maîtres qui fatiguent, des coquettes qui dégoûtent, de beaux esprits qui manquent de sens commun, des critiques sans jugement, des personnes de mérite qui sont dans l'oubli, des gens sans talent qui brillent. Enfin beaucoup de choses désagréables, et peu qui fassent plaisir. Voilà à peu près, Mesdemoiselles, ce que c'est que Paris.

ISABELLE, *bas*. — Ah ! Ma cousine, il est aussi philosophe que l'on dit.

ANGÉLIQUE, *bas*. — Et philosophe chagrin, à ce que je crois. Il paraît, Monsieur, que vous regardez les hommes d'un œil assez caustique.

DORANTE. — Je leur rends justice ; et sans être caustique, on peut être choqué, avec raison, de la plupart des choses que l'on voit dans le monde.

ANGÉLIQUE. — Je crois Monsieur beaucoup moins sévère.

VALÈRE. — Moi, Mesdemoiselles, je ne le suis point du tout. Je crois que toutes les irrégularités que je vois sont nécessaires. Le sot fait valoir l'homme d'esprit ;

la coquette, la femme raisonnable. Morbleu si tout était uniforme, et réglé par la même sagesse, j'aimerais autant vivre dans un désert que dans Paris.

ISABELLE, *bas*. — Ah ! Ma cousine, quel étourdi ! C'est un libertin que cet homme-là.

ANGÉLIQUE, *bas*. — Il a l'esprit badin, et je le trouve très sensé. Il me paraît, Messieurs, que vous jouissez du monde dans des goûts bien différents.

VALÈRE. — Oh ! Très différents. Dorante se fâche de tout ce qui le choque, et moi je ris de tout ce qui le fâche.

ISABELLE, *bas*. — Il est fou.

ANGÉLIQUE, *bas*. — Je trouve tout le contraire. Il ne faut pas vous demander si vous avez des goûts bien opposés dans la société des dames ; elles ont leurs défauts comme les hommes, et je crains, pour elles, le coup d'œil de Monsieur Dorante.

DORANTE. — Mon coup d'œil n'a rien de fort redoutable pour elles. Je vous avouerai cependant, de bonne foi, que le respect que j'ai pour le beau sexe me ferait souhaiter de voir toujours dans les femmes un caractère digne des grâces dont elles sont douées ; et cela-même m'irrite contre celles qui dégradent, par leur conduite, tout ce que la nature leur avait donné pour plaire.

ISABELLE. — Les femmes raisonnables vous sont bien obligées, Monsieur, de penser si avantageusement de notre sexe ; elles doivent vous pardonner votre chagrin contre celles qui lui font tort, et même vous en savoir bon gré.

ANGÉLIQUE. — Cela est vrai. Mais enfin, comme les hommes ont la première part dans les choses que l'on reproche aux femmes, ils devraient avoir plus d'indulgence pour elles ; et c'est une injustice à eux de se montrer inexorables pour des erreurs qu'ils occasionnent presque toujours.

DORANTE. — Vous avez raison, Mesdemoiselles. Les trois quarts des choses que l'on reproche aux femmes viennent de l'abus que les hommes font d'un commerce tendre, précieux dans la société, et que leur propre intérêt devrait leur rendre assez respectable pour ne le pas déshonorer.

ISABELLE. — Il est bien honnête homme.

VALÈRE. — Pour moi, je suis plus indulgent, et pour les dames, et pour les hommes ; je pardonne de tout mon cœur aux uns et aux autres les petites faiblesses dont on peut faire usage dans la vie.

ISABELLE. — Bon ! Monsieur n'y prend pas garde de si près ; qu'en dites-vous, ma cousine ?

ANGÉLIQUE. — Que Monsieur a l'esprit sociable. Avouez, Monsieur, que la réflexion vous empêche souvent de jouir.

DORANTE. — Il est vrai, Mademoiselle. Elle me rend souvent insipides les plaisirs dont la plupart des hommes s'occupent.

VALÈRE. — Mais tu es donc fou, mon ami ! Pour moi, je suis plus fin, et je serais bien fâché que la réflexion prévînt mes plaisirs, et m'empêchât de les goûter.

DORANTE. — Cela serait bon, si l'on ne réfléchissait jamais, mais malheureusement le dégoût, qui suit certains plaisirs, ramène la réflexion, malgré nous.

ISABELLE. — Cela est bien sage.

SCÈNE VI

Dorimon, Angélique, Isabelle, Dorante, Valère

DORIMON. — Je viens vous rejoindre avec empressement.

Isabelle. — Ah ! Mon cher oncle, vous avez bien perdu de n'être pas ici. Monsieur Dorante vient de débiter les choses du monde les plus nobles et les plus sensées.

Dorante. — Vous me faites trop d'honneur, Mademoiselle.

Dorimon. — Je connais son esprit et son caractère, et je sais qu'il n'en peut sortir rien que de bon et de profitable. Je suis charmé, ma nièce, que vous ayez assez de jugement et de goût pour les connaître et pour les estimer.

Valère. — Il est vrai que Mademoiselle a un goût décidé pour la critique et les mœurs sévères ; c'est un prodige.

Dorimon. — Vous me surprenez agréablement. La bonne critique est un effet du jugement et les mœurs sévères sont celui de la vertu. Je suis enchanté de lui voir ces dispositions, et plus encore, Monsieur, de les apprendre de votre bouche.

Angélique. — Valère a raison, et je vous avoue, mon père, que ma cousine m'a surprise. Dorante vient de nous faire avec beaucoup d'esprit la satire des hommes et des femmes. Isabelle n'a cessé de l'applaudir. J'ai voulu contredire, pour animer la conversation ; Monsieur s'est mis de mon parti, et en soutenant un système tout opposé à celui de Dorante, il nous a dit les plus jolies choses du monde.

Dorimon. — Cela est plaisant, chacune vante l'amant de sa cousine, et n'ose par pudeur faire l'éloge du sien. Et que dis-tu de ton futur ?

Angélique. — Mon père...

Dorimon. — M'y voilà. Que penses-tu de Valère ?

Isabelle. — Mon oncle...

Dorimon. — Fort bien ; je sais ce que cela veut dire.

DORANTE. — Je n'ai point été surpris, Monsieur, de trouver dans Angélique beaucoup d'esprit et de mérite ; j'étais prévenu sur l'un et sur l'autre ; mais je vous avoue ingénument que je l'ai été un peu de trouver dans sa cousine, que l'on m'avait dit être très vive et très enjouée, le sérieux et la solidité d'esprit qu'elle vient de faire paraître.

VALÈRE. — Et moi, Monsieur, je l'ai été de toutes les deux ; et mon étonnement n'a pas été moins grand de trouver dans Mademoiselle un esprit philosophe, que d'en découvrir un tendre, sociable, et compatissant aux faiblesses humaines chez Mademoiselle votre fille ; car à vous parler franchement je la croyais sévère, et inexorable sur les défauts des hommes.

DORIMON. — Ma fille est raisonnable, et j'ai toujours été très content de sa manière de penser.

ANGÉLIQUE. — J'ai toujours cru que la sagesse devait être douce et liante, et je ne puis goûter ces philosophes caustiques qui, toujours en colère et déchaînés contre les ridicules d'autrui, n'ont de complaisance que pour leurs propres défauts.

VALÈRE, *à Dorimon*. — Ah ! Monsieur, que d'esprit et de justesse !

DORIMON. — Il est vrai qu'elle en a beaucoup. Comment trouvez-vous sa cousine ?

VALÈRE. — Très aimable assurément.

DORIMON. — N'est-il pas vrai ?

ISABELLE. — Oh ! pour moi, ma chère cousine, je ne suis pas si bonne, je n'aime point les gens qui pardonnent si facilement les folies des autres ; j'ai toujours peur que ce ne soit par goût, et qu'ils n'aient encore plus de complaisance pour les leurs.

DORANTE, *à Dorimon*. — Peut-on penser à son âge avec tant de solidité ?

DORIMON. — Je vous avoue qu'elle m'étonne. Vous ne me parlez point de ma fille ?

DORANTE. — Je n'ai jamais rien vu de plus estimable.

DORIMON. — C'est la plus belle qualité d'une épouse : vous avez toutes deux raison, il faut être sévère pour soi-même, et compatissant pour les faiblesses d'autrui, mais il ne faut pas aussi leur être trop indulgent. Il y a un juste milieu à garder, et vous saurez toujours l'observer. Puisque vous êtes si judicieuses, je suis très satisfait de l'une et de l'autre, et je joins avec plaisir mes applaudissements à ceux de ces Messieurs.

Scène VII

Lisette, Dorimon, Angélique, Isabelle, Dorante, Valère

LISETTE. — Monsieur, vous êtes servi.

DORIMON. — Allons, Messieurs.

LISETTE. — Vous savez, Monsieur, combien la curiosité est naturelle et pardonnable aux filles. Satisfaites la mienne : ces amants prennent-ils du goût les uns pour les autres ?

DORIMON. — C'est une chose admirable que de voir la conformité de leurs sentiments ; le sort justifie mon choix. On ne vit jamais d'esprits si sympathiques, ni d'amants mieux assortis. Au surplus je te dirai que ma nièce m'a surpris. Comment, c'est une philosophe depuis qu'elle a un amant ! Les approches du mariage lui inspirent une sagesse... Je n'aurais jamais cru qu'il crût *(sic)*[2] une fille si raisonnable.

---

2. Une erreur de copie ici, assurément. Delisle reproduit à l'identique dans sa proposition conjonctive le participe passé de la principale ; pour le sens de la phrase, on peut avantageusement remplacer ce « crût » litigieux par « fît » ou « rendît ».

LISETTE. — C'est selon, Monsieur. Voilà les effets qu'il produit sur une personne vertueuse ; mais il achève souvent sur d'autres ce qu'un mauvais naturel a commencé.

DORIMON. — Comment, tu moralises aussi ? Cela est charmant. Adieu. Songe bien à ce que je t'ai dit tantôt.

LISETTE. — Mes observations vous deviennent inutiles, puisque nos amants s'accordent si bien.

DORIMON. — N'importe, il faut voir comme cela se soutiendra dans la suite.

LISETTE. — Il a raison, une première entrevue est souvent trompeuse.

SCÈNE VIII

Frontin, Lisette

FRONTIN. — Comment ! Il n'y a personne ici pour m'introduire.

LISETTE. — Que souhaitez-vous, Monsieur ? Il me semble que vous entrez bien familièrement.

FRONTIN. — Peste ! L'intéressante physionomie ! Avant de vous répondre, apprenez-moi de grâce à qui j'ai l'honneur de parler. Je sais que cette maison renferme deux merveilles d'une différente espèce ; que Mademoiselle Angélique est une beauté majestueuse qu'un esprit sublime fait regarder avec autant de respect que d'amour ; je sais encore qu'Isabelle sa cousine est aussi aimable qu'elle, mais d'un enjouement si vif et si attrayant qu'elle inspire autant de désirs que d'admiration : à laquelle des deux ai-je l'avantage de m'adresser ?

LISETTE. — Ni à l'une, ni à l'autre.

FRONTIN. — Parbleu, j'aurais plutôt cru les voir en vous toutes deux ensemble.

LISETTE. — Cela est bien galant, mais trop flatteur, et pour faire cesser un éloge que je ne mérite point, je vous dirai, Monsieur, que je ne suis que Lisette leur suivante.

FRONTIN. — Et vous prétendez par là faire cesser l'éloge ? Je le redouble au contraire, puisque l'aveu de votre condition anime mon espérance. Va, ma chère Lisette, tu ne perdras rien au respect que Frontin commence à perdre pour toi.

LISETTE. — Comment donc ? Quel est ce Frontin qui commence par des galanteries, et qui finit par des impertinences ?

FRONTIN. — C'est un garçon qui sait les usages.

LISETTE. — Il doit donc s'attendre à être traité comme il le mérite. Abrège, abrège ta visite, si tu ne veux être reconduit dans toutes les formes.

FRONTIN. — De la résistance ! Bon, cela m'achève : il ne me manquait plus que de t'estimer pour t'aimer à la folie.

LISETTE. — Je ne veux ni de ton estime, ni de ton amour. Voyez cet animal avec son estime.

FRONTIN. — Craignez de la perdre, en la méprisant, Lisette.

LISETTE. — Allons, allons, Monsieur Frontin, délogez au plus vite. Que cherchez-vous ici ?

FRONTIN. — Un maître, et j'y trouve une maîtresse.

LISETTE. — Quoi ! Vous appartenez à un de ces Messieurs qui sont arrivés ?

FRONTIN. — Dorante me retient à son service.

LISETTE. — Ah ! Je n'ai plus rien à dire.

FRONTIN. — Cela change bien la chose, n'est-ce pas ?

LISETTE. — Oui, d'une façon, mais non pas de l'autre. Vous pouvez rester et vous taire.

FRONTIN. — Je promets de t'obéir, quand tu ne me paraîtras plus jolie.

LISETTE. — Ce n'est pas me renvoyer bien loin.

FRONTIN. — Aux calendes grecques, morbleu. A-t-on jamais vu rien de plus appétissant, de plus attrayant, de plus...

LISETTE. — Dis-moi, combien fais-tu de ces déclarations-là par jour ?

FRONTIN. — Voilà la première.

LISETTE. — Je le crois ; mais c'est faute d'occasion.

FRONTIN. — Non, je te parle très sérieusement. Tu as triomphé de ma liberté : toutes les soubrettes de Paris avaient en vain conjuré contre elle ; une suivante de campagne l'a subjuguée ; cela me passe.

LISETTE. — Les grands hommes sont souvent arrêtés par les plus petites choses. Y-a-t-il longtemps que tu es à Monsieur Dorante ?

FRONTIN. — Il y a plus de douze ans.

LISETTE. — C'est beaucoup. Et cela fait honneur au maître et au valet.

FRONTIN. — Oui, Dorante est un maître unique, et moi un valet admirable.

LISETTE. — Tu ne t'épargnes pas les louanges, à ce que je vois.

FRONTIN. — Je me suis toujours rendu justice.

LISETTE. — Le moyen de se la refuser quand on s'admire ? Dis-moi, ton maître est-il galant ?

FRONTIN. — Oui et non. Il est galant, parce qu'il ne dit jamais que des choses gracieuses aux dames, mais il ne va pas plus loin, et je ne l'ai encore vu amoureux d'aucune.

LISETTE. — Et pourquoi cela ?

FRONTIN. — Parce que nous sommes très difficiles à prendre un engagement, nous autres philosophes.

LISETTE. — Il y paraît.

FRONTIN. — Il faut, pour nous plaire, un mérite solide, de l'esprit et des sentiments délicats, des grâces naturelles, des visages et des cœurs sans fard et sans masque, ce qui est bien difficile à trouver aujourd'hui.

LISETTE. — Oui, aussi difficile à trouver qu'à s'en rendre digne. Et Valère est-il aussi difficile que vous ?

FRONTIN. — Oh, pour celui-là, c'est un coquet de profession. Si tu le voyais aux promenades, aux assemblées et surtout à la comédie, il te ferait mourir de rire. A peine paraît-il sur le théâtre que toutes les dames ont les yeux fixés sur lui. Il les lorgne toutes les unes après les autres. A l'une il fait une révérence convulsive, et baisse si fort la tête, et si brusquement, que l'on dirait qu'il va faire le saut périlleux. Il n'en salue une autre qu'à demi, l'autre aux trois quarts ; celle-ci n'a qu'une inclination de tête, celle-là un coup d'œil tendre, une autre un signe d'intelligence. Enfin chacune a sa part proportionnément à ses charmes ou à sa parure.

LISETTE. — Ha ! ha ! ha ! Je voudrais bien le voir en cet endroit-là.

FRONTIN. — Il t'y donnerait bien du plaisir, et surtout dans les coulisses ; car c'est là qu'il brille.

LISETTE. — C'est donc une chose bien amusante que la comédie !

FRONTIN. — Mais c'est selon, ma chère ; il y en a de bien ennuyeuses quelquefois, et surtout les nouvelles.

LISETTE. — Cela étant, on n'en devrait point faire.

FRONTIN. — Il y en a pourtant une manufacture à Paris ; il faut des nouveautés au public.

LISETTE. — Je serais assez de son goût : la diversité vous offre du moins la liberté du choix ; et dans le grand nombre, ne s'en trouve-t-il pas quelques unes de bonnes ?

FRONTIN. — Il y en a de toutes les façons, selon le génie des auteurs. On en voit où il y a beaucoup d'esprit sans jugement, d'autres où il y a du jugement sans esprit, et plusieurs où il n'y a ni l'un ni l'autre.

LISETTE. — Ces dernières-là ne doivent pas être estimées.

FRONTIN. — Pardonnez-moi, beaucoup, par ceux qui les ont faites.

LISETTE. — Tu m'amuses par ton badinage, et tu me fais insensiblement oublier que j'ai des affaires. Adieu.

FRONTIN. — J'aurai l'honneur de vous accompagner.

LISETTE. — Cela ne sera pas.

FRONTIN. — Oh, cela sera, s'il vous plaît.

LISETTE. — Je vous en prie.

FRONTIN. — Cela est inutile.

LISETTE. — Ah ! Quel homme ! Il n'est pas possible de lui résister.

FRONTIN. — Tu serais la première.

ACTE II

Angélique, Lisette

ANGÉLIQUE. — Oui, Lisette, plus j'examine Dorante, et moins je le goûte, je ne veux absolument point de lui.

LISETTE. — Mais pourquoi cela ? Dorante est aimable, et son esprit...

ANGÉLIQUE. — Son esprit est justement ce qui me le rend redoutable.

LISETTE. — J'avais cru, au contraire, qu'il devrait vous engager à l'aimer.

ANGÉLIQUE. — Ecoute, Lisette, tu sais que j'ai toujours redouté la servitude où l'hymen vous engage ; et je t'avoue que le caractère de Dorante redouble ma crainte. Il me paraît entier dans ses sentiments, et trop prévenu de ses lumières ; c'est un philosophe caustique, à qui rien ne plaît. Ces sortes d'esprits veulent dominer les autres, et surtout celui d'une femme. Plus leur jugement est décisif, et plus leur joug est pesant, surtout pour un caractère comme le mien ; car enfin, je me rends justice, et j'ai précisément les mêmes défauts que ceux que je reproche à Dorante. Cette grande conformité, dans notre façon de penser, rendrait nécessairement notre commerce dangereux.

LISETTE. — Vous me surprenez. J'avais cru, qu'ayant les mêmes inclinations, et les mêmes lumières, que *(sic)* ces rapports auraient dû vous lier, et former entre vous une heureuse sympathie ; c'était la pensée de Monsieur votre père.

ANGÉLIQUE. — Mon père s'est trompé, comme tu le vois ; deux esprits fiers et libres, également indépendants, et qui veulent également primer, ne peuvent s'accorder longtemps ensemble ; et l'antipathie naît nécessairement entre eux, du trop grand rapport de leurs caractères. Il faut à Dorante une femme docile, et à moi un époux qui soit moins prévenu en sa faveur, et qui ait plus de flexibilité d'esprit.

LISETTE. — C'est-à-dire que vous voulez être la maîtresse ?

ANGÉLIQUE. — Je ne veux pas du moins qu'un homme soit mon maître.

LISETTE. — Ainsi Monsieur Dorante n'a qu'à plier bagage ?

ANGÉLIQUE. — Oui. Il est inutile qu'il songe davantage à moi ; et c'est pour en instruire mon père que j'ai voulu te parler. Va le trouver, et dis-lui mes dispositions, tu seras plus libre que moi ; car je t'avoue que ses bontés me gênent. Il estime Dorante, et il sera mortifié du parti que je prends. Cette idée m'inquiète, et me fait craindre une explication avec lui.

LISETTE. — Vous avez bien raison, Mademoiselle. Je ne crois pas qu'il y ait jamais eu un père ni aussi tendre, ni aussi raisonnable. Il craint si fort de vous faire violence que, pour prévenir celle où votre respect pour lui pourrait vous engager, il m'a chargée de savoir adroitement de vous quels sont vos sentiments, afin de s'y conformer. Ces attentions (de)³ sa part mériteraient bien que vous fissiez un effort pour lui plaire.

ANGÉLIQUE. — Elles redoublent ma reconnaissance, mais elles ne peuvent pas changer les dispositions de mon cœur. Je suis charmée qu'il ait prévenu le dessein que j'avais de lui faire dire, par toi, l'éloignement que je sens pour Dorante. Va l'en instruire, et n'y perds pas un moment ; car la présence de cet amant me fatigue, et je veux absolument me délivrer de cette contrainte.

LISETTE. — Je m'en charge à regret ; mais enfin, je dois exécuter vos ordres et les siens.

ANGÉLIQUE. — Je vois Valère : je veux l'entretenir pour sonder ses sentiments sur le compte d'Isabelle. Retire-toi, et songe à ce que je t'ai dit.

SCÈNE II

Valère, Angélique

VALÈRE. — Parbleu, il faut avouer que mon cœur est aussi libertin que mon esprit. Je viens ici pour chercher Isabelle que mon père me destine ; elle est jeune, aimable et enjouée ; on croirait qu'elle doit me convenir ; cependant elle ne me convient point du tout.

ANGÉLIQUE. — Il paraît bien occupé.

VALÈRE. — Ce qu'il y a de plus singulier dans tout ceci, c'est qu'Angélique, que l'on destine à mon ami, m'a séduit par le premier coup d'œil. Sa personne, les grâces de son esprit, tout m'enchante chez elle, et je ne me suis jamais trouvé si disposé à devenir amoureux.

---

3. Mot manquant.

ANGÉLIQUE. — Voilà bien des réflexions. Ceci devient sérieux et je le crois amoureux tout de bon. Vous voilà bien rêveur Monsieur.

VALÈRE. — Oh ! Pour le coup, me voilà pris : quel embarras ! Ma foi, je m'en vais lui dire tout ce que je pense ; ce n'est plus ma faute, c'est la sienne. Pourquoi me vient-elle chercher ! Mademoiselle il faut vous avouer... que je ne me croyais pas si près de vous.

ANGÉLIQUE. — Je vous examinais, et la profonde rêverie où je vous ai vu plongé m'en faisait chercher la cause. Songiez-vous à quelque beauté de Paris ?

VALÈRE. — Non, en vérité, Mademoiselle. Et mon esprit est tout entier ici.

ANGÉLIQUE. — Mais voilà qui est charmant, et ma cousine doit vous en savoir bon gré, car je m'imagine que c'est elle qui vous occupe dans ces lieux : je vous en félicite ; c'est une marque de votre bon goût.

VALÈRE. — Elle est adorable, et je n'ai rien vu, après vous, qui soit aussi digne d'être aimé ; mais cela même cause mon chagrin, et faisait ici l'objet de ma rêverie.

ANGÉLIQUE. — Vous me surprenez ! Isabelle vous a-t-elle marqué de la froideur ? Lui voyez-vous de l'éloignement pour vous ?

VALÈRE. — Je n'ai point sondé ses sentiments ; mais je n'ai lieu que de me louer de sa politesse.

ANGÉLIQUE. — Qu'est-ce donc qui peut vous chagriner ?

VALÈRE. — Les dispositions de mon cœur.

ANGÉLIQUE. — Est-ce qu'il était déjà engagé ailleurs ?

VALÈRE. — Non, et je n'ai eu, jusqu'à présent, aucun engagement sérieux.

ANGÉLIQUE. — Mais si cela est, je ne vois pas les raisons de votre inquiétude.

VALÈRE. — C'est pourtant vous qui la causez.

ANGÉLIQUE. — Moi ?

VALÈRE. — Oui, je n'ai pu me défendre du pouvoir de vos charmes, ils ont triomphé de mon cœur, et je n'en suis plus le maître.

ANGÉLIQUE. — Voilà assurément une déclaration dans toutes les formes. Apparemment que vous n'y pensez pas, et je le pardonne à votre distraction.

VALÈRE. — Je ne fus jamais moins distrait.

ANGÉLIQUE. — Mais vous perdez donc la raison ?

VALÈRE. — Non vraiment. Ce n'est au contraire que ma raison qui m'apprend que vous êtes la seule personne du monde qui eût pu me convenir, si le ciel m'avait regardé d'un œil assez favorable pour me destiner à vous.

ANGÉLIQUE. — Je suis toute déconcertée. Mais voyez ce petit étourdi ! En vérité Valère, vous n'êtes pas raisonnable. Songez-vous bien à ce que vous dites ?

VALÈRE. — J'y songe très sérieusement.

ANGÉLIQUE. — Mais que prétendez-vous que je puisse penser de vos discours ?

VALÈRE. — Beaucoup plus qu'ils n'expriment. Que je vous aime avec transport, et que je vous aime sans espérance. Voilà de quoi j'ai voulu vous instruire, afin que connaissant les dispositions de mon cœur, vous ne m'imputiez point mes irrégularités envers votre charmante cousine. Elle est trop aimable pour n'avoir pas un époux qui l'aime autant qu'elle mérite d'être aimée, et dont la tendresse et les talents puissent cultiver cette aimable fleur, et en retirer tous les fruits que ses heureuses dispositions promettent ; je ne suis pas assez sage pour cela.

ANGÉLIQUE. — Et vous croyez-vous plus raisonnable quand vous pensez à moi ? Me connaissez-vous bien ?

VALÈRE. — Oui, je sais que la plus exacte raison vous dirige toujours.

ANGÉLIQUE. — Ecoutez, Valère, si vous me connaissez, vous devez savoir que ce n'est que par ses sentiments et sa sagesse qu'un amant peut me plaire.

VALÈRE. — J'en suis persuadé, et c'est à cause de cela même que je voudrais être à vous. Je sais que j'aurais besoin d'une tendre amie qui m'apprît à aimer en elle la raison et la sagesse. L'amour seul peut produire ce miracle, mais il ne le peut que par le moyen de l'aimable et de la sage Angélique.

ANGÉLIQUE, *à part*. — Serais-je assez folle pour me persuader qu'il a raison ? Je ne sais, mais mon cœur s'émeut, et je crois que je serais assez peu raisonnable pour l'aimer autant que je crains Dorante.

VALÈRE. — Vous ne répondez point. Je vois bien, Mademoiselle, que mon discours vous irrite.

ANGÉLIQUE. — Il me fait pitié. Croyez-moi, Monsieur. Vous vous éblouissez d'une vaine chimère. Isabelle est beaucoup plus propre que moi à faire en vous le changement que vous souhaitez.

VALÈRE. — Je connais tout ce qu'elle a d'aimable, mais je ne suis plus le maître de lui donner mon cœur ; vous en avez triomphé : il est à vous ; votre empire sur lui s'augmente à mesure que je vous parle, et je sens que je ne me possède plus.

ANGÉLIQUE. — En vérité, vous extravaguez. Rappelez votre raison. *(A part.)* Je ne sais plus où j'en suis.

VALÈRE. — Ne vous offensez point, je vous prie, des sentiments que j'ose vous montrer. Je sais ce que je dois à mon ami, et je mourrais plutôt que de songer à lui arracher un bien qui doit faire sa félicité.

ANGÉLIQUE. — Ne songez, Valère, qu'à l'injustice que vous faites à Isabelle ; c'est pour elle seule que vous devez avoir de la délicatesse, et Dorante n'y doit point avoir de part : il ne peut rien perdre par votre concurrence.

VALÈRE. — Je le crois, Mademoiselle. Lorsque l'on a le mérite de Dorante, on ne craint point de concurrent, surtout auprès d'une personne aussi éclairée que vous l'êtes. Je n'ai de mérite que celui de connaître tout ce que vous avez d'aimable, et de me rendre assez de justice pour savoir que je ne puis disputer votre cœur à un rival qui en est si digne.

ANGÉLIQUE. — Ce n'est point là ce que j'ai voulu vous dire. Dorante a mille belles qualités, je les connais, et je lui rends toute la justice qui lui est due ; mais c'est où il doit borner toutes ses espérances ; il n'a et n'aura jamais d'autres droits sur mon cœur. Ainsi vous voyez que vous faites pour lui une dépense fort inutile de délicatesse. Placez-la mieux, croyez-moi, et conservez-la toute entière pour ma cousine.

VALÈRE. — Cependant Dorante doit être votre époux.

ANGÉLIQUE. — Je puis vous assurer qu'il ne le sera jamais, le ciel y a mis un obstacle invincible.

VALÈRE. — Ah ! Que me dites-vous ?

ANGÉLIQUE. — Ce que je pense. Vous m'allez, sans doute, répondre que j'ai tort de vous blâmer, puisque je ne suis pas plus raisonnable que vous.

VALÈRE. — Non, Mademoiselle. La nouvelle est trop charmante pour moi. Je plains Dorante, mais enfin, s'il ne peut prétendre au bonheur de vous posséder, je puis m'attacher à vous, sans trahir notre amitié ! Cette idée me cause des transports que je ne puis retenir. Ah ! Charmante Angélique, souffrez que je vous dévoue tous les instants de ma vie, et que je tâche de mériter un tendre retour de vous, pour l'amour le plus sincère qui fut jamais.

ANGÉLIQUE. — Que faites-vous ? Valère, levez-vous. O ciel ! Qu'est-ce donc que tout ceci ? Mon cœur se trouble, et je sens qu'il s'attendrit, malgré moi.

VALÈRE. — Au nom de l'amour le plus tendre, permettez-moi d'espérer.

ANGÉLIQUE. — Ce serait trahir Isabelle ; je l'aime trop pour lui ravir un amant que je trouve aussi aimable et aussi digne d'elle. Mais je vois Dorante, et sa présence m'embarrasse. Donnez-moi la main, je veux vous faire revenir de votre erreur, et vous rendre à ma cousine.

SCÈNE III

Dorante, Frontin

DORANTE, *seul*. — Angélique me fuit, je n'en saurais douter : car assurément elle m'a aperçu ; cela me prouve que je ne me suis pas trompé, lorsque je lui ai cru de l'éloignement pour moi. Ma foi, j'en suis bien aise ; elle me tire par là d'un fort grand embarras. C'est assurément une fille d'esprit, on n'en saurait disconvenir, mais elle le sait trop, et je crois qu'elle apprécie son mérite beaucoup au-dessus de sa juste valeur. Une femme est naturellement impérieuse ; mais son orgueil est sans borne, lorsqu'elle se croit des talents supérieurs à son sexe. Je rends grâces au ciel d'avoir mis dans le cœur d'Angélique le même éloignement pour moi que celui que je ressens pour elle. J'en veux profiter pour rompre un engagement si contraire à mon inclination. Frontin ?

FRONTIN. — Monsieur ?

DORANTE. — Va seller mes chevaux ; je veux partir.

FRONTIN. — Sans doute c'est pour aller chercher un

notaire ? Ma foi, vous avez bien raison d'avoir de l'empressement pour la possession de Mademoiselle Angélique ; morbleu, c'est un bijou.

DORANTE. — Qui n'est pas destiné pour moi. Allons, va faire ce que je te dis.

FRONTIN. — Qui n'est pas destiné pour vous ! Qui peut donc vous la disputer ? Monsieur votre père et le sien sont d'accord, et vous êtes faits l'un pour l'autre, tant il y a de rapport dans vos caractères, et dans vos manières de penser. D'ailleurs, je n'ai vu personne ici qui doive vous causer de l'ombrage.

DORANTE. — Tais-toi ; tu ne sais ce que tu dis.

FRONTIN. — La jalousie, dit-on, est l'effet des grandes passions ; et si vous êtes jaloux, il faut que vous soyez bien amoureux.

DORANTE. — Moi, jaloux !

FRONTIN. — Assurément puisque vous êtes assez piqué pour vouloir partir. Croyez-moi, Monsieur, chassez ces idées de votre esprit. Mademoiselle Angélique est trop bien née pour avoir une inclination contraire à la volonté de Monsieur son père. Je vous réponds de son cœur, et avec le respect que je vous dois, souffrez que je vous dise que vous avez tort de prendre cet écart avec elle.

DORANTE. — La peste de l'animal ! Que veux-tu dire avec ta jalousie ? Je ne suis point amoureux, ni en état de le devenir, et c'est pour cela même que je veux partir.

FRONTIN. — Quoi, vous n'aimez pas Mademoiselle Angélique ?

DORANTE. — Non, et qui plus est, c'est que je ne l'aimerai jamais.

FRONTIN. — Mais, Monsieur...

DORANTE. — Ah ! Que de raison !

FRONTIN. — Ma foi, quand vous devriez vous en fâcher je ne puis m'empêcher de vous dire mon sentiment, et cela par attachement pour vous : personne au monde ne peut mieux vous convenir que cette demoiselle. Elle est aimable, philosophe comme vous, elle a de l'esprit comme un ange, et plus de science qu'un Docteur.

DORANTE. — C'est pour cela même que je n'en veux point ; je n'aime pas les femmes savantes.

FRONTIN. — Vous me surprenez ! Et comment vous les faut-il donc ?

DORANTE. — D'aucune façon.

FRONTIN. — Mais que voulez-vous que pensent de vous Mademoiselle Angélique et son père ?

DORANTE. — Tout ce qu'il leur plaira.

FRONTIN. — Et qu'en dira Monsieur votre père, lorsqu'il apprendra que vous rompez sans sujet un engagement qu'il avait formé avec tant de raison ?

DORANTE. — Ecoutez, Monsieur le raisonneur, je n'ai pas besoin d'un précepteur tel que vous. Allez faire ce que je vous ordonne, et ne vous informez pas du reste.

FRONTIN. — J'ai mes raisons de m'en informer.

DORANTE. — Et quelles raisons ?

FRONTIN. — C'est que je suis amoureux, et que le travers que vous prenez dérange tous mes projets.

DORANTE. — C'est bien dommage.

FRONTIN. — Assurément.

DORANTE. — Et de qui es-tu donc amoureux ?

FRONTIN. — De Lisette, la suivante de Mademoiselle Angélique ; je lui ai donné dans l'œil, et je me suis aperçu que j'avais fait beaucoup de progrès dans son cœur, mais il me faudrait cultiver ces heureuses dispositions, sans quoi je ne tiens plus rien ; car vous savez que qui quitte la partie la perd.

DORANTE. — Effectivement tu feras là une grande perte.

FRONTIN. — La plus grande que je puisse faire, croyez-moi, mon cher maître ; imitez mon exemple, il est bon à suivre, et puisque je suis amoureux, un autre peut bien le devenir.

DORANTE. — Je n'en doute pas, un exemple aussi respectable doit être d'un grand poids dans le monde.

FRONTIN. — Il est raisonnable, du moins, et vaut bien...

DORANTE. — Monsieur Frontin, vous commencez à m'ennuyer avec vos sots raisonnements. Allez vite exécuter ce que je vous commande, et ne me répondez pas davantage.

FRONTIN. — Monsieur...

DORANTE. — Ecoute, si tu me le fais dire encore une fois...

FRONTIN. — J'y vais. Ouf ! Quel coup d'œil ! Mon maître rentre dans son caractère, et à ce que je vois, Mademoiselle Angélique n'a qu'à chercher un autre époux. Si du moins je pouvais voir Lisette, et lui dire adieu.

DORANTE. — Surtout que personne ne sache mon départ, m'entends-tu ?

FRONTIN. — M'y voilà. Il ne néglige pas une circonstance pour me désespérer. J'enrage de bon cœur, adieu donc, ma chère Lisette, j'ai bien la mine de t'avoir vue pour la dernière fois.

SCÈNE IV

Dorante, Isabelle

DORANTE, *seul*. — Me voilà plus tranquille. Il n'est rien de tel que de savoir prendre son parti. Mais j'aperçois Isabelle, sachons en quel état sont les affaires de mon ami. Eh ! Par quel hasard, Mademoiselle, vous vois-je seule en ces lieux ?

ISABELLE. — J'y viens rêver à des choses qui me chagrinent.

DORANTE. — Vous me surprenez. Qu'est-ce donc qui peut vous chagriner ?

ISABELLE. — Quelque chose de très sérieux que je vais vous dire sans façon ; car je suis naturelle, et je vous estime assez pour me fier à vous.

DORANTE. — Rien ne peut être plus flatteur pour moi. Je suis trop pénétré de la grâce que vous me faites pour ne pas répondre à votre confiance comme je le dois.

ISABELLE. — Je vais donc vous ouvrir mon cœur.

DORANTE. — Vous le pouvez, et je ne ferai assurément qu'un bon usage du secret que vous voulez bien me confier.

ISABELLE. — J'en suis très persuadée, et je m'en fie absolument à votre probité. Vous savez que mon oncle veut me donner à Monsieur Valère ?

DORANTE. — Oui, Mademoiselle, et c'est en quoi je trouve mon ami bienheureux ; car enfin, je n'imagine point de plus grand bonheur que celui d'être aimé d'une personne comme vous.

ISABELLE. — Si Monsieur Valère pensait de même, il serait bien à plaindre.

DORANTE. — Et pourquoi donc ?

ISABELLE. — Parce que je ne l'aime pas.

DORANTE. — Valère est pourtant aimable.

ISABELLE. — J'en conviens. Mais ce qui pourrait, peut-être, le rendre aimable aux yeux d'une autre m'étonne et me le fait craindre. Il est trop jeune et trop dissipé pour moi.

DORANTE. — Tout ce que vous me dites augmente ma surprise. Une jeunesse égale et une vivacité charmante et réciproque devraient, au contraire, vous réunir.

ISABELLE. — Je ne cherche point ce qui devrait être, mais ce qui est. Vous êtes un homme sage, et l'estime sincère que j'ai pour vous m'engage à vous dire naturellement tout ce que je pense.

DORANTE. — Vous me faites trop d'honneur.

ISABELLE. — Ma cousine m'a toujours dit que le mariage était bien à craindre, et je l'en crois, car elle a autant de raison que d'esprit.

DORANTE. — Elle donne une grande preuve de l'un et de l'autre dans la crainte sensée qu'elle a de former des nœuds si redoutables.

ISABELLE. — Or si elle, qui vous est destinée, est inquiète sur un hymen qui doit l'unir à l'homme du monde le plus sage, et du meilleur caractère, que ne dois-je pas craindre, moi, à qui l'on veut donner un jeune homme qui n'a de goût que pour les plaisirs et la dissipation ? Cela me fait trembler.

DORANTE. — Le temps mûrira tout cela, et vos charmes fixeront son cœur et son esprit.

ISABELLE. — Oh ! Je ne m'y fie pas. Tenez, Monsieur, j'ai dans la tête que la jeunesse de Valère sera rude à passer.

DORANTE. — Non, Mademoiselle. Vos sentiments la rendront aimable et docile.

ISABELLE. — Je n'en crois rien. D'ailleurs j'ai aussi ma jeunesse à passer, moi. Que sais-je ? On dit que le monde est dangereux pour une jeune personne à qui les démarches les plus innocentes font quelquefois un tort irréparable ; tout cela m'épouvante.

DORANTE. — Vous avez bien raison. Rien n'est si à craindre que le monde, et l'on ne peut prendre trop de précautions pour y éviter les pièges que l'on y tend continuellement à la jeunesse, et à l'innocence.

ISABELLE. — Cela même me fait penser que j'ai besoin d'un époux sensé qui puisse me servir de père, et qui soit assez sage pour diriger ma conduite ; car j'aime mes devoirs, et l'envie de me réjouir ne m'y fera jamais manquer ; mais je crains de faire quelque étourderie. Valère ne me paraît pas propre à m'en avertir ; car, à vous parler franchement je le crois encore plus jeune et plus étourdi que moi. Nous aurions besoin, l'un et l'autre, d'un précepteur. Ainsi vous voyez bien que nous ne nous convenons point du tout. Je vous dis toutes ces choses sans précaution, comme vous voyez, mais je crois que je n'en ai pas besoin avec vous, et les engagements que vous avez avec ma cousine font que je vous regarde déjà comme un second père.

DORANTE. — Ah ! Charmante Isabelle ! Est-il possible qu'à votre âge on ait autant de raison ?

ISABELLE. — J'ai en assez pour craindre ma jeunesse, et celle de Valère. Faites-moi donc le plaisir de lui insinuer adroitement qu'il ne doit plus penser à moi. Quoique je ne l'aime pas, je l'estime, et je serais fâchée de lui faire une malhonnêteté. Et qu'il prît son parti, cela m'éviterait bien des embarras.

DORANTE. — Quoi ? Sérieusement vous ne pouvez aimer Valère ?

ISABELLE. — Non, et je sens même que mon éloignement pour lui irait jusqu'à l'aversion, si mon oncle voulait me contraindre à l'épouser. Il m'a promis de ne me point faire de violence, et de laisser agir mon cœur librement. Mais malgré cela, je crains de m'en expliquer avec lui, et je vous serais bien obligée de m'en éviter la peine. La tendresse que vous avez pour ma cousine doit vous intéresser pour ce qui me regarde ; et j'ose dire que l'estime et la confiance que j'ai en vous méritent cette marque d'amitié de votre part.

DORANTE. — Ah ! Que me dites-vous, trop aimable Isabelle ?

ISABELLE. — Je sais que vous l'aimez, Monsieur. Mais je ne présume pas que cette perte lui soit fort sensible ; et si je le connais bien, je crois qu'il s'en consolera facilement. Quoiqu'il en soit, il vaut mieux qu'il apprenne la chose de votre bouche que de celle d'un autre.

DORANTE. — Je me charge à regret de la commission que vous me donnez, mais enfin, s'il est vrai que vous ne pouvez aimer mon ami, il est bon qu'il le sache avant que de s'engager davantage dans un amour et des espérances inutiles ; il lui en coûtera moins pour s'en consoler.

ISABELLE. — Vous avez raison. Faites-moi donc le plaisir de l'instruire de mes sentiments, et de n'y perdre pas un moment ; car cet amant m'embarrasse. Pardonnez à la liberté que je prends ; elle est l'effet de la confiance que vous inspirez.

DORANTE. — Je vais le chercher de ce pas. J'exécuterai exactement ce que vous m'ordonnez ; et je viendrai vous rendre compte du succès de ma négociation.

ISABELLE. — Je vous en serai bien obligée. Adieu. Me voilà soulagée d'un grand fardeau.

SCÈNE V

Dorante

DORANTE, *seul*. — Je croyais repartir seul de ces lieux ; mais à ce que je vois, Valère sera du voyage. *(Il*

rit.) Je ne puis m'empêcher de rire de notre aventure.
Voilà assurément deux amants bien fortunés. L'amour-
propre de Valère pourra en souffrir ; mais, n'importe,
il faut l'instruire des progrès de ses charmes. Le voici.
Il paraît bien rêveur.

SCÈNE VI

Dorante, Valère

VALÈRE, *à part.* — Je suis bien embarrassé d'apprendre à Dorante ce qui se passe. S'il aime Angélique, et qu'il sache que je l'aime, cela lui paraîtra très
mauvais ; je le trouverais tel à sa place. Mais, après
tout, il n'y perd qu'une femme, qui ne l'aime pas, et
j'y gagne beaucoup. Je le vois fort à propos. Exécutons les ordres d'Angélique. Je vous cherchais, mon
cher Dorante.

DORANTE. — Je vous cherchais aussi.

VALÈRE. — J'ai bien des choses à vous apprendre.

DORANTE. — J'en ai à vous dire qui doivent vous
intéresser.

VALÈRE. — Si je ne vous connaissais aussi philosophe que vous l'êtes, je ne me serais pas chargé de la
commission que l'on m'a donné ; mais le caractère de
votre esprit me répond que vous ne m'en saurez pas
mauvais gré.

DORANTE. — Quoi que ce puisse être, notre amitié
n'en souffrira point. Je me flatte de la même chose
avec vous, et je vous crois trop raisonnable pour me
rien imputer.

VALÈRE. — Vous y pouvez compter. Parlez-moi donc
naturellement. Aimez-vous Mademoiselle Angélique ?

DORANTE. — Elle a beaucoup de mérite ; mais, malgré cela, je vous avoue qu'elle ne m'a pu donner de l'amour.

VALÈRE. — Parbleu, je vous en félicite ; elle vous rend bien le change, et elle m'a chargé de vous dire qu'il est inutile que vous songiez davantage à elle.

DORANTE. — Sérieusement ?

VALÈRE. — Très sérieusement. Et j'en étais mortifié pour vous ; car je craignais que vous ne fussiez trop sensible à son indifférence.

DORANTE. — Je vous avoue, mon cher ami, qu'elle me fait un véritable plaisir, et vous ne pouviez rien m'apprendre de plus heureux pour moi.

VALÈRE. — J'en suis charmé pour l'amour de vous. Et pour l'amour de moi aussi.

DORANTE. — Je souhaite, de tout mon cœur, que vous me sachiez autant de gré de la nouvelle que je vais vous donner ; elle fait *paroli* [4] à la vôtre.

VALÈRE. — *Paroli ?* Qu'est-ce donc ?

DORANTE. — C'est qu'Isabelle ne vous aime point, elle m'a chargé de vous le dire.

VALÈRE. — N'est-ce point pour vous réjouir que vous me dites cela ?

DORANTE. — Non, en vérité, je vous parle très sérieusement. Cela vous surprend, mon cher, vous n'êtes pas accoutumé à trouver de ces cruelles.

VALÈRE. — Ma foi, je ne m'attendais pas à tant de bonheur.

DORANTE. — Parlez plus naturellement. L'amour-propre a beaucoup de part à la fierté de votre réponse ; convenez-en. Isabelle est aimable, et vous avez le cœur susceptible.

---

4. cf. note 11 (*Timon le misanthrope*)

VALÈRE. — Aimable tant qu'il vous plaira, je vous jure que je suis charmé de son indifférence pour moi, et que vous me faites un sensible plaisir de me l'apprendre.

DORANTE. — Tant mieux. Nous voilà donc tous deux délivrés d'un joug que je craignais, et auquel je ne m'engageais que par complaisance pour ma famille. Mes chevaux sont prêts, je croyais repartir seul ; mais puisque cela est ainsi, nous partirons ensemble.

VALÈRE. — Je ne le puis.

DORANTE. — Qu'est-ce donc qui peut vous retenir ici ?

VALÈRE. — L'amour, mon cher Dorante.

DORANTE. — L'amour.

VALÈRE. — Oui ; et l'amour le plus tendre. J'avais craint de vous le dire avant que d'avoir connu vos sentiments pour Angélique ; mais enfin, puisque vous ne l'aimez pas, je puis l'aimer sans vous offenser.

DORANTE. — Vous le pouvez. Ainsi vous voilà amoureux de cette belle.

VALÈRE. — Oui, et de plus, c'est que j'en suis aimé : ma philosophie lui plaît plus que la vôtre.

DORANTE. — Je vous en félicite de tout mon cœur.

VALÈRE. — Je craignais d'être votre rival ; jugez du plaisir que je sens, voyant que je puis m'attacher à Angélique sans blesser notre amitié.

DORANTE. — Bien loin de la blesser, votre hymen la cimentera mieux, puisque par là vous m'acquittez d'une parole que mes parents avaient donnée pour moi, et que je ne puis remplir. Cela étant ainsi, je pars, et je vous laisse le soin de me justifier auprès de Monsieur Dorimon. Adieu, mon ami, je vous souhaite beaucoup de plaisir et de bonheur. Je vais voir Isabelle pour lui rendre compte de ma commission et prendre congé d'elle.

Valère. — Adieu donc, mon cher Dorante. Et moi, je vais de ce pas apprendre cette heureuse nouvelle à Mademoiselle Angélique.

ACTE III

Scène Première

Isabelle

Isabelle, *seule*. — Je suis inquiète, et je me sens agitée de mille soins secrets, qui me chagrinent, sans que j'en sache la raison. En vérité, mon oncle a eu une mauvaise pensée, lorsqu'il s'est mis dans la tête de me marier. J'étais tranquille, et cette marque de son amitié vient troubler tout mon repos. Je crains qu'il ne soit offensé du parti que je prends. Mais enfin je n'en puis prendre d'autre, et tout cela m'afflige. Je voudrais bien voir Dorante pour savoir de lui comment Valère a reçu ce qu'il lui a dit de ma part. Le voici fort à propos.

Scène II

Dorante, Isabelle

Dorante. — Je vous cherchais, Mademoiselle. J'ai vu Valère, et j'ai rempli exactement vos ordres.

Isabelle. — Satisfaites mon impatience. Comment a-t-il reçu ce que je vous ai prié de lui dire ?

DORANTE. — Fort bien. Loin d'en être surpris, il se prête à ce que vous désirez de lui, de la meilleure grâce du monde.

ISABELLE. — J'en suis charmée. J'avais bien prévu que de l'humeur dont je le connais la chose ne lui coûterait pas beaucoup.

DORANTE. — Elle ne lui a rien coûté du tout, et il m'a fait une confidence qui va vous surprendre, autant qu'elle m'a surpris.

ISABELLE. — Quelle est donc cette confidence ?

DORANTE. — Il aime Angélique.

ISABELLE. — Ma cousine ?

DORANTE. — Oui.

ISABELLE. — Ha, ha, ha.

DORANTE. — Vous en riez ?

ISABELLE. — Eh ! Qui pourrait s'en empêcher ? Quoi ? Valère sait que ma cousine vous est destinée, qu'elle vous a vu, et il ose l'aimer ?

DORANTE. — Sans doute.

ISABELLE. — Il est donc fou ?

DORANTE. — Non, Mademoiselle. Il aime, et il est aimé. Je vous dirai bien plus, il vient de me donner mon congé de la part de Mademoiselle Angélique.

ISABELLE. — Et c'est lui qui vous a dit tout cela ?

DORANTE. — Lui-même.

ISABELLE. — Vous voyez bien qu'il extravague, et qu'il vous en impose.

DORANTE. — Pourquoi le pensez-vous ?

ISABELLE. — Je le pense parce qu'il n'est pas possible que ma cousine l'aime, après vous avoir vu. Je la connais. Elle a autant d'esprit et de discernement que de goût ; et elle n'est assurément pas capable de livrer son cœur à un caprice aussi ridicule que celui-là, et qui ferait autant de tort à sa raison.

DORANTE. — Vous me faites trop d'honneur. Mais enfin, je ne vois rien d'extraordinaire dans toute cette aventure. Vous n'aimez point Valère, Angélique ne m'aime point ; tout cela est très naturel.

ISABELLE. — La chose est bien différente. Vous savez les motifs qui m'ont fait craindre l'hymen de Valère ; mais ma cousine n'a pas les mêmes raisons de s'éloigner du vôtre. Vous êtes sage, spirituel ; vos sentiments répondent à tout ce que vous avez d'aimable d'ailleurs, et ma cousine serait assurément trop heureuse de vivre avec un époux tel que vous.

DORANTE. — Que dites-vous, charmante Isabelle ?

ISABELLE. — Ce que je pense. Je vous estime sincèrement et mon cœur ne vous exprime ici que les sentiments que vous méritez de tous ceux qui ont le bonheur de vous connaître. Je suis piquée contre ma cousine du travers qu'elle prend à votre égard ; il n'est pas raisonnable, et la tendresse que j'ai pour elle m'y rend plus sensible que je ne puis vous le dire.

DORANTE. — *(A part.)* Elle est adorable, et je sens naître dans mon cœur des émotions que je n'avais point éprouvées jusqu'ici. Ainsi, Mademoiselle, si j'avais été assez heureux pour vous être destiné, je n'aurais point trouvé chez vous d'obstacle à mon bonheur ?

ISABELLE. — Vous m'en demandez trop. Il ne s'agit pas ici de moi, mais de ma cousine. Croyez-moi, Monsieur, elle reviendra de son erreur. Je m'engage à vous y servir, et je vous promets tous mes soins auprès d'elle.

DORANTE. — Son tendre empressement me touche. Quoi, Isabelle, vous pourriez vous résoudre à parler en ma faveur à votre cousine ?

ISABELLE. — Ah ! De tout mon cœur, je vous en donne ma parole.

DORANTE, *à part*. — Elle est trop charmante, et l'ingénuité de ses sentiments fait des impressions sur moi que tout l'esprit de sa cousine n'a pu me faire.

ISABELLE. — Vous rêvez ? Est-ce que vous doutez de mon amitié ?

DORANTE. — Non, Mademoiselle. Qu'elle est aimable !

ISABELLE. — Oh ! Vous pouvez compter qu'elle est sincère, et que je vous estime de tout mon cœur : je vous en donnerai assurément des marques auprès de ma cousine. Elle doit vous aimer, vous le méritez ; car vous êtes bon, et le seul homme d'esprit que j'aie connu sans malice.

DORANTE. — Je sens que son empressement à me faire aimer de sa cousine m'alarme, malgré moi. Qu'est-ce donc qui se passe dans mon cœur ?

ISABELLE. — Allez, Dorante, vous verrez si je suis une bonne et tendre amie.

DORANTE. — Vous êtes la plus tendre et la plus aimable amie du monde ; mais enfin, si vous voulez donner mon cœur à une autre, vous ne m'aimez pas.

ISABELLE. — Je ne vous aime pas ? Que voulez-vous donc dire ? Puis-je vous donner une plus grande marque de mon estime, que de tâcher de vous faire aimer de ma cousine ! Si j'en savais d'autres je vous les donnerais.

DORANTE. — C'en est trop ; je ne puis résister à tant de charmes et d'ingénuité. Ah ! Trop charmante Isabelle, si c'est mon bonheur que vous cherchez, l'amour exige aujourd'hui de vous des soins plus précieux, et plus chers pour mon cœur.

ISABELLE. — Et quels sont-ils ces soins ? Parlez : vous pouvez tout attendre de mon amitié.

DORANTE. — C'est de répondre à l'ardeur que vous allumez dans ce moment, et de m'aimer.

ISABELLE. — Moi ?

DORANTE. — Oui, je vous aime ; vous me forcez de vous en faire l'aveu, au moment que vous faites naître ma flamme.

ISABELLE. — Ecoutez, Dorante, je suis bonne ; mais je n'aime pas que l'on se moque de moi.

DORANTE. — M'en croyez-vous capable ? Jugez mieux de mon cœur, vous êtes la première personne du monde qui m'ait inspiré de l'amour ; et vous êtes aussi la première à qui je le dis. Si ces circonstances pouvaient donner quelque mérite à ma passion naissante, il ne tiendra qu'à vous de la rendre éternelle !

ISABELLE. — Et ma cousine ?

DORANTE. — Elle ne m'aime point, je vous l'ai déjà dit.

ISABELLE. — Et quelle preuve en avez-vous ?

DORANTE. — En faut-il d'autre que le congé qu'elle m'a fait donner par Valère ?

ISABELLE. — Valère peut vous tromper. Et quand même il serait vrai qu'elle eût eu un moment de caprice sur votre compte, elle vaut bien la peine que vous fassiez quelques démarches auprès d'elle, pour la ramener et regagner son amitié. Allez, je vous croyais plus raisonnable, et je suis bien fâchée de la confiance que j'ai eue en vous.

DORANTE. — Votre sérieux m'étonne, et je sens déjà que vos beaux yeux ont un empire souverain sur mon âme. De grâce, charmante Isabelle, ne vous fâchez pas, et daignez m'écouter.

ISABELLE. — Je ne veux plus rien écouter de vous.

DORANTE. — Et pourquoi ?

ISABELLE. — Parce que je crains votre esprit : il est séducteur.

DORANTE. — Je ne vous montre ici que mon cœur.

ISABELLE. — Je ne veux pas le connaître : laissez-moi toujours vous estimer.

DORANTE. — Vous m'en estimerez davantage.

ISABELLE. — Je craindrais plus cela que tout le reste. Adieu.

DORANTE. — Non, vous ne partirez point ; ce que vous venez de dire est trop charmant.

ISABELLE. — Eh ! Qu'est-ce que j'ai dit ?

DORANTE. — La plus aimable chose du monde, et si flatteuse pour moi que je n'ose l'interpréter.

ISABELLE. — Je n'en sais rien moi-même. Est-ce que les hommes interprètent comme cela les paroles des filles ! Ah ! J'ai bien raison de craindre le monde. Laissez-moi, je vous en conjure ; vous me jetez dans un embarras terrible.

DORANTE. — Je ne suis plus le maître de moi-même. De grâce, daignez m'écouter plus tranquillement ; ce que j'ai à vous dire n'a rien qui puisse vous offenser.

ISABELLE. — Ah ! Quel homme ! Parlez, puisque vous le voulez ; mais faites vite.

DORANTE. — Je venais ici pour y donner la main à Mademoiselle Angélique, et Valère y venait pour s'unir à vous ; vous n'aimez point Valère, et Angélique n'a que de l'éloignement pour moi, Valère en est aimé. Ainsi il ne tient plus qu'à vous que nous soyons tous heureux ; il ne vous faut pour cela que m'aimer.

ISABELLE. — Adieu.

DORANTE. — Où allez-vous ? Quel est votre dessein ?

ISABELLE. — De vous éviter toute ma vie.

DORANTE. — Et par quelle raison ?

ISABELLE. — Par la raison que je vous crains, et que je me crains encore plus moi-même.

DORANTE. — Qu'entends-je ! Serais-je assez heureux pour vous paraître redoutable ?

ISABELLE. — Il me sera encore échappé quelque étourderie. Laissez-moi, je vous en conjure.

DORANTE. — Non, je ne puis m'y résoudre ; mon sort est entre vos mains, décidez-en, trop aimable Isabelle ; suivez les mouvements de votre cœur, et prononcez ce qu'il vous dictera.

ISABELLE. — Et que voulez-vous qu'il me dicte, ce cœur ?

DORANTE. — Vos sentiments pour moi. Si je suis assez heureux pour pouvoir espérer d'être aimé de vous, je ne sors point de ces lieux que je ne sois votre époux ; j'ose vous le promettre, quoi qu'il en arrive ; mais, si vous ne m'aimez point, je pars sur le champ, et vous ne me verrez de votre vie.

ISABELLE. — Quoi ? Si je vous dis que je ne vous aime point, vous nous quitterez ?

DORANTE. — Oui, et pour toujours. Je vous respecte trop pour vous fatiguer par la vue d'un objet importun.

ISABELLE, *à part*. — Sa résolution m'étonne. O ciel ! Aimerais-je ? Hélas ! Je crois que oui. Mon cœur se trouble et c'est assurément de l'amour que cela.

DORANTE. — Expliquez-vous de grâce.

ISABELLE. — Vous n'êtes pas raisonnable. Vous ne m'avez jamais été importun, et vous me l'êtes si peu que je serais fâchée de vous voir partir, et d'en être la cause. Si vous voulez me faire plaisir, vous resterez ; mais vous resterez pour ma cousine !

DORANTE. — Je ne le puis. Voulez-vous que je la fatigue par la présence d'un homme qui gênerait l'inclination qu'elle a pour Valère ! Non, Isabelle, il faut que je reste pour vous seule, et que vous y consentiez ; c'est le seul moyen que j'ai de plaire dans ces lieux à votre cousine.

ISABELLE. — Mais si cela était, et que mon oncle...

DORANTE. — Achevez, charmante Isabelle.

ISABELLE. — Vous me trompez, peut-être.

DORANTE. — Vous tromper ! Le plus perfide des hommes le pourrait-il ? Non, et je m'engage à le faire consentir à mon bonheur, si vous y consentez vous-même. Je ne vous offre mon cœur qu'à cette condition.

ISABELLE. — Si la chose tournait comme vous le dites, et que mon oncle, et surtout ma cousine, approuvassent votre amour, je vous avoue ingénument que je ne sentirais point pour vous la même répugnance que j'ai sentie pour Valère.

DORANTE. — Je suis le plus heureux des hommes.

ISABELLE. — Je rougis d'en avoir tant dit. Et vous devriez rougir vous-même d'avoir profité de ma faiblesse pour m'y engager. Mais, dites-moi, depuis quand m'aimez-vous ? Car jusqu'ici je ne m'en étais point aperçue.

DORANTE. — Ni moi non plus, et ce n'est que de ce moment que je sais que vous aime. Je venais ici pour vous rendre compte de la commission dont vous m'aviez chargé, et pour prendre en même temps congé de vous, lorsque l'amour m'a ouvert les yeux, et m'a découvert tant de charmes et tant de grâces chez vous que je n'ai pu leur résister.

ISABELLE. — Cela est bien singulier ; je suis précisément dans le même cas ; je croyais que je n'avais pour vous que de l'estime, et je n'aurais pu m'imaginer que cette estime-là fût de l'amour.

DORANTE. — Voilà tous nos intérêts accordés le plus heureusement du monde.

ISABELLE. — Avant que d'en décider, je veux voir ma cousine et savoir ses sentiments. S'ils sont tels que vous le dites, vous pourrez faire auprès de mon oncle toutes les démarches que vous jugerez à propos. En ce cas, je vous réponds de mon cœur. Mais je crains bien que Valère, en se disant aimé, ne vous flatte d'une vaine espérance. Adieu.

DORANTE. — Allez, belle et sage Isabelle, je vais de mon côté joindre Valère, et agir de concert avec lui pour notre commun bonheur.

SCÈNE III

Dorante

DORANTE, *seul.* — Quel changement prodigieux s'est donc fait chez moi ? Est-il possible que l'homme puisse passer si rapidement à des sentiments si opposés ? Les femmes les plus accomplies n'avaient pu détruire jusqu'à présent l'aversion que j'ai toujours eue pour le mariage ; et une jeune personne, sans dessein, vient innocemment me le faire souhaiter, et le faire souhaiter avec ardeur. Je ne me comprends pas moi-même, mais enfin les sentiments qu'elle m'inspire me font regretter le temps que j'ai passé sans amour. O ciel ! Qu'elle est aimable ! *(Frontin écoute.)* Quelle douceur d'esprit et de caractère ! Avec quelle ingénuité et quelle pudeur ne m'a-t-elle pas avoué que je ne lui étais pas indifférent ! Amour, que tu sais bien les chemins de nos cœurs, lorsque tu veux les frapper.

SCÈNE IV

Dorante, Frontin

FRONTIN, *en bottes, écoutant à part.* — Oh, oh ! Voici du nouveau, et les dernières paroles de mon maître m'apprennent qu'ils est amoureux. Ma foi, tant mieux, cela pourrait bien rompre notre voyage, et me donner occasion de voir encore Lisette. Voyons. Monsieur, vous pouvez partir lorsqu'il vous plaira, vos chevaux et moi sommes tout prêts.

DORANTE. — Je ne pars plus ; va les desseller.

FRONTIN. — D'où vient donc que vous ne voulez plus partir ? Il fait le plus beau temps du monde.

DORANTE. — Il faut l'employer à autre chose.

FRONTIN. — *(A part.)* Je sais bien à quoi. Je veux un peu me divertir. Quoi, Monsieur, est-ce que vous auriez déjà changé de sentiment ? Allons, point de faiblesse. Votre exemple m'a donné du courage ; il m'a fait voir que l'amour n'était qu'une folie, et l'hymen une chaîne pesante qu'un philosophe doit éviter toute sa vie. J'ai renoncé à Lisette, je n'y pense plus, et j'attends avec impatience le moment de m'éloigner pour toujours d'un objet si séducteur pour ma raison.

DORANTE. — Voilà une belle résolution ; je t'en loue. Mais je ne puis m'empêcher de rire de te voir devenir philosophe lorsque je cesse de l'être.

FRONTIN. — Vous cessez de l'être.

DORANTE. — Oui, j'aime, et je te permets d'en faire autant.

FRONTIN. — Cela est trop plaisant ; il fallait que Monsieur devînt fou pour qu'il me fût permis de l'être. Vous voulez rire, sans doute ?

DORANTE. — Je ne ris point, je dis la vérité.

FRONTIN. — Quoi ? Monsieur Dorante dont le cœur a été jusqu'à présent inaccessible à toutes les passions, a la faiblesse de se laisser séduire par les charmes d'une femme et d'oublier la sage aversion qu'il avait pour le mariage ? Souvenez-vous de ce que je vous ai entendu dire si souvent, qu'une femme est un vrai lutin que le ciel en colère lâche contre le repos d'un époux. La sotte l'ennuie, la spirituelle l'étourdit et le domine, la coquette le déshonore, et la prude le fait enrager.

DORANTE. — Tout cela est vrai. Mais enfin on ne peut résister à ses destinées. Les miennes m'ont conduit ici pour m'y faire perdre ma liberté.

FRONTIN. — Le sage doit dominer la destinée, sa raison est inébranlable, et ne tourne point comme une girouette, à tous les vents. Pour moi, plus ferme dans mes sentiments, je n'en change jamais.

DORANTE. — Il n'y a pourtant qu'un moment que tu aimais Lisette, et tu ne l'aimes plus, à ce que tu dis.

FRONTIN. — Il est vrai.

DORANTE. — Eh bien, nommes-tu cela constance ?

FRONTIN. — Mais... Non... C'est...

DORANTE. — C'est une légèreté d'esprit.

FRONTIN. — Que vous blâmez sans doute ?

DORANTE. — Assurément. Ne blâmons-nous pas toujours ce qui est opposé à nos sentiments ? Je t'en aurais loué il n'y a qu'un moment, mais à présent je te condamne.

FRONTIN. — Ha, ha, ha.

DORANTE. — Tu as raison d'en rire ; je trouve moi-même la chose très plaisante.

FRONTIN. — Dites-moi, Monsieur. Cet amour est donc venu en poste ; car il n'y a qu'un moment que vous ne le connaissiez pas, et je n'ai eu le temps que de seller nos chevaux.

DORANTE. — Il a volé.

FRONTIN. — Ma foi, Monsieur, je lui en sais bon gré. Et à vous parler franchement, je ne suis pas fâché de revoir Lisette.

DORANTE. — Tant mieux. Mais dis-moi, n'as-tu point vu Valère ?

FRONTIN. — Il est là-bas qui se promène tout seul, il m'a paru fort rêveur, et je le crois amoureux.

DORANTE. — Il l'est beaucoup aussi.

FRONTIN. — Mais c'est un charme que tout cela. A propos, êtes-vous aimés tous les deux ?

DORANTE. — Sans doute.

FRONTIN. — Sans doute. Je ne croyais pas la chose si indispensable. Nous allons donc bien nous divertir. Ha, ha, ha ! Je ne puis m'empêcher de rire, lorsque je pense que vous êtes devenu si brusquement amoureux. Cela me paraît un rêve.

DORANTE. — Tu as raison. *(A part.)* Il rirait bien davantage s'il savait mon aventure. Je vais joindre Valère, et l'en faire rire à son tour.

SCÈNE V

Frontin

FRONTIN, *seul.* — Si cet amant impromptu n'est pas fou, je ne suis pas Frontin : dans le même moment il veut et ne veut pas ; il hait, il aime ; on ne sait ce que c'est que tout cela. Après tout, il ne m'importe guère, l'auberge est bonne, et j'aurai le plaisir d'y voir Lisette. Mais j'aperçois Monsieur Dorimon. Il rêve. Je veux le surprendre agréablement en lui apprenant l'amour de nos amants, cela lui fera plaisir, et c'est un moyen de lui faire ma cour, dont je veux profiter.

SCÈNE VI

Dorimon, Frontin

DORIMON. — Je crains que toutes mes précautions ne soient inutiles, et si j'ai le coup d'œil bon, ces jeunes gens, que je croyais se convenir si bien, n'ont pas grand penchant les uns pour les autres. Lisette doit s'informer des dispositions de ma fille et de ma nièce, je veux en être instruit, avant que de leur parler.

FRONTIN. — Monsieur. Je suis votre serviteur.

DORIMON. — Bonjour, Frontin. Où vas-tu donc dans cet équipage ?

FRONTIN. — En aucun endroit ; je viens d'exercer mes chevaux.

DORIMON. — Et vous ne faites que d'arriver ; tu ne les laisses donc guère reposer.

FRONTIN. — Non, et ils ont *(sic)*[5] pour les tenir en haleine. Mon maître, qui est amoureux, ne veut pas qu'ils aient meilleurs temps que lui.

DORIMON. — Ton maître est amoureux, dis-tu ?

FRONTIN. — A la rage. Aussi bien que Monsieur Valère, et je suis bien aise de vous l'apprendre, parce que je crois que la chose vous fera plaisir.

DORIMON. — Et de qui le sais-tu ?

FRONTIN. — D'eux-mêmes, et à dire la vérité, j'en ai été surpris, par rapport à mon maître. Il était un moment auparavant plus froid que de la glace, et je craignais bien qu'il ne fît ici des siennes ; mais l'amour l'a pris comme la colique.

DORIMON. — Ce que tu dis là est-il bien vrai ?

FRONTIN. — Voudrais-je vous en imposer ? Mais bien plus, Mademoiselle Angélique et Mademoiselle Isabelle les aiment autant qu'elles sont aimées.

DORIMON. — Tu me fais un grand plaisir de m'apprendre une si bonne nouvelle ; elle mérite bien que je

---

5. Réplique obscure. En outre, la ponctuation erratique de Delisle n'aide pas au déchiffrage : il y a très certainement ici un oubli (folio 113 du manuscrit).

t'en récompense. Tiens, voilà pour boire. Si tu m'as dit la vérité, je te promets de t'en mieux récompenser dans la suite.

FRONTIN. — Vous pouvez sur ma parole donner d'avance. Mais ce qui va vous surprendre et qui doit beaucoup exciter votre générosité, c'est que je suis amoureux de Lisette.

SCÈNE VII

Dorimon, Lisette, Frontin

LISETTE. — Je vous cherchais, Monsieur.

DORIMON. — Eh bien, Lisette, qu'y a-t-il de nouveau ?

LISETTE. — Rien de bon, il est inutile d'en faire mystère : j'ai vu ces demoiselles comme vous me l'avez ordonné.

DORIMON. — Eh bien ?

LISETTE. — Mademoiselle Angélique ne saurait souffrir Monsieur Dorante, il est trop philosophe pour elle. Monsieur Dorante de son côté n'est pas plus tendre. Quant à Mademoiselle Isabelle, elle trouve Monsieur Valère trop jeune et trop vif pour elle. Enfin la sympathie a tout gâté.

FRONTIN. — Ah ! L'ignorante !

DORIMON. — Frontin vient cependant de me dire que tout cela est raccommodé, et qu'ils s'aiment beaucoup.

LISETTE. — Frontin vous en impose, je sais la chose d'original.

FRONTIN. — J'en aurais dit autant, il n'y a qu'une demi heure, mais je ne savais pas alors que l'amour a des relais qui vont plus vite que les vents. Il est venu, il a vu et vaincu, et je vous les garantis tous très amoureux.

LISETTE. — Belle caution ! Eh, Monsieur, vous amusez-vous à ce que dit cet étourdi ?

FRONTIN. — Vous hasardez un peu vos termes, Mademoiselle Lisette ; mais l'amour lui-même vous punira bientôt de votre incrédulité.

LISETTE. — L'amour ?

FRONTIN. — Oui, l'amour ; il m'a promis de vous rendre plus tendre qu'un poulet.

LISETTE. — Vous voyez bien, Monsieur, que c'est un fou, et que ses discours ne méritent pas que vous les écoutiez.

DORIMON. — Je ne sais qu'en dire, et je veux aller m'informer moi-même de la vérité.

SCÈNE VIII

Lisette, Frontin

LISETTE. — Dis-moi un peu, animal, qui peut s'engager à faire de semblables contes à Monsieur Dorimon ?

FRONTIN. — Là, là, ne te fâche pas ; je te pardonne à présent ton obstination ; mais tu changeras de langage lorsque tu sauras ce que j'ai fait.

LISETTE. — Voyons. Qu'as-tu fait ?

FRONTIN. — Tu vois bien ces bottes ?

LISETTE. — Eh bien ?

FRONTIN. — Il faut que je les quitte ; car elles m'embarrassent.

LISETTE. — Est-ce là ce que tu voulais m'apprendre ?

FRONTIN. — Oh ! Que non. J'ai bien d'autres choses à te dire : voici le fait. Voyant que mon maître, Monsieur Valère, Mademoiselle Angélique, Mademoiselle Isabelle, et vous Mademoiselle Lisette, étiez rebelles à l'amour, je l'ai été chercher en poste, pour vous mettre tous à la raison. Je l'ai apporté en croupe, et j'arrivais lorsque tu m'as rencontré, très fatigué à la vérité ; car je n'ai jamais vu un cavalier si frétillant. Il n'a pas cessé de me chatouiller tout le long du chemin.

LISETTE. — Ah ! Tu m'impatientes.

FRONTIN. — Ce petit fripon d'amour n'a pas eu mis pied à terre qu'il a fait des siennes, et nos amants s'aiment à présent à la folie.

LISETTE. — Ma maîtresse et ton maître s'aiment ?

FRONTIN. — Oui, te dis-je, cela est si vrai que Monsieur Dorimon m'a donné de l'argent, en faveur de cette nouvelle. Aurais-je voulu le prendre, si elle n'était pas certaine ?

LISETTE. — Et de qui la tiens-tu ?

FRONTIN. — De Dorante lui-même, qui n'est pas homme à feindre une bonne fortune.

LISETTE. — La tête lui tourne comme à toi. Voici Angélique ; je vais bientôt savoir la vérité du fait.

FRONTIN. — Tu peux apprendre d'elle si j'en ai imposé à Monsieur Dorimon.

LISETTE. — C'est ce que je vais voir. Adieu.

FRONTIN. — A propos d'amour, je te recommande le mien ; tu sais qu'il est le singe de celui de mon maître.

LISETTE. — Oui, oui, et à propos de singe, va te débotter.

SCÈNE IX

Angélique, Lisette

ANGÉLIQUE. — Ah ! Te voilà, Lisette. Mon père sait-il ce que je t'avais chargée de lui dire ?

LISETTE. — Oui, Mademoiselle.

ANGÉLIQUE. — Il faudra, je crois, l'instruire d'autre chose.

LISETTE. — *(A part.)* Ah ! ah ! Frontin aurait-il raison ? Dorante a donc enfin trouvé grâce devant vous ?

ANGÉLIQUE. — Dorante ? A propos de quoi ?

LISETTE. — Ne me déguisez rien. Il y a une petite sorte de honte à dire qu'on aime un homme, après l'avoir méprisé ; mais que cela ne vous arrête point. Je suis fille, et j'excuse ce qui pourrait fort bien m'arriver à moi-même.

ANGÉLIQUE. — Je ne t'entends point.

LISETTE. — Je sais tout, et il faut enfin que la chose éclate. Heureusement que votre père est encore dans le doute et ne pourra tout à fait vous taxer de caprice.

ANGÉLIQUE. — Que sais-tu enfin ?

LISETTE. — Que vous aimez Dorante. Il a confié ce secret à Frontin, qui n'a pas été plus discret que son maître.

ANGÉLIQUE. — J'aime Dorante, et c'est lui qui s'en est vanté ? Il ne fallait plus que cette bonne opinion de lui-même pour achever de me le rendre insupportable.

LISETTE. — Je vois bien que je ne suis pas digne de votre confiance.

ANGÉLIQUE. — Tu as tort de le penser ; tu en as assez de preuves ; mais, pour t'en donner une nouvelle, je t'avouerai que Valère m'aime, et qu'il ne m'est pas indifférent. Je ne sais comme il a fait, mais il s'y est pris d'une façon qui m'a séduite. Ses premiers discours m'avaient ébranlée, et l'intérêt d'Isabelle me faisant craindre les impressions qu'il faisait sur mon cœur, j'ai voulu ramener cet amant à ma cousine, et j'ai fait tout ce que j'ai pu pour cela ; mais, à force de lui *(sic)* vouloir persuader qu'il la devait aimer, je lui ai fait développer tant de sentiments et de façons aimables, qu'il m'a forcée de convenir que je devais l'aimer moi-même.

LISETTE. — Ah ah ! Je commence à n'y rien comprendre.

ANGÉLIQUE. — Une crainte, qui n'est que trop bien fondée, m'agite à présent, fatal apprentissage d'une passion qui commence à peine, et qui troublera, peut-être, le repos de ma vie ! Valère me plaît, mais il peut plaire de même à Isabelle, et cela me cause une inquiétude affreuse.

LISETTE. — Vous me faites songer à une chose qui pourrait dissiper vos craintes. J'ai vu votre cousine qui, au sortir d'une conversation qu'elle venait d'avoir avec Dorante, paraissait agitée de certains mouvements qui ne tiennent point de l'indifférence.

ANGÉLIQUE. — Ah ! Que je serais heureuse !

LISETTE. — Oui, oui, une démarche un peu gênée, des yeux tendres et inquiets ; je crois même qu'elle a soupiré.

ANGÉLIQUE. — Tout cela peut être causé par Valère.

LISETTE. — Je gagerais presque c'est par Dorante, car il m'a paru passionné ; il l'aime aussi, sans doute ; j'en serais charmée.

ANGÉLIQUE. — Je le serais plus que toi, et je veux m'en assurer par moi-même. J'ai fait avertir Isabelle de me venir joindre ici, où je prétends m'éclaircir de ses sentiments. Elle vient, reste avec nous : tu n'es point suspecte dans ce qui nous regarde.

SCÈNE X

Angélique, Isabelle, Lisette

ISABELLE. — On vient de m'avertir que vous m'attendez ici, ma chère cousine, et je suis venue sur le champ.

ANGÉLIQUE. — Je vous suis obligée de cet empresse-ment. Votre intérêt et le mien exigent que nous ayons une explication ensemble.

ISABELLE, *à part*. — Elle me fait trembler. Saurait-elle que Dorante m'aime ?

ANGÉLIQUE. — Ouvrez-moi votre cœur, ma chère Isabelle ; vous me devez cette confiance ; car vous savez que je vous aime. Parlez-moi donc sincèrement. Aimez-vous Valère ?

ISABELLE, *à part*. — Me voilà bien embarrassée : que lui dirai-je ?

ANGÉLIQUE. — Vous me paraissez interdite. D'où peut venir ce trouble ? Valère est aimable, et si vous l'aimez, vous pouvez en convenir sans rougir.

ISABELLE, *à part*. — Si je lui dis que non, elle croira que j'aime Dorante ; et je serais au désespoir qu'elle le sût, si elle a du penchant pour lui.

ANGÉLIQUE. — Quoi ? Je ne puis obtenir de réponse, sur une question aussi simple.

ISABELLE. — *(A part.)* Ah ! Je frémis des reproches qu'elle serait en droit de me faire. Non, Angélique, je n'aime point Dorante.

ANGÉLIQUE. — Dorante ? Ce n'est point de lui que je parle.

ISABELLE. — Ah ! Je ne sais où j'en suis.

ANGÉLIQUE. — C'est de Valère.

ISABELLE. — C'est ce que je voulais dire. Je le trouve fort aimable.

ANGÉLIQUE, *à part*. — Ah ! Je n'en puis plus douter : quel coup !

ISABELLE. — Angélique me doit la même confiance. Dorante est-il de son goût ? Il m'a semblé tantôt qu'il n'avait pas fait sur elle une grande impression à la première vue.

ANGÉLIQUE. — Ah ! Malgré sa simplicité, elle a découvert mon secret. Renonçons à un engagement qui me rendrait trop criminelle. Il est, ma chère cousine, de certains mérites dont nous ne sommes point frappés au premier abord, et que l'examen et la réflexion font reconnaître dans toute leur étendue. C'est l'effet que Dorante a produit sur moi.

ISABELLE, *à part*. — Ah ! Ciel ! Que viens-je d'entendre ?

LISETTE, *à Angélique*. — Elle rougit ; je vous jure qu'elle aime Dorante.

ANGÉLIQUE. — Je m'en suis aperçue. Sa personne est aimable, et son esprit est charmant ; ne le trouvez-vous pas comme moi ?

LISETTE, *bas à Angélique*. — Voyez son embarras.

ANGÉLIQUE. — Quoi ? Elle voulait donc m'éprouver aussi ? Cela m'étonne.

ISABELLE. — Ainsi vous l'épouserez.

LISETTE. — Ah, cela est dit bien tristement.

ANGÉLIQUE. — Oui, j'y suis déterminée, et Dorante enfin a surmonté l'aversion que j'avais pour le mariage.

ISABELLE. — Je ne puis y résister : je suis hors de moi-même ; ah !

ANGÉLIQUE. — Qu'avez-vous donc, ma cousine ? Vous trouvez-vous mal ?

ISABELLE. — Oui, je me suis sentie frappée tout d'un coup, et je ne sais d'où cela me vient.

LISETTE. — Je le sais bien, moi. C'est sans doute le nom de Valère qui vous aura troublée !

ANGÉLIQUE. — *(A part.)* Je sais enfin tout ce que je voulais apprendre. Parlons-nous plus naturellement, ma chère Isabelle.

ISABELLE. — J'y consens. Mais point de trahison, au moins.

LISETTE, *à Angélique.* — Voilà votre père.

ISABELLE. — Ah ! Ma cousine, il aura tout entendu.

SCÈNE XI

Dorimon, Angélique, Isabelle, Lisette

DORIMON. — Oui, mes enfants, j'ai tout entendu, et je suis charmé de la confidence réciproque que vous venez de vous faire. Je ne puis vous exprimer le plaisir que j'ai ressenti en apprenant de votre bouche que les époux que je vous destine sont de votre goût.

ANGÉLIQUE, *à part.* — Ah ! Quel contretemps !

ISABELLE, *à part.* — Tout est perdu. Comment ferai-je à présent ?

LISETTE, *à part.* — Il ne se félicitera pas longtemps.

DORIMON. — Je n'attendais pas moins de votre sagesse et de votre discernement.

ANGÉLIQUE. — Les apparences vous trompent, mon père, je ne feignais d'aimer Dorante que pour sonder les dispositions d'Isabelle pour Valère.

ISABELLE. — *(A part.)* Ah ! Cela me rassure. Et moi, mon oncle, je n'ai dit à Angélique que Valère était de mon goût qu'afin qu'elle ne me soupçonnât point d'aimer Dorante.

LISETTE. — Hélas ! Oui.

DORIMON. — Qu'est-ce donc que tout cela signifie ?

ANGÉLIQUE. — Vous m'avez promis de ne contraindre point mon inclination, et de laisser agir mon cœur librement dans le choix d'un époux. Souffrez donc qu'usant ici de la liberté que vous m'avez permise, je vous supplie de renoncer à votre projet, sur mon hymen ; car enfin, je ne saurais aimer Dorante.

ISABELLE. — Ni moi Valère.

DORIMON. — Le choix que j'ai fait de ces Messieurs est sage ; ils doivent vous convenir, et je ne puis comprendre le caprice qui vous oppose à mes volontés, et à tous vos intérêts.

ANGÉLIQUE. — Il n'y a point de caprice chez nous, et la raison est d'accord avec l'éloignement que nous avons pour ces époux ; vous en conviendrez vous-même, et vous êtes trop juste pour vouloir me forcer de donner la main à un homme qui non seulement ne m'aime pas, mais qui a le cœur engagé avec une autre.

DORIMON. — Avec une autre ? C'est un conte. Comment le savez-vous ?

ANGÉLIQUE. — Je le sais à n'en pouvoir pas douter.

ISABELLE. — Ma cousine a raison, Dorante m'en a fait la confidence.

ANGÉLIQUE. — Isabelle est dans le même cas, et Valère m'a avoué, de bonne foi, qu'il aimait ailleurs.

ISABELLE, *à part*. — Ah ! Que j'en suis aise.

DORIMON. — Si cela est ainsi, les choses changent de face.

ANGÉLIQUE. — Vous voyez bien à présent que notre éloignement pour ces Messieurs ne vient ni du caprice ni d'un esprit de désobéissance, et cela est si vrai que je vous promets d'épouser, si vous le voulez, celui des deux qui m'aimera, et cela sans hésiter.

ISABELLE. — Je veux bien risquer la même chose, mon oncle.

LISETTE, *à part*. — Le tour est adroit.

DORIMON. — Voilà parler raisonnablement. Mais ce que vous venez de m'apprendre me pique au vif. Dans quel dessein ces Messieurs venaient-ils chez moi ? Je veux m'en expliquer avec eux. On ne joue point de cette façon un homme comme moi. Les voici, je vais leur parler devant vous.

Lisette, *à part.* — Jusqu'à présent, elles ne pouvaient pas mieux se tirer d'affaire. Voyons comme tout ceci se dénouera.

Scène XII et dernière

Dorimon, Dorante, Valère, Angélique, Isabelle,
Lisette, Frontin

Dorimon. — Vous venez fort à propos, Messieurs. Il est nécessaire que nous ayons un éclaircissement. J'ai cru que sachant pourquoi vous veniez ici, vous apportiez des cœurs libres et disposés à se donner.

Dorante. — Vous avez pensé fort juste, Monsieur. Nous y avons aussi apporté des cœurs très libres, et si disposés à se donner qu'ils ont cédé sans se défendre, aux charmes de ces aimables personnes.

Valère. — Oui, Monsieur. Je suis venu très indifférent, et vous me voyez fort amoureux.

Lisette, *à part.* — Bon, cela commence à prendre forme.

Dorimon. — Que diantre venez-vous donc de me dire !

Isabelle. — Ecoutez, mon oncle.

Angélique. — Oui, mon père, vous verrez que nous vous avons dit la vérité.

Dorante. — Ainsi, vous voyez donc, Monsieur, que vous n'avez point de reproches à nous faire.

Dorimon. — Je ne vois encore qu'une énigme impénétrable pour moi. Accordez-vous donc avec ces demoiselles. Elles soutiennent que vous leur avez appris que vous aimiez ailleurs.

Dorante. — Mademoiselle a raison ; je vous avoue, comme je le lui ai dit, que je ne suis plus le maître d'offrir mon cœur à l'aimable Angélique.

ANGÉLIQUE. — Vous voyez, mon père, si j'ai tort.

VALÈRE. — J'ai fait le même aveu à Angélique, et elle vous a dit la vérité, en vous assurant que j'avais un engagement qui ne me permettait plus d'être à votre charmante nièce.

ISABELLE. — Vous voyez bien, mon oncle.

DORIMON. — Parbleu, Messieurs. Je vois que vous vous moquez de moi. Quel était donc votre dessein ? Savez-vous qu'on n'insulte point impunément un homme de ma sorte ?

DORANTE. — Nous vous respectons trop, Monsieur, et vous et ces demoiselles, pour avoir des pensées aussi criminelles. Daignez m'écouter un moment. L'indifférence de Mademoiselle Angélique pour moi m'ayant fait voir que le don de mon cœur n'avait rien qui pût lui plaire, j'en ai fait un tendre sacrifice à Mademoiselle Isabelle que j'ai trouvée plus disposée à le recevoir.

DORIMON. — Ma nièce ?

ISABELLE. — Oui, mon oncle.

VALÈRE. — Je suis dans le même cas. Le premier coup d'œil de Mademoiselle Angélique a triomphé de mon cœur, et m'a mis dans l'impossibilité de l'offrir à une autre.

DORIMON. — Ma fille ?

VALÈRE. — Oui, Monsieur.

DORIMON. — Je ne sais plus où j'en suis. Que répondez-vous à cela, Angélique ?

ANGÉLIQUE. — Que je vous ai promis de donner la main à celui des deux qui m'aimerait, et cela sans hésiter.

DORIMON. — Fort bien. Et vous, ma nièce ?

ISABELLE. — Je vous ai promis la même chose, et je n'oserais m'en dédire.

Dorimon. — Je vous entends. C'est donc là la confidence que ces Messieurs vous avaient faite ?

Isabelle. — Oui, mais nous n'osions vous le dire.

Lisette. — Vous voyez bien, Monsieur, que j'avais raison de vous dire que la sympathie avait tout gâté.

Dorimon. — Je m'y perds.

Dorante. — Vous connaissez présentement nos feux ; vous pouvez, Monsieur, les rendre heureux, et nous l'attendons de vos bontés.

Dorimon. — Puisque l'estime que j'ai pour vous m'avait engagé à vous choisir pour entrer dans ma famille, il ne m'importe pas qui de vous deux soit mon gendre ou mon neveu, pourvu que vous soyez tous contents. Je consens donc à cet échange, et je me charge d'y faire consentir vos parents.

Dorante. — Vous me rendez le plus heureux des hommes.

Valère. — Et moi le plus satisfait et le plus reconnaissant.

Isabelle. — Ah ! Ma chère cousine, je ne me sens pas d'aise ! Venez que je vous embrasse.

Frontin. — Croyez-moi, Mesdemoiselles, de main en main, rendez ces baisers à vos amants. *(A Lisette.)* Veux-tu que je t'en donne un que tu me rendras à volonté ?

Dorimon. — Allons, ne songeons plus qu'à nous réjouir. Nous avons ici des musiciens, ce sont apparemment ces Messieurs qui ont ordonné la fête ?

Frontin. — Oui, elle est de mon invention : ils ont bien voulu s'en rapporter à mon bon goût pour l'exécution et l'ordonnance.

Dorimon. — Qu'on les fasse entrer.

Frontin. — Eh bien, Lisette, que dis-tu de cette aventure ?

Lisette. — Qu'elle est heureuse, et j'en suis charmée.

FRONTIN. — Ne t'inspire-t-elle point le caprice de me rendre heureux ?

LISETTE. — Je ne fais rien par caprice, mais par raison. Tâche de te faire aimer ; et nous verrons après. *Elle sort.*

FRONTIN, *au parterre.* — Messieurs, nous avons tâché de vous amuser en vous donnant *Les Caprices du cœur et de l'esprit ;* nous serions bien malheureux si ceux de la fortune vous indisposaient contre notre pièce. Nos amants s'en vont, tous contents ; renvoyez-nous de même, Messieurs.

Divertissement de la Comédie intitulée
Les Caprices du cœur et de l'esprit

Dans nos cantons l'amour préside,
Il est en tous lieux notre guide.
Pour nous il quitte son bandeau
Et sur ses pas rien n'intimide ;
Nous suivons partout son drapeau.

*

Fidèles aux Lois qu'il nous donne,
Si le bruit des armes l'étonne,
Nous le cachons dans nos hameaux,
Et s'il veut repousser Bellone,
Nous suivons partout ses drapeaux.

*

Ce Dieu fait seul notre allégresse,
A le servir chacun s'empresse.
Dans nos vallons, sur nos côteaux
Et sous les lois de la tendresse
Nous suivons partout ses drapeaux.

On danse.

Vaudeville

L'esprit en amour raisonne,
Il veut donner au cœur des Lois ;
Le cœur rit des conseils qu'il donne,
Il décide lui seul du choix,
Et le caprice l'assaisonne ;
Car en femmes comme en ragoûts
On ne dispute point des goûts.

*

Iris joint à la tendresse
Qu'elle ressent pour son amant,
Les grâces, la délicatesse ;
Mais il trouve plus d'agrément
Dans une laideron qui le blesse ;
Car en femmes comme en ragoûts
On ne dispute point des goûts.

*

A sa flamme, à sa constance,
Pour l'objet de sa vive ardeur,
Tircis joint l'esprit, la naissance ;
Mais un sot lui ravit son cœur,
Il ne raisonne ni ne pense ;
Car en amour comme en ragoûts
On ne dispute point des goûts.

*

Si l'auditeur favorable
Daigne applaudir ici nos jeux,
Si vous trouvez la pièce aimable
Messieurs, vous remplirez nos vœux.
On croit un ouvrage estimable ;
Souvent c'est un mauvais ragoût,
Et vous seuls décidez du goût.

TABLE DES MATIÈRES

SOCIÉTÉ DES TEXTES FRANÇAIS MODERNES

Paris — 19..

Siège social : ..., rue Saint-Guillaume, Paris 7e

Association fondée en ... Reconnue ...

BUREAU, année 20..

Président : M. ...
Vice-Présidents : MM. ...
Secrétaire-général : M. ...
Trésorier : M. ...

Imprimé en France.

LES PRESSES ...
... IMPRIMEUR ...
..., rue de la Sorbonne, Paris 5e

EXTRAIT DU CATALOGUE

(mars 1999)

XVIᵉ siècle.

Théâtre :

XVIIIᵉ siècle.

XIXᵉ siècle.

Enrichissement typographique
achevé d'imprimer par :
IMPRIMERIE DE LA MANUTENTION
Mayenne
Juillet 2000 – N° 224-00

Dépôt légal : 3ᵉ trimestre 2000